DAS MÄDCHEN AUS ZIMMER 11

DAS MÄDCHEN AUS ZIMMER 11

THRILLER

DANIELA ARNOLD

ÜBER DAS BUCH

Ein einsames Hotel auf den Klippen.
Ein Ort mit düsterer Vergangenheit.
Und etliche vermisste und ermordete junge Mädchen.

Doch jede Geschichte hat zwei Seiten.
Welche davon glaubst du?

Als Sienna nach über zwanzig Jahren zum ersten Mal wieder an die Südwestküste Englands kommt, trifft sie der Schock bis ins Mark:

Ihre Mutter, eine berühmte Journalistin, wurde während einer Rechercheise brutal überfallen und liegt angesichts der Schwere ihrer Verletzungen im Sterben.

Sienna ist fassungslos, als sie erkennen muss, dass ihrer beider Leben einschließlich ihrer Vergangenheit eine einzige riesengroße Lüge ist. Schon bald zweifelt sie an allem, woran sie jemals geglaubt hat.

Stimmt es wirklich, dass ihr Vater vor zwanzig Jahren einfach abgehauen ist und die Familie sich selbst überließ? Und warum hat ihre Mutter jahrzehntelang die Existenz ihrer Großmutter verschwiegen?

Wieso ist sie überhaupt nach all den Jahren an den Ort zurückgekehrt, an dem ihnen damals Schreckliches widerfahren ist?

Als Sienna schließlich herausfindet, dass das Verschwinden und die Ermordung etlicher junger Mädchen irgendwie mit ihrer aller Vergangenheit verwoben scheinen, ahnt sie nicht, dass sie damit das abgrundtief Böse aus dem Verborgenen hervorlockt und dabei ist, alles zu verlieren, sogar ihr Leben.

Für meinen Sohn Tim

PROLOG

Lauf! Lauf! Lauf!, schrie die Stimme in ihrem Kopf. *Du darfst nicht stehen bleiben!* Während ihre Beine sich schneller und immer schneller durch das Dickicht vorwärts kämpften, zuckte ihr Kopf zu einem panischen Schulterblick herum.

Ein böser Fehler, denn schon in der nächsten Sekunde prallte sie mit der linken Schulter gegen einen Baumstamm, konnte sich nur mit Mühe beherrschen, nicht schmerzerfüllt aufzuschreien.

Weiter! Die Stimme in ihrem Kopf war unnachgiebig. *Deine Wunden kannst du später lecken.*

Falls es für sie überhaupt ein Später geben würde.

Sie rang angesichts dieses grauenvollen Gedankens nach Luft, versuchte, das Brennen in ihrer Lunge zu ignorieren.

Wenn es nur nicht so stockdunkel wäre …

Hier draußen gab es sowieso weit und breit kein Haus, keine Laternen, nur ab und an erhellte der Lichtschein eines auf der Landstraße in der Nähe vorbeifahrenden Autos für kurze Zeit den Himmel oberhalb der Baumkronen, dann wurde alles wieder von dieser schier undurchdringlichen Schwärze verschluckt.

Wie hatte sie nur so blöd sein können, in Richtung des Waldes zu laufen?

Sie hätte wissen müssen, dass es zwischen all den Bäumen und Sträuchern noch schwieriger sein würde, schnell vorwärts zu kommen, ohne sich zu verletzen.

Wie auf Befehl fing ihre linke Schulter an zu schmerzen.

Nicht heulen!, drängte die Stimme in ihrem Kopf. *Laufen! Nur so hast du den Hauch einer Chance.*

Sie zwang sich dazu, stur geradeaus zu starren, sich nicht von ihrer Angst dazu hinreißen zu lassen, sich wieder und wieder umzudrehen. Stattdessen versuchte sie, so gut es eben ging, die Umrisse der Bäume vor sich zu erkennen, den schmalen Trampelpfad zu ihren Füßen, doch es war beinahe aussichtslos. Immer wieder strauchelte sie oder streifte im Vorbeirennen einen Baum, riss sich den dünnen Stoff ihres Jäckchens immer mehr und mehr auf, bis ihre Haut an den Armen nur noch eine einzige blutig tuckernde Masse war.

Ihr Atem ging inzwischen nur noch stoßweise und vor ihren Augen tanzten helle Lichtpunkte – ein Zeichen dafür, dass sie schon beinahe am Ende ihrer Kräfte angelangt war –, doch stehen zu bleiben, um eine kurze Verschnaufpause einzulegen, war keine Option.

Oder doch?

Sie streckte die Arme vor ihrem Körper aus, lief langsamer, bis ihre Fingerspitzen die raue Rinde eines Baums ertasteten. Erschöpft lehnte sie sich für den Bruchteil einer Sekunde gegen das Holz, dann zwang sie sich, weiterzulaufen. Sie warf einen letzten schnellen Blick zurück, konzentrierte sich auf die Umgebungsgeräusche.

Da!

Ein leises Rascheln ganz in der Nähe.

Kurz darauf ein Knacksen, so als würde jemand penibel darauf achten, wo genau er hintrat.

Ihr Herz setzte vor Panik sekundenlang aus.

Tränen der Verzweiflung schossen ihr in die Augen.

Brich mir jetzt um Gottes willen nicht zusammen!

Für so was ist keine Zeit!

Sie schluckte, schickte einen stummen Befehl an ihre Gliedmaßen, sie jetzt keinesfalls im Stich zu lassen. Sie musste weg hier, raus aus diesem Waldstück, versuchen, irgendwie das nächste Dorf zu erreichen.

Inzwischen war ihr Körper nur noch eine funktionierende Masse aus Muskeln, Knochen und Fleisch, darauf gedrillt, einfach nur zu überleben.

Ein weiteres Knacksen ertönte.

Noch näher als gerade eben.

Schwere Schritte auf dürrem Geäst.

Ihr Herz fühlte sich an, als bliebe es stehen.

Hatte sie gerade den heißen Atem ihres Verfolgers im Rücken gespürt?

Ihr Bauch sagte ihr, dass es hilfreich wäre, in Zickzacklinien zu flüchten, doch ihr Verstand hatte längst erfasst, dass es sinnlos wäre.

Wer immer der Kerl war, der sie verfolgte, er tat dies nicht zum ersten Mal, davon war sie überzeugt.

Sie hatte es vorhin in seinen Augen sehen können.

Dunkel, beinahe schwarz und kalt wie Eis.

Dazu dieses fiese Grinsen.

Das war kein Mann. Zumindest keiner wie ihr Vater oder ihr älterer Bruder.

Der Typ, der sie verfolgte, war ein Monster.

Keines von der Sorte, wie sie in den Büchern vorkamen, die sie so gerne las. Nein, das Monster hinter ihr war schlimmer, weil man ihm das Böse in seinem Innern nach außen hin nicht ansah.

Als die Erinnerung sie wieder einholte, war sie für einen Sekundenbruchteil abgelenkt, stolperte über einen Wurzelstock, prallte mit dem Gesicht voraus auf den harten

Waldboden.

Ein Schmerzensschrei entfuhr ihr, ohne dass sie etwas dagegen hätte tun können.

Kurz darauf vernahm sie ein Kichern.

Es klang gemein und böse, zeugte davon, dass das Monster ganz nah war.

Sie rappelte sich auf, schleppte sich mit zitternden Gliedern vorwärts.

Was würde sie jetzt dafür geben, in dem muffigen alten Bett im Cottage zu liegen, nebenan im Zimmer ihre schnarchenden Eltern, gegenüber Max, ihr um drei Jahre älterer Bruder.

Stattdessen hatte sie sich für das hier entschieden. Für einen Kampf um Leben und Tod, glücklicherweise ihren einzigen bis jetzt, tragischerweise vielleicht ihren letzten.

Und wofür das alles?

Für einen letzten Kuss von Gerry, einem Jungen, der etwa drei Kilometer von dem Ort lebte, den ihre Eltern als das perfekte Familien-Urlaubsziel auserkoren hatten.

Einen Urlaub, auf den sie von Anfang an keinen Bock gehabt hatte.

Sie war eher der Karibik-Typ, brauchte es warm im Urlaub, dreißig Grad mindestens, weißen Sand, badewannenwarmes Wasser, einen von meterhohen Palmen gesäumten Strand.

Die Küste Cornwalls war nur etwas für Langweiler wie ihre Eltern und für Rentner.

Auf diesem Fleckchen Erde war es beinahe täglich windig und frisch, vom eiskalten Atlantik, in den sie während der vergangenen vierzehn Tage nicht einmal ihren großen Zeh ins Wasser gehalten hatte. Sie verstand nicht, wie ihre Eltern das hier einem Fünfsternehotel auf den Malediven vorziehen konnten.

Sie hatten ihr erklärt, dass es wichtig sei, auch das eigene

Land mit all seinen Facetten kennenzulernen, doch ganz ehrlich – sie hätte gut und gerne darauf verzichten können.

Das Einzige, das diesen rundum beschissenen Urlaub davor bewahrt hatte, nicht zur vollkommenen Katastrophe zu mutieren, war Gerry gewesen.

Er jobbte während der Saison als Kellner in einem der kleinen Fischlokale in Port Isaac, wo sie vor einer knappen Woche mit ihrer Familie beim Essen gewesen war.

Er hatte sie so frech angegrinst, sie abgepasst, als sie kurz in Richtung Toilette verschwunden war, sie ausgequetscht.

Nachdem sich herausstellte, dass er in Beeny wohnte, eine knappe dreiviertel Stunde Fußmarsch von Boscastle entfernt, hatte er sie für den folgenden Abend zu einer Strandparty eingeladen.

Es hatte ein wenig Überredungskunst ihrerseits gebraucht, um ihre Eltern davon zu überzeugen, sie wegzulassen, doch letztendlich war es ihr gelungen, sich für ein paar Stunden abzuseilen.

Sie hatte sich mit Gerry vor dem kleinen Pub in Boscastle getroffen und anschließend waren sie zusammen zum Crackington Beach gefahren, wo Gerrys Freunde bereits auf sie warteten. Es war ein lustiger Abend geworden, was nicht zuletzt auch daran gelegen hatte, dass Gerrys Freunde so nett waren, sie vorbehaltlos in ihrer Mitte aufzunehmen.

Irgendwann, es war schon dunkel gewesen, hatte Gerry sie beiseitegenommen und gefragt, ob sie Lust auf einen Spaziergang habe.

Sie hatte Ja gesagt und war gemeinsam mit ihm bis nach Crackington gelaufen, wo er sie auf einen Eisbecher eingeladen hatte.

Gerry war ein toller Kerl. Er konnte gut zuhören, gab ihr das Gefühl, sich nicht verstellen zu müssen. In seiner Gegenwart konnte sie ganz sie selbst sein, fühlte sich geborgen und verstanden.

Als er sie an jenem Abend zum ersten Mal geküsst hatte, war es ganz anders gewesen als mit all diesen Typen aus Manchester, mit denen sie in der Vergangenheit angebandelt hatte. Und nachdem sie ihm gestern gesagt hatte, dass ihr Urlaub bald schon vorbei sei, nahm er sie in seine Arme, drückte sie ganz fest an sich, versprach, dass sie in Kontakt bleiben würden. Er würde sie in Manchester besuchen kommen, hatte er versprochen, wollte ihr so beweisen, dass er für sie genauso empfand wie sie für ihn.

Zur Bekräftigung seines Versprechens hatte er in seine Hosentasche gegriffen und einen glitzernden Kettenanhänger hervorgeholt, ihn ihr geschenkt.

Er stamme von seiner Großmutter, hatte er gesagt, ihr dabei fest in die Augen gesehen, sie so sanft wie nie zuvor geküsst.

Sie war dahingeschmolzen, hatte gegen den Kloß in ihrem Hals ankämpfen müssen, um nicht loszuheulen.

Danach hatte er sie gefragt, ob sie Lust habe, mit zu ihm zu kommen. Natürlich hatte sie geahnt, worauf das hinaus- liefe, aber es war okay gewesen. Sie hatten den Nachmittag zusammen verbracht, Dinge getan, die ihren spießigen Eltern die Schamröte in die Gesichter treiben würde, und es hatte sich gut angefühlt. Und gleichzeitig total traurig, wusste sie doch, dass ihr Leben in Manchester schnell wieder von der Ödnis eingeholt würde, die alles und jeden dort stets im Würgegriff hatte.

Nur deswegen hatte sie am Abend vor ihrer Abreise beschlossen, abzuwarten, bis ihre Eltern schliefen, nur um klammheimlich aus dem Fenster zu steigen und nach Beeny zu laufen, um Gerry einen letzten Überraschungsbesuch abzustatten.

Sie hatte sich ausgemalt, wie sehr er sich freuen würde, sie noch einmal zu Gesicht zu bekommen. Doch wenn sie ganz ehrlich zu sich selbst war, hatte sie es nicht für ihn, sondern in erster Linie für sich selbst getan.

Und jetzt … jetzt stellte sich heraus, dass diese Entscheidung die falsche gewesen war.

Anstatt behütet und sicher in ihrem muffigen Urlaubsdomizil zu schlafen, hatte sie sich durch unüberlegtes Handeln und ihre eigene Blödheit in diese furchtbare Lage gebracht.

Das leise Fauchen eines zurückschnipsenden Astes katapultierte sie aus ihren Erinnerungen in die Gegenwart zurück. Dann vernahm sie ein leises Geräusch, das an ein Schnauben erinnerte.

Das Schnauben eines Raubtiers auf der Jagd, dachte sie. Nur, dass in diesem Fall sie die Beute sein würde.

Sie spürte, dass Angst und Entsetzen ihr mit einem Mal alle Kraft aus dem Körper saugten, sie es plötzlich nicht mehr schaffte, auch nur einen Fuß vor den anderen zu setzen.

Es dauerte eine Weile, ehe ihr klar wurde, dass ihr Verstand endlich erfasst hatte, was ihre müden Glieder schon längst wussten – dass sie verloren hatte.

Ihr Verfolger würde nie aufgeben, sie immer weiter jagen, darauf setzen, dass ihr irgendwann auch das letzte bisschen Kraft ausging.

Doch bis es so weit war, genoss er das Spiel, sie erst in Angst und Schrecken zu versetzen, dann zurückzufallen, damit sie neue Hoffnung schüren konnte, nur um kurz darauf noch näher zu kommen. Er wollte sie mürbe machen, sie an den Rand des Wahnsinns treiben, sie dazu bringen, dass sie aufgab.

Und im Grunde war ihm das bereits gelungen.

Ihre Glieder schmerzten, ihre wund gescheuerten Arme tuckerten, ihre Lunge brannte.

Außerdem hatte sie so großen Durst wie nie zuvor in ihrem jungen Leben.

Ihre Mundhöhle fühlte sich trocken und pappig an, die Zunge klebte ihr wie ein totes Tier am Gaumen.

»Was willst du von mir?«, schrie sie aus letzter Kraft und sank nach vorne, alle viere auf dem feuchtkalten Waldboden, den Kopf gesenkt.

Ein bösartiges Lachen ertönte, das schließlich in ein Grunzen überging.

Es war ganz nah an ihrem Ohr.

Und dann spürte sie ihn.

Zuerst seine Finger, die ihr sanft übers Haar strichen. Danach seine ganze Hand, die forsch nach vorne wanderte, sich um ihren Hals schloss, fest zupackte und sie ohne große Anstrengung zur Seite umwarf.

Sie schloss die Augen, als sie die Umrisse seines Körpers über sich sah, schickte ein stummes Stoßgebet zum Himmel, dass es schnell gehen möge.

Sie hielt die Luft an, als der Mann ihr zuerst Jacke und Shirt vom Körper zerrte, danach Hose, Schuhe und Unterwäsche, rechnete damit, dass sie als Nächstes seine Hand an ihrer Brust oder Schlimmerem spüren würde, doch nichts dergleichen geschah. Stattdessen spürte sie etwas sehr Kaltes an ihrem Hals, das langsam, aber stetig in Richtung ihres Brustkorbes wanderte.

Dann explodierte der Schmerz.

1

AUGSBURG

2019

»Komm doch wieder ins Bett«, murmelte Daniel und sah Sienna müde an. »Wieso stehst du überhaupt mitten in der Nacht am Fenster und qualmst eine nach der anderen?«

Sie drehte sich zu dem Kerl in ihrem Bett um, hob die Schultern. »Kann nicht schlafen«, sagte sie schließlich schulterzuckend und nahm einen tiefen Zug von ihrer Zigarette. Sie legte den Kopf schräg, sah Daniel an. »Aber wo du schon mal wach bist, könntest du dich auch gleich verkrümeln. Dann bekomme ich wenigstens ein paar Stunden Schlaf, bevor ich morgen nach Berlin fahren muss.«

Als sie seinen ungläubigen Gesichtsausdruck sah, drehte sie demonstrativ den Kopf weg.

»Nicht dein Ernst oder?«

Sie verdrehte die Augen, nahm einen Zug, inhalierte. Dann wandte sie sich zu Daniel, sah ihn fest an. »Doch. Du weiß ja, dass ich meine Ruhe brauche. Morgens neben jemandem aufzuwachen, setzt mich irgendwie unter Druck.«

Sie beobachtete, wie er die Decke zurückschlug, sich aus dem Bett schälte, mit mürrischem Gesichtsausdruck in seine zerknitterten Klamotten schlüpfte.

»Sieh es mal von der positiven Seite. So kannst du dir
fürs Büro wenigstens was Frisches anziehen.«

»Das könnte ich auch, wenn du mir erlauben würdest,
hier ein paar Sachen zu bunkern. Ich meine …« Er brach ab,
sah sie an, wirkte beinahe wütend. »Wir schlafen jetzt seit
knapp sechs Monaten miteinander und für manch einen mag
das etwas bedeuten. Zum Beispiel, dass es langsam Zeit wird,
die ganze Nacht zusammen zu verbringen. Oder hin und
wieder gemeinsam essen zu gehen. Was zu unternehmen.
Freunde und Familie des anderen kennenzulernen.« Er hielt
inne, sah sie abwartend an.

Sienna starrte ungerührt zurück, nahm einen weiteren
Zug. Dann schnippte sie die nur halb gerauchte Kippe durch
den Fensterspalt nach draußen. »Keine Zeit für so einen rühr-
seligen Quatsch«, gab sie lapidar zurück und spürte augenblicklich, wie sehr sie Daniel mit dieser Äußerung verletzt
hatte.

Blöderweise fühlte es sich gut an.

Natürlich wusste sie, wie krank das war, aber sie kam
nicht dagegen an. Sie war eben keine von diesen Frauen, die
sich nur als vollwertiger Mensch fühlten, wenn sie einen Kerl
an ihrer Seite hatten. Sie war sich selbst genug, schon immer
gewesen, genoss das Alleinsein, liebte es, tun und lassen zu
können, was sie wollte, war durch und durch davon überzeugt, dass feste Beziehungen überbewertet wurden.

Der einzige Grund, wegen dem sie sich immer wieder auf
ein Treffen mit Daniel einließ, war, dass er ein ausgesprochen
ausdauernder Liebhaber war.

Wenn ihr danach war, rief sie ihn an, säuselte ihm einige
honigsüße Worte ins Ohr. Mehr brauchte er meist nicht, um
innerhalb kürzester Zeit bei ihr aufzuschlagen und ihr das
Hirn aus der Birne zu vögeln.

Sie sah ihm dabei zu, wie er in seine Schuhe schlüpfte,
fragte sich, ob sie diesmal zu weit gegangen war und was

sein würde, wenn dieses Treffen ihr letztes gewesen sein sollte. Doch wie erwartet, machte ihr die Vorstellung, dass Daniel fortan der Vergangenheit angehörte, nicht das Geringste aus. Wenn sie ihn jetzt so ansah, im Wissen, es könnte das letzte Mal sein, spürte sie absolut nichts, geschweige denn, empfand sie irgendwelche romantischen Gefühle für ihn.

Sie folgte ihm, als er in den Gang hinaus trat, wartete, bis er in sein Jackett geschlüpft war und zur Tür ging. Dort drehte er sich noch einmal nach ihr um, schien auf etwas zu warten.

»Okay, also ich würde sagen, wir telefonieren irgendwann …«, sagte sie gelangweilt und brachte es kaum über sich, ihn anzusehen.

Nicht, weil sie sich schämte, sondern vielmehr, weil es ihr schlicht und ergreifend egal war. Weil ER ihr egal war.

Sie grinste innerlich, als er sich kopfschüttelnd umdrehte, einen nicht ganz jugendfreien Fluch ausstieß und hinter sich krachend die Wohnungstür ins Schloss fallen ließ.

Als sie endlich allein in ihrer Wohnung war, zündete sie sich eine neue Zigarette an, setzte sich auf das breite Fensterbrett im Wohnzimmer, starrte nach unten zu den blinkenden Lichtern der vorbeifahrenden Autos.

Allein schon wegen ihres Jobs war in ihrem Leben kein Platz für ausschweifende Romantik.

Als freie Fotografin arbeitete sie für verschiedene Medien, die es erforderlich machten, dass sie absolut unabhängig war. Oft musste sie von heute auf morgen ihre Klamotten packen und irgendwohin fahren, wo sie mehrere Tage am Stück verbrachte, um einen Auftrag abzuarbeiten.

Und dann waren da ihre Herzensprojekte. Manchmal fuhr sie nur für ein paar Fotos Tausende von Kilometern oder flog für ein Shooting ans andere Ende der Welt. Sie träumte von einer eigenen Ausstellung, wollte mit ihren Fotografien etwas bewegen, vielleicht sogar etwas verändern. Was ihren Job anging, hatte sie also definitiv eine gefühlvolle Ader, auch wenn die Männer, die bislang ihren Weg gekreuzt hatten, dies vielleicht anders sehen mochten.

Dass sie sich so vehement gegen emotionale Stabilität im Leben wehrte, so ihre Mutter, lag mit allerhöchster Wahrscheinlichkeit daran, was ihr Vater damals mit ihnen abgezogen hatte.

Sienna erinnerte sich mittlerweile nur noch vage an ihn, was daran lag, dass es inzwischen fast zwanzig Jahre her war, seit er die Familie verlassen hatte.

Es war im Sommer 2000 gewesen. Zu der Zeit hatten sie alle in London gelebt und regelmäßig an der Südküste Englands Urlaub gemacht. Und während einer dieser Familienurlaube hatte er sich still und heimlich vom Acker gemacht.

Später hatte ihre Mutter einmal erwähnt, dass sie bereits lange zuvor geahnt habe, dass es irgendwann so weit kommen würde. Eben weil es immer wieder Affären gegeben habe, ihr Vater kein Mann für nur eine Frau gewesen sei.

Jetzt, wo Sienna darüber nachdachte, erinnerte sie sich an einen Abend kurz nach seinem Verschwinden, an dem sie ihre Mutter volltrunken und heulend in ihrem alten Haus in London vorgefunden hatte, vor sich einen Haufen Fotos von ihrem Vater, die sie allesamt zu Schnipseln verarbeitet hatte. Sienna wollte wenigstens eines davon retten, damit ihr eine Erinnerung an ihren Vater blieb, doch ihre Mutter hatte es ihr wütend aus der Hand gerissen.

»Du brauchst das Schwein nicht«, hatte sie gelallt, »genauso wenig wie ich.« Dann hatte sie das Bild zerknüllt und mit einem Feuerzeug verkohlt.

Am nächsten Morgen tat es ihrer Mutter leid, dass sie so mit ihr gesprochen hatte, und Sienna fragte sich, wieso sie sich nach all den Jahren gerade an diese Szenerie erinnerte.

Sie war sieben Jahre alt gewesen, als ihr Vater sie verlassen hatte und gerade in der ersten Zeit danach war es ihr unbegreiflich vorgekommen, wie er hatte gehen und sie alleine lassen können. Sie war so traurig gewesen, hatte sich vollkommen alleine gefühlt und irgendwann unweigerlich gefragt, ob es an ihr gelegen hatte oder an ihrer Mutter, dass er gegangen war. Eine Zeit lang hatte sie sich deswegen ihrer Mutter gegenüber ziemlich biestig verhalten, doch dann war die Trauer über den Verlust des Vaters in Zorn umgeschlagen.

Die ersten Jahre hatte er ihr zu Weihnachten und zu ihren Geburtstag, manchmal auch einfach nur so Karten geschrieben, doch dann, als sie älter wurde, hörten sie eines Tages einfach auf.

Aber wenn sie ganz ehrlich war, musste sie zugeben, dass ihr zu dem Zeitpunkt dieses eine winzige Lebenszeichen von ihm sowieso nicht mehr besonders viel bedeutet hatte. Es hatte sich zu viel Wut in ihr angestaut, darüber, dass er ihre Mutter und sie einfach so gegen eine andere Familie ausgetauscht zu haben schien.

Das war auch die Zeit gewesen, als die Erinnerung an diesen Mann fast gänzlich verblasste. Die ersten zwei Jahre hatte sie sich noch an seine sanften Augen erinnert, daran, wie sie funkelten, wenn er Blödsinn mit ihr machte. Er hatte sie seine kleine Prinzessin genannt und Sienna musste zugeben, dass sie es genossen hatte, wie sehr ihr Vater sie umgarnte, sie auf Händen trug. Vielleicht war sein plötzliches Verschwinden auch deswegen so unerträglich grausam gewesen? Weil sie zuvor so eng miteinander waren und sie schließlich erkennen musste, dass für ihn alles nur ein Spiel gewesen war. Denn welcher Vater verließ einfach so seine Tochter, wenn sie ihm wirklich so wichtig war, wie er immer behauptet hatte.

Dasselbe hatte auch ihre Mutter wieder und immer wieder zu ihr gesagt, bis sie eines Tages selbst einsah, wie groß der

Wahrheitsgehalt ihrer Worte war, wenngleich sie auch noch so sehr schmerzten.

Und dann war es auf einmal vorbei gewesen. Keine Stiche mehr in ihrer Brust, wann immer sie an ihn dachte, keine Träume mehr von ihrem Vater, aus denen sie am Morgen mit verweintem Gesicht erwachte.

Von einem Tag auf den anderen war er plötzlich fort gewesen, ausradiert und nur noch ein Schatten in ihrer Erinnerung, mit dem sie nichts Gutes verband.

Zu der Zeit war ihre Mutter schon längst wieder neu verliebt gewesen, sogar sehr glücklich und daher bereit, diesem neuen Mann in ihrem Leben die Chance zu geben, zu beweisen, dass eine Ehe auch was Gutes sein konnte. Doch das Eliminieren ihrer alten Ehe hatte sich als gar nicht so einfach herausgestellt, nachdem ihr Vater nicht gefunden werden wollte und eine offizielle Scheidung somit nicht infrage kam. Am Ende war es auf eine öffentliche Scheidung hinausgelaufen, ein weiterer Grund für sie, Sienna, ihren Vater … oder vielmehr Erzeuger … zu verachten. Nur deswegen hatte sie zugestimmt, dass Carl, der Neue ihrer Mutter, sie adoptierte, sie somit auch nicht mehr Ward, sondern Aschenbrenner hieß.

Die Kinder in der Schule hatten sie deswegen gemobbt, sie Aschenbecher genannt, doch ihr war es egal gewesen. Sie fühlte sich großartig als Sienna Aschenbrenner, bedeutete dieser Name doch, dass sie fortan nicht mehr das arme und vom Vater verlassene Mädchen sein musste.

Leider hielt auch diese Ehe nicht, was allerdings nicht am männlichen Part lag. Vielmehr war es diesmal Siennas Mutter, die von Eifersucht und Misstrauen gebeutelt jedes noch so tiefe Gefühl von Carl für sie im Keim erstickte.

Sienna zuckte zusammen, als der heruntergebrannte Zigarettenstummel ihren Finger verbrannte, schnippte ihn durch den Fensterspalt nach draußen.

Vielleicht war es das Leben ihrer Mutter, das sie davon abhielt, denselben Fehler zu begehen.

Und ihre Mutter hatte definitiv Fehler gemacht, indem sie sich in den Falschen verliebt hatte, der sie verletzte, woraufhin sie auch gegenüber allen anderen Männern kein Vertrauen mehr fassen konnte.

Wenn das Liebe war, Ehe, Zusammenleben – konnte Sienna getrost darauf verzichten.

Ab und zu ein netter Fick war alles, was sie brauchte. Dafür musste sie wenigstens nicht Teile ihrer Persönlichkeit aufgeben oder verändern, geschweige denn Gefahr laufen, zu einem Abbild ihrer Mutter zu werden – einer verbitterten Frau, die das Trauma von vor zwanzig Jahren noch immer nicht verarbeitet hatte – selbst wenn sie noch so sehr versuchte, es zu verbergen.

Sienna stand auf, streckte sich, warf einen Blick auf die Uhr. Wenn sie noch zwei Stunden Erholung bekommen wollte, musste sie sich jetzt hinlegen, ansonsten wäre dies der zweite Tag in Folge, den sie ohne ausreichend Schlaf irgendwie rumbringen musste.

Sie hatte es sich gerade unter ihrer kuschelweichen Decke gemütlich gemacht, als ihr Handy vibrierte. Sie hoffte, dass es nicht Daniel war, der sie vollheulen wollte, weil er nicht akzeptierte, dass er für sie nichts weiter war als ein netter Zeitvertreib.

Sie stand auf, nahm das Handy vom Ladekabel, warf einen Blick aufs Display.

Eine unbekannte Nummer wurde angezeigt. Allein die Vorwahl verursachte ihr augenblicklich ein ungutes Gefühl.

»Sienna Aschenbrenner«, meldete sie sich und hielt atemlos die Luft an.

Der Anrufer stellte sich ihr als Dr. Jackson vom Stratton Hospital vor. Sein Englisch klang irgendwie hochgestochen und sehr gebildet, war zudem völlig akzentfrei und verlieh der Stimme des Mannes etwas Abgehobenes.

Da Sienna bis zu ihrem siebten Lebensjahr in London aufgewachsen und Englisch sozusagen ihre Muttersprache war, fiel es ihr nicht schwer, den Worten des Mannes zu folgen.

»Ja, ich bin Sienna Aschenbrenner und Marlene ist meine Mutter«, erklärte sie dem Mann am anderen Ende der Leitung ungeduldig und fragte sich, warum sie mitten in der Nacht von einem Arzt aus ihrer alten Heimat gestört wurde. Überhaupt ergab dieser Anruf keinerlei Sinn, doch mitten in der Nacht – das musste sie zugeben – verstörte er sie irgendwie.

Der Arzt am anderen Ende räusperte sich und Sienna hörte, dass ihm die ganze Situation unbehaglich zu sein schien. »Es geht um Ihre Mutter«, erklärte er. »Marlene Aschenbrenner. Wir haben sowohl ihren Pass als auch ihr Handy in ihrer Handtasche gefunden und Sie so glücklicherweise schnell ausfindig machen können.«

Sienna runzelte die Stirn, schaffte es nicht, die Bedeutung dieser Worte auch nur im Ansatz zu begreifen. »Was haben Sie mit dem Zeug meiner Mutter zu schaffen?«, wollte sie wissen und konnte nichts dagegen tun, dass sie misstrauisch und gereizt klang.

Der Arzt schwieg sekundenlang, schien sich darüber klar werden zu müssen, wie er seine nächsten Worte am besten formulieren sollte. »Ihre Mutter … sie wurde vor ein paar Stunden mit schweren Kopfverletzungen bei uns eingeliefert und wenn ich offen sprechen darf …«, er hielt inne, seufzte leise. »Es sieht gar nicht gut aus, verstehen Sie, was ich meine? Am besten kommen Sie so schnell wie möglich her!«

2

LONDON/BOSCASTLE

2019

Als Sienna die Gangway hinunterlief, spürte sie, wie die Müdigkeit immer mehr Besitz von ihr ergriff. Nach dem Anruf des Arztes hatte sie sich sofort vor ihren Laptop geklemmt und versucht, einen Direktflug an die Südküste zu ergattern, doch leider wurde der Flughafen Newquay nur einmal in der Woche von Stuttgart aus angeflogen. Daher hatte sie sich für einen Flug nach London entschieden, was bedeutete, dass sie von hier aus mit einem Mietwagen weiter musste.

Sie war seit Ewigkeiten nicht mehr auf der linken Straßenseite gefahren und fürchtete, dass ihre Müdigkeit, gepaart mit Angst um ihre Mutter und Unsicherheit zur echten Gefahrenquelle werden könnte. Kurz überlegte sie, den nächsten Bus an die Küste zu nehmen, doch dann überwog der Bequemlichkeitsfaktor. Im Bus würde sie eingequetscht auf engstem Raum mit einer Menge Fremder sitzen müssen, darauf angewiesen, dass der Fahrer eine Pinkelpause einkalkuliert hatte.

Daher machte sie sich auf zum nächsten Schalter einer bekannten Autovermietungskette und war bereits wenige Minuten später im Besitz des Schlüssels zu einem VW Golf.

Auf dem Weg zum Parkplatz legte sie einen Stopp bei Starbucks ein, genehmigte sich einen großen Latte samt Donut, um dank Koffein und Zucker wenigstens ansatzweise fit für die fast fünfstündige Autofahrt nach Stratton zu sein.

Als sie ihre Reisetasche im Kofferraum verstaut hatte und schließlich hinter dem Lenkrad des Wagens saß, atmete sie gegen den Kloß in ihrem Hals an. Die Worte des Arztes hatten sie bis ins Mark erschüttert, lähmten und ängstigten sie, dennoch hatte sie seither nicht eine Träne vergießen können. Sienna wusste nicht, woran das lag, sie vermutete, dass sie seit dem Anruf unter Schock stand.

Ihre Mutter war die einzige, feste Bezugsperson in ihrem Leben und sie liebte sie über alles. Allein die Vorstellung, sie zu verlieren, fühlte sich unerträglich an.

Sie startete den Wagen, fuhr los, fädelte sich bereits wenig später ohne Probleme in den Verkehr ein, als hätte sie nie zuvor etwas anderes gemacht.

———

Es war bereits später Nachmittag, als sie endlich die Ortsgrenze von Stratton passierte. Durch den dichten Verkehr um London herum waren aus den geplanten fünf Stunden bis hierher knappe sieben Stunden geworden. Mittlerweile fühlte Sienna sich derart angeschlagen und ausgelaugt, dass sie bereits seit zwei Stunden Mühe hatte, ihre Augen offen zu halten.

Die finalen Kilometer bis zum Hospital glichen einer wahren Kamikazefahrt, denn obwohl sie total fertig war, drehte Sienna die letzten Meter bis zum Parkplatz der Klinik noch einmal voll auf.

Nachdem sie den Wagen auf einen der freien Plätze abgestellt hatte, sprang sie aus dem Fahrzeug, eilte zum Eingang. Dort erklärte sie dem Pförtner, wer sie war, und schon wenig später kam ihr ein dunkelhaariger Mann entgegen, von dessen Namensschild sie entnehmen konnte, dass es sich um Dr. Jackson handelte.

Der Mann reichte ihr mit einem freundlichen Lächeln die Hand, bat Sienna knapp, ihm zu folgen. Doch anstatt sofort zu ihrer Mutter ließ er sie zuerst in seinem Büro Platz nehmen.

»Darf ich Ihnen einen Kaffee anbieten? Oder einen Tee? Sie sehen müde aus, wenn ich das so sagen darf.«

»Kaffee, bitte.« Sienna lächelte dankbar. »Als Sie mich angerufen haben, wollte ich gerade zu Bett gehen. Dass daraus nichts geworden ist, werden Sie sich sicherlich denken können.«

Dr. Jackson tippte auf einen Knopf an seinem Telefonapparat, wies seine Sekretärin an, eine Portion Kaffee zu bringen. Dann lehnte er sich zurück, sah Sienna über den Rand seiner Brille hinweg an. »Die Polizei war bereits hier. Sie wollten mit Ihrer Mutter sprechen, doch angesichts ihres Zustandes musste ich sie wieder wegschicken. Die Beamten wissen von mir, dass Sie unterwegs hierher sind, und lassen Ihnen ausrichten, dass Sie bitte schnellstmöglich auf dem Präsidium vorbeikommen sollen.«

Sienna runzelte die Stirn. »Die Polizei? Ich verstehe nicht ganz …«

Der Gesichtsausdruck des Arztes veränderte sich. »Als ich Sie angerufen habe, wollte ich Ihnen nicht alles sagen, damit Sie … nun ja … ich wusste, Sie würden sich sofort auf den Weg machen wollen, also …« Er brach ab, suchte nach Worten.

»Was genau ist mit meiner Mutter?«, stieß Sienna aus. »Sie meinten, es sähe nicht gut aus, was genau bedeutet das?«

Dr. Jackson sah sie bedauernd an. »Als sie eingeliefert wurde, stellten wir schwere Kopfverletzungen fest. Ihre Schädeldecke war gebrochen, ihre Nase ebenfalls, außerdem hatte sie auch an ihrem Körper etliche Prellungen und Quetschungen.« Er atmete aus, schwieg sekundenlang. »Wir entschieden uns aus Sicherheitsgründen, ein MRT zu machen, stellten eine Hirnblutung fest. Sie wurde durch die Verletzungen ausgelöst und ich muss Ihnen erneut sagen, dass es nicht gut aussieht.«

Sienna war bei den letzten Worten des Mannes zusammengezuckt. »Wollen Sie mir sagen, dass sie sterben wird? Dass Sie es nicht schaffen, diese Blutung zu behandeln?«

Dr. Jackson verzog das Gesicht. »Selbstverständlich haben meine Kollegen und ich bereits versucht, zu reparieren, was möglich ist, aber die Verletzung am Hirn selbst ist wohl schlimmer als befürchtet. Es blutet noch immer und wie es aussieht, gibt es nichts mehr, was wir für Ihre Mutter tun können. Nichts, außer abzuwarten, ob die Blutung vielleicht doch aufhört und Ihre Mutter sich wieder fängt.«

»Sie ist doch noch so jung«, stammelte Sienna. »Gerade mal fünfundfünfzig.«

Dr. Jackson griff über den Tisch nach ihrer Hand, drückte sie sanft. »Das hat leider nicht das Geringste mit dem Alter zu tun. Diese Verletzungen, nun ja, selbst eine zwanzigjährige Frau würde jetzt ganz genauso um ihr Leben fürchten müssen.«

»Hatte sie einen Unfall? Ich meine, wie ist das überhaupt passiert? Will die Polizei deswegen mit mir sprechen?«

Der Arzt sah Sienna mitleidig an. »Ich hoffe, ich greife der Polizei jetzt nicht vor, aber ich denke nicht, dass es ein Unfall war. Fußgänger fanden ihre Mutter in einem Straßengraben in der Nähe von Boscastle. Wie es scheint, war sie zu Fuß unterwegs.«

Sienna runzelte die Stirn, begriff noch immer nicht. »Und ihre Verletzungen? Ich meine, wenn es kein Autounfall war, wie hat sie sich all das zugezogen? Kein Mensch verletzt sich derartig schwer, nur durch einen Sturz beim Spazierengehen.«

Der Arzt räusperte sich. »Zum aktuellen Zeitpunkt muss wohl davon ausgegangen werden, dass es sich um einen Überfall handelt.«

Sienna riss die Augen auf. »Meine Mutter wurde angegriffen? Von wem? Und wurde sie … vergewaltigt?«

»Was das angeht, darf ich Sie beruhigen. Es gibt keinerlei Anlass, anzunehmen, dass es sich um ein Sexualverbrechen handelt.«

Sienna schnappte nach Luft. »Aber was ist dann passiert? Ich meine … wer tut so etwas?«

Jackson hob die Schultern. »Ich schätze, genau das ist der Grund, aus dem die Polizei mit Ihnen reden will.«

Sienna stieß die Luft hart aus, fühlte sich mit einem Mal vollkommen zittrig.

»Darf ich zu ihr?«

Jackson nickte. »Ich muss Sie aber vorwarnen. Es ist weder ein besonders netter Anblick, noch werden Sie auch nur ein Wort mit Ihrer Mutter wechseln können.«

»Sie liegt im Koma?«

»Sozusagen. Wahrscheinlich, weil ihr die Operation am Kopf doch ziemlich zugesetzt hat.«

»Aber sie wacht wieder auf?« Sienna hörte selbst, wie flehend ihre Stimme klang.

Jackson verzog das Gesicht. »Auch das kann ich Ihnen nicht sagen. Sie ist schwach, sehr schwach sogar. Und der Druck in ihrem Gehirn wird von Stunde zu Stunde stärker. Eine weitere OP kommt allerdings auch nicht infrage, weil sie das viel weniger durchstehen würde.«

»Also können wir momentan tatsächlich nur abwarten?«

Dr. Jackson stand auf, sah Sienna an. »Ich wünschte, ich könnte Ihnen etwas anderes sagen. Wenn Sie mögen, bringe ich Sie jetzt zu ihr.«

Sienna stand ebenfalls auf, schwankte für den Bruchteil einer Sekunde.

Schließlich folgte sie dem Mann den Gang entlang, eine Treppe nach oben zur Intensivstation für die ganz schweren Fälle.

Als sie vor dem Zimmer mit der Nummer 217 anhielten, wappnete Sienna sich für den folgenden Anblick. Sie wartete, bis Dr. Jackson die Tür geöffnet hatte und eingetreten war und folgte ihm. Vor dem Bett ihrer Mutter zuckte sie entsetzt zurück.

Der Schädel ihrer Mutter war kahl rasiert und alles, was von der einst wunderschönen blonden Mähne übrig war, waren einige vereinzelte Stoppeln auf der linken Seite des Kopfes. Die komplette rechte Seite war von einem Verband bedeckt, genau wie die Nase ihrer Mutter und das rechte Auge.

Selbst Arme und Hände waren bandagiert, genau wie der Brustkorb, zumindest der Teil, den Sienna oberhalb der Bettdecke erkennen konnte.

Nichts an der Frau vor ihr in diesem Krankenhausbett erinnerte auch nur im Entferntesten an ihre schöne und starke Mutter.

Sienna schluckte gegen die Tränen an, trat ganz nah an das Bett heran. Ihre Hand zitterte, als sie sie ausstreckte, um die Wange ihrer Mutter zu berühren.

Die Haut fühlte sich kalt an, genau wie die beklemmende Atmosphäre in diesem Raum. Überall gingen Schläuche vom Körper ihrer Mutter weg, führten zu Maschinen und Geräten, es piepste und trötete aus allen Ecken.

Sienna beugte sich zum Kopf ihrer Mutter hinunter, küsste sie auf die Wange.

»Ich bin da, Mom«, flüsterte sie in ihr rechtes Ohr, wartete einige Sekunden auf eine Reaktion. »Wie gesagt, Sie liegt im Koma«, erinnerte Dr. Jackson sie und Sienna wich zurück.

»Vielleicht sollten Sie jetzt erst einmal an sich denken«, gab Dr. Jackson zu bedenken. »Sie sind müde und erschöpft, brauchen dringend Schlaf. Sollte sich hier etwas tun, rufen wir Sie sofort auf dem Handy an. Und bitte vergessen Sie nicht, sich bei der Polizei zu melden.« Er reichte ihr eine Visitenkarte, auf der der Name eines Polizeibeamten stand.

»Ich muss mir zuerst mal eine Bleibe suchen«, murmelte Sienna, steckte die Karte achtlos in ihre Hosentasche und spürte wie auf Befehl, dass eine neue Welle der Erschöpfung sie zu überrennen drohte.

»Da kann ich vielleicht helfen«, sagte der Arzt und lächelte. »Eine Straße weiter gibt es ein Gästehaus, dessen Besitzer ich kenne. Wenn Sie mögen, rufe ich an und frage, ob ein Zimmer frei ist.«

Sienna nickte. »Warten Sie«, stieß sie aus, sah Dr. Jackson, der schon fast aus dem Zimmer war, an. »Wo sind die Sachen meiner Mutter? Ihre Tasche, die Klamotten.«

Der Arzt nickte. »Das hat eine der Schwestern verwahrt, denn in den Intensiv-Zimmern darf nichts von draußen so herumliegen.«

Sienna seufzte erleichtert. »Darf ich die Sachen sehen? Ich meine, vielleicht fällt mir auf, dass etwas fehlt. Das wäre bestimmt nützlich, vor allem für die Polizei.«

Der Arzt nickte. »Ich sehe, was ich tun kann.«

Sie warf ihrer Mutter einen letzten Blick zu, folgte dem Mann. Als sie schließlich vor dem Sprechzimmer anhielten, bat er sie, einen Augenblick zu warten. Keine Minute später trat eine Schwester aus dem Raum, marschierte den Gang hinab, verschwand in einem der Zimmer. Kurz darauf kam sie mit einer Tüte zurück, überreichte sie Sienna. »Das ist alles, was Ihre Mutter bei sich hatte.« Die junge Frau lächelte bedauernd und ließ Sienna allein.

In Windeseile inspizierte sie den Inhalt des Beutels. Eine zusammengeknüllte und vollkommen verdreckte Jeans, ein Shirt – ebenfalls total verschmutzt, eine Strickjacke und Unterwäsche samt Socken. Eine Handtasche befand sich nicht im Beutel, stattdessen ein Rucksack, der eine kleine Klappschaufel, eine Flasche Wasser, das Handy ihrer Mutter und ihr Portemonnaie enthielt.

Sienna war gerade dabei, den Inhalt des Geldbeutels zu überprüfen, als Dr. Jackson wieder aus dem Stationszimmer kam. »Sind die Sachen vollständig?«, wollte er wissen.

Sienna sah ihn an, verzog das Gesicht. »Sieht wohl ganz so aus. Wobei … finden Sie es nicht auch seltsam, dass die Polizei von einem Überfall ausgeht, sich aber über fünfhundert Pfund im Geldbeutel meiner Mutter befinden und auch ihr Handy nicht gestohlen wurde?«

3

STRATTON/BOSCASTLE

2019

Der Klingelton ihres Handys weckte sie. Benommen schreckte Sienna auf, streckte ihre Hand zum Nachtkästchen neben dem Bett aus, nahm das Telefon zur Hand. Auf dem Display erkannte sie die Telefonnummer des Hospitals, war augenblicklich hellwach.

Sie nahm den Anruf an, setzte sich auf.

Eine junge Frau namens Sofie war am anderen Ende der Leitung, stellte sich Sienna als die Nachtschwester vor, welche unter anderem ihre Mutter betreute.

Als die Frau endlich zum Grund ihres Anrufs kam, stach Sienna wie von einer Tarantel gestochen aus dem Bett hoch, schlüpfte während des Telefonierens in ihre Klamotten.

»Dann ist sie ansprechbar?«, fragte sie die Schwester atemlos.

»Mehr oder weniger«, erwiderte die zögerlich. »Sie ist vor einer knappen halben Stunde aufgewacht, wirkte einigermaßen stabil. Dann hab ich ihr gesagt, dass Sie hier waren, das muss sie ziemlich aufgeregt haben. Am besten wird wohl sein, wenn Sie herkommen und versuchen, Ihre Mutter zu beruhigen.«

Da das Gästehaus, in dem sie untergekommen war, sich nur knappe fünf Minuten zu Fuß von der Klinik entfernt befand, verzichtete sie auf den Mietwagen. Auf dem Weg in die Klinik fragte Sienna sich, warum ihre Mutter auf ihre Anwesenheit so drastisch reagiert haben könnte. Doch dann sagte sie sich, dass dies sicherlich an den Umständen lag. Ihre Mutter hatte eine schwere Schädelverletzung erlitten, da war es nur normal, dass ihre Reaktionen etwas ungewöhnlich ausfielen.

Nachdem sie gestern aus der Klinik gekommen und zu ihrer Unterkunft gefahren war, hatte sie zuerst überlegt, gleich zur Polizei zu gehen, hatte sich aber dagegen entschieden. Dr. Jackson hatte recht gehabt. Sie war wirklich vollkommen fertig gewesen, total übermüdet, hatte dringend ein paar Stunden Ruhe gebraucht. Und auch jetzt, nach knappen sechs Stunden Schlaf fühlte Sienna sich noch immer ein wenig benommen, hoffte, dass ein Becher von dem faden Klinikkaffee den letzten Rest Müdigkeit aus ihrem Körper vertreiben würde.

Als sie die Straßenecke passierte und schließlich den hellen Flachbau auf der anderen Seite erkannte, spürte sie, wie ihr Herzschlag schneller wurde.

Sie war zwar nicht besonders gottesfürchtig, geschweige denn gläubig, dennoch hatte sie gestern Abend zum allerersten Mal seit Kindertagen wieder ein Gebet gesprochen. Ein stummes nur, aber dennoch ein Gebet, in dem sie darum bat, dass ihre Mutter wieder gesund würde.

Am Eingang angekommen, klingelte sie nach dem Nachtportier, wartete atemlos. Als der Mann, ein älterer Herr um die sechzig, ihr die Tür aufschloss, war sie so aufgeregt, dass sie vergaß, ihm zu danken, machte sich unverzüglich auf den Weg zum Zimmer ihrer Mutter. Dort wurde sie bereits von Dr. Jackson erwartet, dem die Haare in alle Richtungen vom

Kopf abstanden. Er hatte in jeder Hand einen dampfenden Becher, reichte ihr einen davon.

Als sie roch, dass es sich um Kaffee handelte, seufzte sie dankbar. Sie nahm einen Schluck, sah den Arzt an.

»Waren Sie schon bei ihr? Die Nachtschwester meinte, dass sie aufgeregt wirke.«

Dr. Jackson nickte ernst. »Ich hab versucht, mit ihr zu reden, aber das ist nicht so einfach. Sie nickt immer wieder ein, wacht auf und schreit. Als die Schwester von Ihnen sprach, wurde es schlimmer. Ich schätze, das liegt an der Hirnverletzung, sie scheint verwirrt zu sein und desorientiert.«

»Darf ich trotzdem zu ihr?«, fragte Sienna.

»Das sollen Sie sogar«, gab der Arzt zurück. Dann deutete er auf den Kaffee. »Doch zuvor trinken Sie erst einmal.«

Während sie einträchtig nebeneinander ihre Heißgetränke zu sich nahmen, spürte sie, wie der Arzt sie von der Seite musterte. »Sie sehen Ihrer Mutter gar nicht ähnlich«, sagte er schließlich.

Sienna hob die Schultern. »Ich hab mein Aussehen von meinem Vater geerbt. Genau wie das Talent, was meinen Job angeht.« Sie sah den Arzt an. »Ich bin Fotografin. Genau wie er.«

»Dann gehe ich richtig in der Annahme, dass Ihr Vater und Ihre Mutter …« Er ließ den Satz unvollendet.

»Sie sind geschieden«, erklärte Sienna. »Mein Vater hat die Familie verlassen, als ich sieben Jahre alt war. Ist einfach abgehauen.«

Der Arzt verzog das Gesicht. »Das tut mir leid. Ich wollte nicht …«

»Schon gut«, unterbrach Sienna ihn. »Ist lange her und inzwischen ist es mir auch egal.«

Sie trank einen Schluck.

»Und das Zimmer? Ist es okay?«

Sienna lachte. »Eher eine Besenkammer. Ein Bett, ein kleiner Schrank und ein winziges Nachtkästchen, das war's. Zum Duschen oder auf Toilette muss ich auf den Gang hinaus.«

Der Arzt verzog das Gesicht. »Aber dafür liegt es in Kliniknähe.«

Sienna nickte. »Trotzdem schätze ich, werde ich mir wohl irgendwo was Komfortableres suchen, wenn es länger dauert, bis es meiner Mutter besser geht oder eben …« Sie brach ab, trank den Kaffee aus.

»Sollen wir?«, fragte der Arzt.

Sienna nickte.

Als sie ins Zimmer traten, erkannte sie auf Anhieb, dass ihrer Mutter die blanke Panik ins Gesicht geschrieben stand. Sie eilte zu ihr ans Bett, ergriff ihre zitternden Hände, umschloss sie mit den ihren, sah sie liebevoll an. »Ich bin da, Mommy, und ich bleibe, bis es dir besser geht.«

Sienna wusste, dass sie auf jeden Fall vermeiden musste, die Wahrheit über ihren Zustand anzusprechen. Ihrer Mutter ging es schlecht genug, sie sollte sich sicher fühlen, behütet, keine Angst haben müssen.

»Wie geht es dir?«, fragte sie. »Hast du Schmerzen?«

»Das ist nahezu unmöglich«, schaltete sich Dr. Jackson hinter ihr ein. »Sie hat sehr starke Schmerzmittel bekommen, was das angeht, dürfte sie absolut nichts spüren.«

Sienna sah sich zu ihm um und er schien zu verstehen. »Ich lasse Sie beide jetzt allein«, erklärte er. »Wenn etwas sein sollte, drücken Sie bitte auf den roten Notrufknopf am Nachtkästchen.«

Sienna nickte, wartete, bis er verschwunden war, wandte sich ihrer Mutter zu. »Erinnerst du dich an irgendwas? Ich meine, weißt du, wer dir das angetan hat?«

Sie sah ihrer Mutter ins Gesicht, beobachtete sie genau.

Doch da war nichts, keine Regung, nur Augen, die ins Leere zu blicken schienen.

»Mama«, drängte sie. »Ich gehe später zur Polizei. Die sind dabei, herauszufinden, was passiert ist. Dazu brauchen sie aber deine Hilfe. Wenn du etwas weißt, musst du es …«

»Er ist so … ein Schwein«, hauchte ihre Mutter plötzlich beinahe unhörbar.

Sienna erschrak angesichts der Verletzlichkeit in der Stimme ihrer Mutter. »Was meinst du damit? Wer ist ein Schwein?«

Doch die Augen ihrer Mutter fingen bereits wieder an zu flattern, ein untrügliches Zeichen dafür, dass sie kurz davor stand, erneut das Bewusstsein zu verlieren. Sienna spürte, wie ihr Mund trocken wurde. Sie wollte ihre Mutter so viel fragen, so viel zu ihr sagen, doch in diesem Zustand bezweifelte sie, dass es zu etwas führen würde. »Schlaf noch ein bisschen«, sagte sie daher beruhigend, drückte die Hand ihrer Mutter sanft.

Doch anstatt ins Reich der Träume wegzudriften, fing ihre Mutter an, wie verrückt mit dem Kopf zu schütteln.

Sienna erschrak, versuchte, sie davon abzuhalten. »Lass das doch!«, rief sie. »Deine Verletzung … Du musst still liegen bleiben.«

Doch es brachte nichts. Natürlich nicht. Ihre Mutter schien plötzlich vollkommen aufgeregt, fast schon aggressiv. Sie starrte Sienna an. »Der Junge«, ihre Stimme versiegte, dann fielen ihr die Lider zu und Sienna bemerkte, dass die Gliedmaßen ihrer Mutter unter der Bettdecke vibrierten. »Ein süßer kleiner Junge.«

Ein Krampfanfall, ging es Sienna durch den Kopf, das musste auch der Grund dafür sein, dass sie wirr redete. Sie wollte gerade auf den Notrufknopf drücken, als das Zittern des Körpers ihrer Mutter verebbte, sie plötzlich ganz ruhig wirkte. Sienna sah ihr ins Gesicht, stellte fest, dass sie weinte.

»Ach Mama«, flüsterte sie und beugte sich vor, um sie auf die Wange zu küssen. »Das wird schon alles wieder.«

Sie sah sie an und irgendwie hatte Sienna plötzlich das Gefühl, dass der Blick ihrer Mutter nicht ins Leere ging, sondern sie im Innersten traf. Eine Zeit lang starrten sie einander nur an, dann spürte Sienna, wie sich die Hand ihrer Mutter in der ihren bewegte. »Es tut mir so, so leid … meine arme Kleine«, sagte ihre Mutter wie aus dem Nichts vollkommen klar und deutlich. »Dein Vater … er ist …« Plötzlich kippte ihr Kopf zur Seite.

Ein lang gezogenes Piepsen ertönte, dann brach das Chaos aus.

———

Auf dem Weg nach draußen ging Sienna alles Mögliche im Kopf herum. In erster Linie natürlich die Tatsache, dass die Ärzte und Schwestern der Klinik genau in dieser Sekunde um das Leben ihrer Mutter kämpften. Doch da waren auch die Zweifel darüber, ob es sich bei deren Gestammel tatsächlich nur um wirres Zeug handelte oder ob es etwas zu bedeuten hatte.

Dr. Jackson hatte ihr gesagt, dass er sie anrufen würde, sobald es etwas Neues gäbe, es ihrer Mutter besser ginge … oder auch nicht, daher beschloss Sienna, dass es nicht schaden konnte, eine Kleinigkeit zu essen.

Doch als sie endlich einen Pub gefunden hatte, der zu dieser frühen Stunde bereits geöffnet war, bemerkte sie, dass sie eigentlich gar keinen Hunger hatte. Sie zog die Visitenkarte des Polizisten aus der Hosentasche, warf einen Blick darauf, dann machte sie sich auf den Weg zu ihrer Unterkunft, wo sie ihren Wagen geparkt hatte.

———

Detective Chief Inspector Jonathan Roth war ein hochgewachsener Mann um die vierzig, mit schütterem rotblondem Haar und stechend blauen Augen. Er war ein Polizeibeamter von der Sorte, bei der man sich, ob nun etwas auf dem Kerbholz oder nicht, auf Anhieb mies fühlte.

Sienna reichte ihm die Hand, räusperte sich. »Dr. Jackson hat mir Ihre Karte gegeben«, erklärte sie dem Mann. »Es geht um meine Mutter, Marlene Aschenbrenner. Sie liegt mit schweren Kopfverletzungen im Stratton Hospital.«

Der Mann runzelte die Stirn, dann erhellte sich sein Gesichtsausdruck. »Hat sich denn in Hinsicht auf den Zustand Ihrer Mutter etwas verändert?«, wollte er wissen.

Sienna schüttelte den Kopf. »Ich war bereits zweimal bei ihr, doch sie ist viel zu schwach und zu desorientiert, um sich an den … Überfall zu erinnern.« Sie brach ab, sah den Mann an. »Und Sie sind sicher, dass sie wirklich überfallen wurde?«

»Davon müssen wir ausgehen. Die Verletzungen sind viel zu stark, als dass sie von einem Sturz stammen könnten. Ganz zu schweigen davon, dass wir ihren Wagen gefunden haben, welcher sich als vollkommen unbeschädigt herausstellte. Sie war also definitiv zu Fuß unterwegs.«

»Dr. Jackson hat mir die Sachen meiner Mutter ausgehändigt, die sie bei sich hatte, als sie überfallen wurde. Ich hab alles dabei.« Sie hob den Beutel in die Höhe, sah, dass der Polizist erleichtert zu sein schien. »Das wird uns sehr helfen«, erklärte der Mann und nahm Sienna den Beutel ab. »Haben Sie mal reingesehen?«

»Klar«, gab Sienna zurück. »Ihre Klamotten sind voller Dreck und in dem Rucksack befinden sich nur ihr Handy und ihr Portemonnaie. Außerdem eine Schaufel und Wasser.«

Der Polizist runzelte die Stirn. »Das ist merkwürdig.«

»Finde ich auch.« Sienna hob die Schultern. »Aber wie gesagt, ich hätte meine Mutter gerne danach gefragt und auch versucht, herauszufinden, wer ihr das angetan hat, doch da war nichts zu machen. Im Augenblick sind die Ärzte dabei, sie zu stabilisieren, weil sie vorhin einen Krampfanfall hatte.«

Der Polizist sah sie an. »Das tut mir wirklich sehr leid«, sagte er.

Sienna nickte. »Mir auch«, stieß sie aus. »Meine Mutter ist ein großartiger Mensch. Sie hat so was nicht verdient.«

Der Polizist sah aus, als wolle er Sienna etwas sagen, wie, dass keiner so etwas verdiene, verkniff es sich aber.

»Was noch komischer ist«, sagte Sienna, »im Portemonnaie meiner Mutter ist ein Haufen Bargeld. Außerdem befindet sich ihr Smartphone – sündhaft teuer und nagelneu – darin. Wieso hat der Täter das nicht mitgenommen?«

Der Polizist sah Sienna an, legte den Kopf schief. »Das werden wir jetzt herauszufinden versuchen«, erklärte er. »Hat Ihre Mutter Feinde, von denen Sie wissen?«

Sienna schüttelte schockiert den Kopf. »Nicht, dass ich wüsste. Sie arbeitet in München bei einer Tageszeitung, tritt hin wieder schon mal Leuten auf den Schlips, aber niemandem, der sie dafür auf diese Weise bestrafen würde.«

»Und wissen Sie, warum sie überhaupt hergekommen ist? Ich meine … sie lebt doch in Deutschland, Bayern um genau zu sein.«

Sienna verneinte. »Genau diese Frage stelle ich mir auch – bislang ohne eine Antwort darauf bekommen zu haben«, erklärte sie. »Mein Vater … er ist Engländer und früher, vor der Scheidung meiner Eltern, lebten wir alle in London, machten regelmäßig Urlaub in dieser Gegend. Vielleicht hat sie das Bedürfnis gehabt, nach all den Jahren wieder einmal herzukommen.«

Der Polizist nickte, machte sich Notizen, dann sah er Sienna an. »Ist es okay, dass wir die Sachen Ihrer Mutter eine Weile behalten? Wir haben auch eine volle Reisetasche im

Mietwagen Ihrer Mutter gefunden. Ich lasse sie Ihnen zukommen, sobald sie nicht mehr von Nutzen für unsere Ermittlungen sind.«

»Von mir aus.« Sienna nickte. »Und was genau haben Sie jetzt vor?«

Detective Chief Inspector Jonathan Roth sah sie ernst an. »Zunächst einmal hoffen wir, dass es Ihrer Mutter bald besser geht. Sie ist nämlich nicht nur das Opfer eines Verbrechens, sondern zudem die wichtigste Zeugin.«

Sienna zuckte zusammen, als das Smartphone in ihrer Gesäßtasche zu vibrieren begann. Sie zog es hervor, warf einen Blick aufs Display. »Da muss ich rangehen«, erklärte sie dem Polizisten und wandte sich um, während sie den Anruf annahm.

»Es tut mir von ganzem Herzen leid«, vernahm sie kurz darauf die Stimme von Dr. Jackson und wusste augenblicklich, was passiert war. Ihre Kehle schnürte sich fest zusammen, sodass sie kaum Luft bekam, Lichtblitze tanzten vor ihren Augen herum. Nur mit allergrößter Mühe schaffte sie es, das Handy fest zu umklammern, ihr Ohr an das Frontglas zu pressen. »Ist sie … ich meine … ist meine Mutter …«

Sie verstummte, schaffte es nicht, dieses eine Wort auszusprechen, weil es im Grunde Endgültigkeit bedeutete. Als sie schließlich die Hand des Polizisten auf ihrer Schulter spürte, schossen ihr die Tränen in die Augen.

»Soll ich Ihnen ein Glas Wasser holen?«

Sienna nahm die Stimme des Mannes wie durch einen Wattebausch wahr. Sie nickte benommen, spürte, wie ihr zuerst der Schweiß aus allen Poren trat, kurz darauf furchtbar schwindelig wurde. Schließlich glitt ihr das Handy aus der nassgeschwitzten Hand. »Mommy«, stammelte sie hilflos und konnte den Schmerz des Verlustes schon jetzt in ihrer Brust spüren. Dann schlug die Verzweiflung über ihr zusammen, riss sie mit sich fort.

4

AUGSBURG

2019

Das geöffnete Grab zog Sienna auf seltsame Weise an. Sie hatte das Gefühl, hineingesaugt zu werden, je näher sie kam. Als sie an der Kante stand, in die Knie ging, ihre Hand in den Behälter mit Erde steckte, musste sie sich regelrecht darauf konzentrieren, nicht vorn überzukippen. Einen letzten Blick auf den dunklen Eichensarg werfend, stand Sienna wankend auf, ließ die Erde auf das Holz rieseln, taumelte zurück.

Eine Hand umfasste ihren rechten Oberarm, dann vernahm sie die beruhigenden Worte von Carl, dem Ex-Mann ihrer Mutter.

Zwar war er mittlerweile schon seit Jahren von ihrer Mutter getrennt, doch ihr Tod schien ihm genau wie ihr wahnsinnig zuzusetzen. Er sah blass aus, seine Augen lagen in tiefen, dunklen Höhlen und er wirkte im Allgemeinen, als sei er nicht in bester Verfassung.

Sie bewunderte ihn dafür, dass er es schaffte, ihr in dieser dunklen Stunde trotz des eigenen Kummers Trost zu spenden, vielleicht auch deswegen, weil es ihr selbst nicht gelang. Als sie ihm vorhin zum ersten Mal seit Längerem wieder begegnet war, hatte sie kaum zwei Sätze über die Lippen gebracht. Sie schaffte es nicht wie die anderen Teilnehmer dieser Zeremonie, belanglose Floskeln auszutauschen, was für ein toller Mensch ihre Mutter denn gewesen war und wie tragisch ihr Verlust sei.

Sie sah sich um, bis ihr Blick an der betroffen dreinblickenden Ingeborg Walter hängen blieb. Sie war Chefredakteurin beim Bayern-Kurier und sowohl Chefin als auch gute Freundin ihrer Mutter gewesen. Und dennoch war sie die Erste gewesen, die bei ihr angerufen und nachgefragt hatte, ob es möglich sei, über das grauenvolle Ableben ihrer Mutter eine kurze Meldung zu verfassen.

Blutsauger, dachte Sienna. *Als Erstes an die Auflage denken ...*

Sie wünschte, all die Leute würden sich endlich verpissen, sie allein am Grab zurücklassen, damit sie sich ganz in Ruhe von ihrer Mutter verabschieden konnte. Doch wie es aussah, planten sie bereits einen Leichenschmaus auf Redaktionskosten im Anschluss an die Beerdigung und als Tochter der Toten sähe es äußerst seltsam aus, wenn sie der Gedenkfeier ihrer Mutter fernbliebe.

»Wir kommen später noch mal her«, hörte sie Carl ganz nah an ihrem Ohr raunen, drehte den Kopf leicht, um ihn anzusehen.

Sie nickte.

Als endlich auch der Letzte eine Handvoll Erde auf den Sarg geworfen und einen Augenblick des Gedenkens innegehalten hatte, atmete Sienna auf.

»Ich hab bei Leonardo für uns reserviert«, erklärte Ingeborg ihr mit sanfter Stimme. »Du weißt ja, wie gerne deine Mutter dort gegessen hat, ich denke, es würde ihr gefallen, zu wissen, dass wir an diesem Ort zusammensitzen, um ihrer gemeinsam noch einmal zu gedenken.«

Sienna schluckte, wollte etwas darauf erwidern, doch sie schaffte es nicht. Stattdessen nickte sie nur schwach, lief dem Pulk an schwarz gekleideten Menschen wie betäubt nach.

Im Grunde hatte sie die letzten Wochen bis heute gar keine Zeit gehabt, zu trauern oder darüber nachzudenken, was der Tod ihrer Mutter eigentlich für sie selbst bedeutete. Nachdem ihre Mutter gestorben war, hatte sie noch etliche Male mit der Polizei gesprochen, um alle wichtigen Details rund um die bevorstehende Ermittlung abzuklären. Sie hatte alles für die Überführung der Leiche nach der Obduktion geklärt, eine stundenlange offizielle Befragung über sich ergehen lassen und war schließlich vier Tage nach dem Tod ihrer Mutter in Deutschland angekommen, nur um sich dem nächsten Stresslevel zu ergeben.

Sie hatte deren Freunde und Kollegen informieren müssen, alle wichtigen Behördengänge erledigt, die Beerdigung geplant und sich wohlweislich gegen einen Leichenschmaus entschieden. Die Tatsache, dass Ingeborg sich ihrem Wunsch widersetzte, ärgerte sie zwar, aber um zu streiten, fühlte sie sich nicht stark genug. Sie würde es einfach über sich ergehen lassen. Das Gerede der Leute, deren nervige Fragen und das übertrieben mitleidige Heucheln.

Siennas Freundin Anna hatte sich erst gestern wieder angeboten, sie bei diesem schweren Gang zu begleiten, doch in Anbetracht dessen, dass Anna im achten Monat schwanger war, hatte sie dankend abgelehnt.

Überhaupt war ihre Freundin das totale Gegenteil von ihr und Sienna wunderte sich immer wieder, wie es sein konnte, dass sie sich trotzdem blind verstanden.

Anna war seit über zehn Jahren in einer festen Beziehung, inzwischen sogar glücklich verheiratet. Das Baby in Annas Bauch war Nachwuchs Nummer 3 und in Siennas Augen war Anna der Inbegriff von Seligkeit.

Schon oft hatte die Freundin versucht, Sienna mit einem

der Kumpels ihres Mannes zu verkuppeln, doch nachdem jedes einzelne dieser Dates mehr oder weniger in die Hose gegangen war, hatte sie es schließlich aufgegeben, Amor zu spielen.

Anna hatte ihr angeboten, dabei zu helfen, das Haus ihrer Mutter auszuräumen, doch was das anging, war Sienna noch lange nicht so weit. Im Moment fuhr sie ein- bis zweimal die Woche hin, um den Briefkasten auszuleeren und die Blumen zu gießen, doch irgendwann, das war ihr selbstverständlich klar, würde sie sich dieser Herausforderung stellen müssen. Das Haus ihrer Mutter war ein abbezahltes Reihenmittelhaus am Stadtrand von Augsburg und dank der enormen Immobilienpreise in Bayern eine halbe Million Euro wert, doch es zu verkaufen stand für Sienna momentan zumindest nicht auf dem Programm, wenngleich sie sich im Gegenzug auch nicht vorstellen konnte, selbst ins Haus zu ziehen.

»Sie wird mir sehr fehlen«, drängte sich Carls Stimme in ihr Bewusstsein.

Sienna sah ihn an. »Warum eigentlich?«, fragte sie schließlich härter als beabsichtigt. »Warst du es nicht, der diese Ehe letztendlich beendete?«

Er zuckte zusammen, nickte aber. »Deine Mutter war eine außergewöhnliche Frau. Ich habe sie über alles geliebt. Leider hatte ich sie niemals ganz für mich allein. Tief in ihrem Innern hing sie wohl immer noch an deinem Vater. Sie war beinahe besessen von ihm. Sie dachte, ich würde es nicht bemerken, doch die Tatsache, dass sie mit allen Mitteln versuchte, jede Erinnerung vollständig aus ihrem und auch deinem Leben zu eliminieren, zeigte mir persönlich, dass sie im Grunde doch noch an ihm hing.«

»Was meinst du damit?«

»Sie weigerte sich, über ihn zu sprechen. Selbst mit dir. Und falls doch, hat sie ihn so schlechtgemacht, dass du irgendwann selbst davon überzeugt gewesen bist, dass er ein schlechter Mensch war. Dabei hast du anfangs noch mit ganz viel Liebe über deinen Vater gesprochen, hast so oft versucht, etwas aus ihr wegen seines Verschwindens herauszubekommen – vergeblich. Es ist die Schuld deiner Mutter, dass sich dein Interesse an deinem Vater irgendwann änderte. Eines Tages hat sie dir die Karten von ihm weggenommen, erinnerst du dich daran, dass sie plötzlich verschwunden waren?«

Sienna runzelte die Stirn. »Ist lange her, ich war damals ein Teenager. Aber klar, irgendwann fiel mir auf, dass sie nicht mehr im Regal lagen, und als ich Mom fragte, behauptete sie, sie wisse nicht, wo sie seien.«

»Sie hat sie weggeworfen, weil dein Vater dir in seiner letzten Karte geschrieben hat, dass er eine neue Familie habe und neu anfangen wolle. Deiner Mutter musste klar gewesen sein, dass das die letzte Karte deines Vaters an dich war, deswegen hat sie alle genommen. Angeblich weil sie nicht wollte, dass du leidest und darauf wartest, dass im nächsten Jahr doch wieder eine kommt. Aber im Grunde hat sie die Karten ihretwegen weggeworfen. Sie war wütend auf deinen Vater, weil er ein neues Glück gefunden hatte. Das war auch der Moment, in dem mir klar wurde, dass die Ehe mit deiner Mutter nicht von Dauer sein würde.«

Sienna sah Carl an, schluckte.

»Fragst du dich auch, wieso sie nach all den Jahren wieder nach Cornwall wollte? Ich meine, wäre sie nicht dorthin zurückgegangen, würde sie noch am Leben sein.«

Er nickte gedankenversunken. »Vielleicht wusste sie, wo dein Vater sich aufhält, wollte mit ihm reden? Oder sie wollte noch mal an den Ort zurück, an dem ihr damals das Herz gebrochen wurde.«

»Du meinst, weil mein Vater damals während eines Urlaubs verschwunden ist?«

»Könnte doch sein, dass sie auf diese Weise endgültig Abschied nehmen wollte …«

»Glaubst du das wirklich?«

Carl hob die Schultern.

»Und die Polizei? Haben die sich mal bei dir gemeldet?«

»Die halten sich bedeckt. Ich weiß nicht einmal, was genau bei der Obduktion rauskam. Das Einzige, das sie mir gesagt haben, war, dass meine Mutter tatsächlich an den Folgen der Gewalteinwirkung auf ihren Schädel starb.«

»Dann wissen die also gar nichts?«

»Sieht wohl so aus. Der Polizist, mit dem ich in Kontakt stehe, meinte, dass es theoretisch auch eine Bande Jugendliche gewesen sein könnte. Irgendwelche zugedröhnten Typen, die die Kontrolle verloren haben.«

———

Am Abend hatte Sienna es endlich hinter sich gebracht. Die Leichenschmaus-Gesellschaft hatte sich bereits vor zwei Stunden aufgelöst, sodass Carl und sie es tatsächlich noch vor Einbruch der Dämmerung auf den Friedhof geschafft hatten. Gemeinsam hatten sie in Eintracht vor dem inzwischen gefüllten Grab gestanden und geweint, sich anschließend voneinander verabschiedet. Natürlich hatte Carl ihr seine Hilfe zugesichert, sie gebeten, sich zu melden, wann immer er etwas für sie tun könne oder wenn es Neuigkeiten gäbe.

Jetzt rang Sienna mit sich selbst, ob sie lieber gleich nach Hause oder vorher noch zum Haus ihrer Mutter fahren sollte, um nach dem Rechten zu sehen.

Am Ende gewann die Sehnsucht die Oberhand.

Im Haus roch es noch nach ihr, alles dort vermittelte nach außen hin den Anschein, ihre Mutter wäre nur wieder auf einer ihrer Recherchereisen und würde spätestens in ein paar Tagen unversehrt wieder aufkreuzen.

Selbstverständlich wusste sie, dass es sich bei dieser Vorstellung nur um einen Wunschtraum handelte, dennoch fühlte er sich für den Bruchteil einer Sekunde einfach nur gut in ihrem Innern an.

―――――

Als sie eine knappe halbe Stunde später in der Einfahrt des Hauses ihrer Mutter parkte, spürte sie, wie ihr Hals sich langsam, aber stetig zusammenzog.

Sie straffte die Schultern, stieg aus, lief zielstrebig auf die Eingangstür zu. Insgeheim hoffte sie, dass ihr nicht gerade jetzt einer der Nachbarn ihrer Mutter über den Weg lief, weil sie nicht wusste, ob sie heute noch mehr Mitleidsbekundungen ertrug.

Zuerst leerte sie den Briefkasten, welcher einen ganzen Packen offiziell aussehender Briefe enthielt.

Sie ging damit ins Wohnzimmer, setzte sich, ackerte sich durch die Post ihrer Mutter. Bei den meisten Briefen handelte es sich um Rechnungen im dreistelligen Bereich, die Sienna in ihre Handtasche steckte, um sie daheim via Onlinebanking zu begleichen. Der letzte Brief kam aus England und so wie Sienna das verstand, kam er von einem Altersruhesitz.

Sie runzelte die Stirn, riss ihn auf, zuckte zurück, als sie sah, dass es sich ebenfalls um eine Rechnung, jedoch im vierstelligen Bereich handelte. Sie schüttelte den Kopf, las die Zeilen erneut. Es bestand kein Zweifel. Die Rechnung war an ihre Mutter adressiert und beinhaltete Pflege und Unterbringungskosten im Wert von 1745 Pfund. Sienna ließ das Papier sinken, schluckte. Das ergab überhaupt keinen Sinn. Die Eltern ihrer Mutter stammten aus Bayern und waren seit Jahren tot und auch sonst gab es niemanden in ihrer Familie mütterlicherseits, von dem sie wüsste, dass er in einem Pflegeheim untergebracht war. Schon gar nicht in England. Ihre

Mutter war gebürtige Augsburgerin, einzig der Liebe wegen damals nach London gezogen. Wenn es also auf der Insel jemanden gab, der in einem Pflegeheim lebte, musste es sich um die Verwandtschaft ihres Vaters handeln. Die Frage war also, wieso ihre Mutter sich scheinbar bereit erklärt hatte, für die Pflege ihrer Schwiegerfamilie aufzukommen? Sollte das nicht eigentlich ihr Vater übernehmen?

Sie schluckte, steckte den Brief ebenfalls ein, stand einem Impuls folgend auf und ging ins Schlafzimmer ihrer Mutter. Nacheinander zog sie die Schubladen der Kommode unterhalb des Fensters auf, inspizierte deren Inhalt. Zu Lebzeiten ihrer Mutter hatte diese darauf bestanden, dass Sienna sich vom Schlafzimmer fernhielt. Der Raum war das Heiligtum ihrer Mutter gewesen und heute war das erste Mal seit Jahren … ach was … seit Jahrzehnten, dass sie sich hier drinnen genauer umsah.

Als sie bei der untersten Schublade angekommen war, stockte sie. Darin befanden sich mehrere unterschiedlich große Teekisten aus Holz und Sienna fragte sich, wieso zum Teufel ihre Mutter Tee im Schlafzimmer bunkerte. Sie entnahm eine der Kisten, öffnete sie, doch anstatt Tee enthielt sie etliche Papiere, die sich bei näherer Betrachtung als Unterlagen zur Rentenversicherung herausstellten.

Sienna wurde bewusst, dass es sich bei dieser Schublade wohl um die Dokumentensammlung ihrer Mutter handelte. Sie öffnete Kiste um Kiste, blieb schließlich bei einer hängen, die mit Kontoauszügen vollgestopft war. Sie entnahm die Papiere, blätterte sich durch, fand jede Menge Überweisungen an das Heim aufgelistet.

Als die Kiste fertig war, griff sie nach einer weiteren, zuckte zurück, als sie darin die Karten ihres Vaters fand. Ihre Mutter hatte sie also doch nicht weggeworfen, was bedeutete, dass Carl wohl recht hatte mit seiner Vermutung, dass ihre Mutter noch an ihrem Vater hing.

Wobei …

Sie schluckte. Irgendwie ergab das alles wenig Sinn. Wenn ihre Mutter noch immer einer verlorenen Liebe nachtrauerte, wieso hatte sie sich so viele Jahre lang geweigert, mit ihrer Tochter darüber zu sprechen?

Und warum hatte sie damals Himmel und Hölle in Bewegung gesetzt, damit Carl sie auch ohne Zustimmung des leiblichen Vaters adoptieren durfte? Damals hatte Sienna den Eindruck gehabt, ihre Mutter ertrug es nicht mehr, dass ihre Tochter nach der Hochzeit mit Carl als Einzige noch den Namen ihres Ex-Mannes trug.

Egal, wie sie es drehte und wendete – nichts von alledem passte auch nur im Geringsten zusammen.

Sie nahm die Karten aus der Kiste, sah sich jede einzelne davon an.

Sie stammten aus aller Herren Länder, handelten meist von irgendwelchen Abenteuern, die er erlebt hatte, und Sienna fragte sich unweigerlich, ob ihr Vater die Familie damals dafür aufgegeben hatte. Für die Freiheit, tun und lassen zu können, was immer er wollte?

Sein letzter Gruß kam aus London und handelte davon, dass er nach all den Jahren endlich angekommen und bereit für die Sesshaftigkeit sei. Er habe eine neue Familie gefunden, sei so glücklich und hoffe von Herzen, dass sie, Sienna, sich für ihn freue.

Sie grunzte abfällig, legte die Karten zu den Kontoauszügen, starrte sekundenlang auf den Stapel, sprang schließlich auf.

Seit Tagen überlegte sie, wie es weitergehen sollte, was sie tun konnte, um nicht durchzudrehen, und plötzlich … jetzt und hier … wusste sie es endlich.

Sie würde versuchen, die Sache mit den Rechnungen aus dem Pflegeheim persönlich zu klären. Wenn ihre Mutter so verrückt gewesen war, für ihren Scheißkerl von Ex diese

Rechnungen zu bezahlen, war das eine Sache. Sienna jedenfalls wollte nichts damit zu tun haben.

»England also«, murmelte sie vor sich hin. »Cornwall, um genau zu sein.« Sie würde dahin reisen, wo ihre Mutter zuletzt gewesen war. Vielleicht würde sie bei der Gelegenheit finden, wonach ihre Mutter so verzweifelt gesucht hatte.

5

BOSCASTLE

2019

Das Pflegeheim hatte den Namen *Sunview* und Sienna kam nicht dagegen an, zuzugeben, dass der Name nicht treffender hätte sein können. Der Hauptteil des Hauses war auf einem Hochplateau errichtet worden und von einem wunderschönen Park umgeben. Vom hinteren Teil des Parks hatte man einen traumhaften Ausblick auf den Atlantik und die gegenüberliegenden Klippen. Sienna schätzte, dass es schlechtere Orte als diesen gab, um seinen Lebensabend zu verbringen.

Sie gähnte verhalten, als sie auf die Lobby zuging, warf einen Blick auf die Uhr. Sie hatte Glück gehabt, dieses Mal einen der begehrten Direktflüge an die Küste zu ergattern, trotzdem fühlte sich ihr gesamter Körper an, als sei sie vierundzwanzig Stunden lang in einem Flieger eingesperrt gewesen. Das lag zum Teil daran, dass sie seit dem Tod ihrer Mutter sehr schlecht schlief und es zudem kaum über sich brachte, ausreichend, geschweige denn gesund zu essen.

Wenn sie ehrlich zu sich selbst war, hoffte sie, dass dieser Trip ihr dazu verhalf, abschließen zu können. Sowohl mit dem, was ihrer Mutter zugestoßen war, als auch mit ihrem Kindheitstrauma um den verlorenen Vater und zu guter Letzt auch mit dieser merkwürdigen finanziellen Verpflichtung. Nicht, dass Sienna geizig war, um Gottes willen, davon war sie weit entfernt. Sie war jemand, dem man nötigenfalls das letzte Hemd abschwatzen konnte, aber für jemanden aus der Familie des Mannes zu bezahlen, der nicht nur sie, sondern auch ihre Mutter so sehr verletzt hatte – das ging nun selbst ihr etwas zu weit.

Deswegen führte sie gleich der erste Weg hierher an diesen Ort, um klarzustellen, dass, wer immer hinter diesen idyllischen Mauern lebte, künftig nicht mehr von Familie Aschenbrenner finanziert würde.

Und wenn es dein Vater selbst ist, der hier lebt? Was, wenn er einen Unfall hatte? Krank geworden war?

Die Stimme in ihrem Kopf war leise, hatte in ihrer Wirkung aber die Wucht eines Presslufthammers.

Sienna sog die Luft scharf ein, schüttelte den Kopf. *Okay,* sagte sie sich im Stillen, *das wäre definitiv eine Erklärung dafür, weshalb meine Mutter eine Art Verpflichtung empfunden haben muss, hierfür aufzukommen.*

Doch was bedeutete das im Zweifelsfall für sie?

Sienna atmete tief durch. »Das ändert gar nichts«, murmelte sie. Dieser Mann hatte sie verlassen und sie würde einen Teufel tun und für ihn jahrelang bluten …

Sie trat in die Lobby, holte tief Luft, sah sich in der imposanten Empfangshalle um. Auf den ersten Blick zumindest hatte nichts an diesem Ort Ähnlichkeit mit den Altenheimen, die Sienna aus Deutschland kannte.

Im Rahmen ihres Jobs als Fotografin hatte sie in der Vergangenheit die ein oder andere dieser Institutionen für Werbeaufnahmen ablichten müssen, und wusste daher um den kleinen, aber feinen Unterschied.

Dieses Haus wirkte bereits auf den ersten Blick einladend und erinnerte viel eher an ein Luxushotel als an einen Altersruhesitz.

In der Lobby roch es nach einer Mischung aus Rosmarin und Menthol, was Sienna augenblicklich an einen Ort der Entspannung in einem Luxus-Spa versetzte.

Überall an den Wänden hingen fröhliche Bilder und nette Fotografien vom Personal und die große Sitzgruppe, die den Hauptteil der Lobby vereinnahmte, wurde von einer Gruppe Rentner belagert, die es sich bei einer Runde Schach oder Rommé und einem Cocktail gut gehen ließen. Sienna warf einen Blick auf die Uhr und grinste.

Es war noch nicht einmal vier Uhr, dennoch mutmaßte sie, dass sich in den bunten Gläsern mit den lustigen Schirmchen keineswegs Fruchtsäfte oder dergleichen befanden. Die Stimmung der Truppe war ausgelassen und heiter, daher lag es nahe, dass es sich bei diesem Zusammentreffen der Leute um eine Art Happy Hour handelte. Sie ging weiter in Richtung der Rezeption, wartete, bis das ältere Ehepaar vor ihr seinen Wunsch fürs Abendessen geändert hatte. Als sie an der Reihe war, trat sie an den Tresen, lächelte freundlich und brachte ihr Anliegen vor. Zur Untermauerung ihrer Worte kramte sie die Rechnung aus ihrer Handtasche hervor, reichte sie der Frau.

Diese überflog das Schreiben, sah Sienna schließlich an. »Und Sie wissen wirklich nicht, um wen es sich bei dieser Abrechnung handelt?«

»Wie gesagt, meine Mutter ist erst kürzlich gestorben und um diese … Sache hat sie sich bislang gekümmert.«

Die Frau nickte, fing an, etwas in die Tastatur zu hämmern. Dann erhellte sich ihr Blick und sie sah Sienna an. »Es geht um Serafina Ward, meine Liebe. Und wie ich das aus den Unterlagen entnehmen kann, ist Ihre Mutter, Marlene Aschenbrenner, als Kontaktperson eingetragen worden, und zwar schon vor fast zwanzig Jahren.«

Sienna bemerkte, wie der Boden unter ihr nachzugeben schien. Sie wankte, taumelte ein Stück zurück, bemerkte den besorgten Blick der Dame hinterm Empfang. »Geht es Ihnen nicht gut? Soll ich Hilfe rufen?«

Sienna schluckte schwer, hatte Mühe, auch nur einen klaren Gedanken zu fassen. Schließlich schüttelte sie den Kopf. »Es geht schon, danke. Es ist nur …« Sie brach ab, suchte nach Worten, spürte, wie ihr der kalte Schweiß am ganzen Leib ausbrach und ihr in Sturzbächen den Rücken hinablief. »Das muss alles ein schrecklicher Irrtum sein«, stammelte sie schließlich und erkannte ihre eigene Stimme nicht wieder. Sie klang kraftlos und zerbrochen, genau, wie sie sich seit Wochen schon fühlte. »Meine Mutter … sie hat mir vor Jahren erzählt, dass meine Großmutter väterlicherseits an einem Schlaganfall gestorben ist.«

―――――

Nachdem sich der erste Schock gelegt hatte, griff Sienna nach dem Wasserglas, das die Empfangsdame vor ihr auf den Tisch gestellt hatte. Sie hatte Sienna angewiesen, auf einer der freien Sitzgelegenheiten Platz zu nehmen und auf die Schwester von Station zwei zu warten. Sienna trank einen großen Schluck, spürte, wie die Kälte des Wassers ihren Magen verkrampfen ließ. Sie stöhnte gepresst, als ein Schmerzstich durch ihr Innerstes schoss, trank einen weiteren Schluck. Sie musste dringend etwas Anständiges essen, dachte sie und fragte sich im selben Augenblick, wie sie nach dieser Neuigkeit überhaupt jemals wieder etwas hinunterbekommen sollte.

Eigentlich hätte sie sich über die Nachricht, dass ihre Oma noch lebte, freuen sollen, denn ihre wenigen und sehr vagen Erinnerungen an die alte Dame waren durchweg positiv. Sie erinnerte sich noch, dass Serafina ganz früher in einem hübschen Häuschen gelebt hatte, auf dessen Terrasse eine alte quietschende Hollywoodschaukel stand. Sienna hatte als kleines Mädchen Stunden damit zugebracht, auf dem weichen Polster zu liegen und sich vom Wind hin und her wiegen zu lassen. Wieso zum Teufel hatte ihre Mutter sie über Serafina angelogen? Wieso hatte sie über all die Jahre verhindert, dass sie Kontakt zu ihrer Großmutter hatte?

Und warum, um Himmels willen bezahlte sie dieses teure Haus, obwohl doch eigentlich ihr Sohn – Siennas Vater dafür aufkommen müsste?

Fragen über Fragen, auf die Sienna nun keine Antwort mehr bekommen würde.

Sie schluckte gegen den Kloß in ihrem Hals an, trank einen weiteren Schluck. Als sie plötzlich eine Frau um die fünfzig auf sich zukommen sah, wusste sie auch ohne Namensschild, dass es sich um Schwester Kristin handelte. Die einzige Pflegerin im Haus, die bereits seit über dreißig Jahren am Stück hier arbeitete.

Wenn also jemand imstande wäre, ihre Fragen wenigstens im Ansatz zu beantworten, dann sie.

Sienna stand auf, reichte Kristin die Hand.

»Vielen Dank, dass Sie sich die Zeit für mich nehmen«, sagte sie und setzte sich wieder. Kristin nahm auf dem Sessel ihr gegenüber Platz, sah Sienna mitleidig an. »Der Verlust Ihrer Mutter tut mir aufrichtig leid«, sagte sie und verzog das Gesicht. »Ist sie krank gewesen?«

Sienna schüttelte den Kopf. »Es war Mord«, sagte sie schließlich und bekam augenblicklich ein schlechtes Gewissen, als sie das entsetzte Gesicht der Pflegerin sah. »Ein Überfall«, warf sie hinterher. »Die Polizei geht davon aus, dass es das Werk von ein paar missratenen Jugendlichen war. Sie ist niedergeschlagen worden, als sie zuletzt in der Gegend war.«

Kristin riss entsetzt die Augen auf. »Es ist hier passiert?«

»Ganz in der Nähe«, gab Sienna zurück. »Vor ungefähr einem Monat.«

Kristin stieß erschrocken die Luft aus. »Vor ungefähr einem Monat habe ich Ihre Mutter zum ersten Mal seit vielen Jahren wiedergesehen. Sie war so lange nicht hier gewesen, dass es mir anfangs schwerfiel, sie zu erkennen.«

»Sie war hier?«, fragte Sienna erstaunt.

Kristin nickte. »Und genau am Abend des Besuchs Ihrer Mutter neulich hatte Serafina einen weiteren Schlaganfall. Ihren zweiten, nach über zwanzig Jahren Ruhe.«

»Meine Großmutter lebt seit zwanzig Jahren hier?«

»Länger sogar.« Kristin runzelte die Stirn. »Ich glaube, es sind inzwischen dreiundzwanzig Jahre. Sie kam wenige Wochen nach ihrem ersten Schlaganfall her, bewohnte die ersten Jahre eines der betreuten Appartements, bevor sie irgendwann auf eine der Pflegestationen ziehen musste. Ihr Sohn hat sich damals um diesen Platz in unserer Einrichtung bemüht, hat das Haus seiner Mutter verkauft, um die Rechnungen bezahlen zu können.«

»Und warum kommt jetzt meine Mutter für die Rechnungen auf?«

»Das weiß ich nicht.« Kristin hob die Schultern. »Ich erinnere mich nur noch, dass sie selbst es war, die es veranlasste. Das muss ungefähr drei Jahre nach Serafinas Einzug hier gewesen sein. Ihre Mutter kam eines Nachmittags zu mir, händigte mir ihre Kontaktdaten aus und machte mir unmissverständlich klar, dass sie nur im absoluten Notfall kontaktiert werden wollte. Zum Beispiel im Todesfall ihrer Schwiegermutter oder wenn wichtige medizinische Entscheidungen getroffen werden müssten. Natürlich habe ich sie gefragt, was mit dem Sohn von Serafina sei, woraufhin Ihre Mutter zurückgab, dass er sie verlassen habe und untergetaucht sei.«

Sienna sah die Frau an, nickte. »Das stimmt. Mein Vater hat uns verlassen, da war ich gerade sieben Jahre alt. Meine Mutter zog mit mir zurück nach Deutschland, hatte seither keinen Kontakt zu meinem Vater. Sie hat ein paar Mal versucht, ihn wegen der Scheidung ausfindig zu machen – vergeblich. Alles, was wir von ihm hatten, waren ein paar Geburtstagskarten, die er mir über die Jahre hinweg nachgeschickt hat.« Sienna hielt inne, dachte nach. »War er denn in der letzten Zeit hier? Ich meine … hat er seine Mutter innerhalb der letzten zwanzig Jahre irgendwann einmal besucht?«

Kristin sah plötzlich traurig aus. »Nicht, dass ich wüsste. Keiner kam zu der armen alten Frau, um sie zu besuchen. Sie war immer allein, selbst zu Weihnachten oder an ihren Geburtstagen. Sie hatte lediglich uns Pflegerinnen und ihre Freundinnen im Haus. Selbst als sie neulich diesen Schlaganfall hatte und ins Krankenhaus musste, kam keiner, um nach ihr zu sehen. Wir haben versucht, Ihre Mutter zu kontaktieren, doch sie hat nicht zurückgerufen.«

Sienna schluckte, spürte Zorn in sich aufwallen. »Weil sie da bereits tot war«, gab sie schärfer als beabsichtigt zurück.

Kristin zuckte zusammen. »Das sollte auch kein Vorwurf sein, hören Sie? Ich meinte ja nur, dass dieses ständige Alleinsein wohl der Grund dafür war, weshalb Serafina irgendwann anfing, so enorm abzubauen. Anfangs war sie trotz ihrer Halbseitenlähmung sehr rüstig und immer gut drauf, doch dann, im Laufe der Jahre, zerrte der Kummer an ihrem Körper. Sie wurde immer schwächer und schwächer, konnte deswegen nicht in ihrem schönen Appartement bleiben, musste auf Station umziehen. Serafina ist die am längsten in dieser Einrichtung lebende Person und es wird seit Jahren gemunkelt, dass sie nicht loslassen kann, weil sie insgeheim noch immer darauf hofft, dass eines schönen Tages ihr Sohn wieder vor ihr steht.«

6

———

BOSCASTLE

2019

»Ich will zu ihr«, sagte Sienna fest und kam nicht dagegen an, dass sie plötzlich tiefen Zorn auf ihre Mutter verspürte. »Wenn ich gewusst hätte, dass meine Großmutter noch am Leben ist, hätte ich sie selbstverständlich auch früher schon besucht.« Sie stand auf, schüttelte den Kopf. »Ehrlich gesagt verstehe ich meine Mutter nicht. Okay, sie ist wütend auf meinen Vater gewesen, doch ich begreife nicht, wieso sie Serafina dafür bestraft hat. Die arme Frau konnte doch nichts dafür, dass ihr Sohn abgehauen ist. Im Grunde war sie doch ganz genauso Opfer seines Verschwindens wie meine Mutter und ich.«

Schwester Kristin sah Sienna betreten an. »Die Einzige, die Ihnen darauf eine Antwort hätte geben können, ist Ihre Mutter selbst. Aber nun …« Die Frau brach ab, lächelte Sienna an. »Ich finde, es ist schon einmal ein guter Anfang, dass Sie jetzt zu ihr gehen. Sie sind Ihre Enkelin, bestimmt freut sie sich über Ihren Besuch.«

Sienna folgte der Frau, spürte, wie sich ihr bei jedem Schritt der Hals enger zuschnürte.

In ihrem Kopf tobte ein Chaos und sie fragte sich unweigerlich, wie sie es schaffen sollte, jemals Antworten auf all ihre Fragen zu finden.

»Wie geht es meiner Grandma jetzt im Augenblick?«, wollte sie wissen und hielt Kristin am Arm zurück. Die Frau drehte sich um, sah Sienna bedauernd an. »Seit ihrem Schlaganfall neulich baut sie noch mehr ab. Viel stärker und schneller als in den Monaten und Jahren davor. Ihre Lähmung ist schlimmer geworden, wirkt sich mittlerweile auch auf die gesunde Seite aus, außerdem hat der Schlaganfall ihr Sprachzentrum extrem beeinträchtigt. Sie hat Schwierigkeiten bei der Wortfindung und leidet unter schweren Konzentrationsstörungen. Ich schätze, ihr Alter spielt da mit rein, aber wenn ich ehrlich sein soll, denke ich, dass ihr der letzte Besuch Ihrer Mutter mehr geschadet als genutzt hat.«

»Wie meinen Sie das?«

Kristin schob sich eine Strähne ihres lockigen Haars aus dem Gesicht, seufzte. »Wie bereits erwähnt, litt Serafina sehr unter der Einsamkeit und darunter, dass ihr Sohn sich nicht kümmerte. Aber sie war durchaus stabil, wollte oft an die frische Luft, aß einigermaßen – ihr Zustand war nicht gut, aber okay. Doch seit Ihre Mutter hier war …« Kristin brach ab.

»Schon okay«, beruhigte Sienna sie. »Ich will es wirklich wissen.«

Kristin nickte.

»Nachdem Ihre Mutter gegangen war, fand ich Serafina vollkommen fertig in ihrem Zimmer vor. Sie hatte geweint, zitterte am ganzen Körper, wirkte, als habe der Besuch Ihrer Mutter ihr jegliche Lebensenergie entzogen. Am Abend bekam sie eine Panikattacke, war nur sehr schwer zu beruhigen gewesen und kurz darauf hatte sie den Schlaganfall.«

Sienna stieß die Luft aus. »Wissen Sie zufällig, was genau meine Mutter von ihr wollte? Weshalb sie hier war?«

»Sie hat nichts gesagt. Sie kreuzte auf, wollte zu ihrer

Schwiegermutter. Irgendwie hatte ich den Eindruck, dass sie ziemlich fertig war. Sie wirkte fahrig, nervös und … auf bedrückende Weise erschüttert. Mein erster Gedanke war, dass sie erst kürzlich eine furchtbare Nachricht erhalten haben muss. Und ehrlich gesagt denke ich, dass es auch so war. Sie ist hergekommen, um Serafina davon zu erzählen, und die alte Frau hat dementsprechend reagiert.«

Sienna schluckte. »Wenn es so war, hat meine Mutter mir gegenüber nichts erwähnt. Ich habe sie ein paar Tage vor dem Überfall noch in ihrem Haus in Augsburg besucht. Da schien noch alles in Ordnung gewesen zu sein. Sie war vollkommen normal und hat auch mit keiner Silbe erwähnt, dass sie beabsichtigte, nach England zu reisen. Das Nächste, das ich weiß, war dieser Anruf des Arztes aus dem Stratton Hospital.«

Kristin runzelte die Stirn. »Vielleicht kann Ihnen das Handy Ihrer Mutter Antworten geben? Ich meine, wenn sie eine schlechte Nachricht bekommen hat, müssten Sie den Anrufer in den Kontakten finden können.«

Sienna seufzte. »Das befindet sich noch immer in Polizeigewahrsam. Genau wie ihr Laptop.«

Kristin nickte verständnisvoll. »Vielleicht kann Serafina ein paar Unklarheiten ausräumen. Heute Morgen schien sie ziemlich klar zu sein, das erste Mal seit Tagen. Sie spricht zwar nicht mehr, aber hin und wieder kritzelt sie ein paar Worte, um sich verständigen zu können.«

Sie liefen weiter, blieben schließlich vor einer Tür mit der Nummer 89 stehen. Kristin warf ihr einen aufmunternden Blick zu, zwinkerte.

Als sie eintraten, zuckte Sienna schockiert zurück. Sie hatte Serafina als korpulente dunkelhaarige Dame in Erinnerung, mit den gütigen Augen ihres Vaters und einem so warmen Lächeln auf den Lippen, dass einem das Herz aufging. Die verhärmt aussehende alte Frau in dem Bett vor sich hatte nichts mit der Großmutter gemein, die Sienna nach all den Jahren noch immer vor Augen hatte. Serafina war dünn und ausgemergelt, nur noch ein Schatten ihrer selbst. Das Gesicht leichenblass, die Augen starrten ins Leere und wirkten völlig gebrochen, ließen erahnen, wie es in ihrem Innern aussehen musste.

Siennas Eingeweide verkrampften sich, als sie näher trat. Plötzlich hatte sie das Gefühl, kein einziges Wort herauszubringen.

»Serafina, Sie haben Besuch«, flötete Kristin und kam Sienna so zu Hilfe. »Wissen Sie, wer die junge Dame ist?« Die Schwester machte eine bedeutungsvolle Pause, schob Sienna noch näher ans Bett heran. »Das ist Ihre Enkelin aus Deutschland«, erklärte sie der alten Frau und verstummte, als nur im Bruchteil einer Sekunde später ein heftiger Ruck durch den Körper der alten Frau ging.

Die gesamte Situation kam Sienna wie eine Filmsequenz in Zeitlupe vor. Serafina drehte den Kopf, starrte sie sekundenlang nur mit weit aufgerissenen Augen an, stieß einen hohen Ton aus, von dem Sienna nicht wusste, ob er Gutes oder Schlechtes verhieß.

Sie warf Kristin einen verunsicherten Blick zu.

»Geben Sie ihr einen Augenblick«, flüsterte die Schwester und sah Sienna schmunzelnd an. »Ich schätze, Ihr überraschender Besuch überfordert Ihre Grandma, nur diesmal auf positive Weise.« Sie machte eine Kopfbewegung in Richtung des Bettes und als Sienna sich wieder Serafina zuwandte, fiel ihr auf, dass die Lippen der alten Frau bebten, ihr Kinn flatterte.

Schnell beugte sie sich zu ihr hinab, nahm sie behutsam in die Arme. »Ich bin hier, Granny«, flüsterte sie ganz nah an ihrem Ohr. »Ich bin so froh, dich wiederzusehen, nach all den Jahren. Es tut mir nur unendlich leid, dass es so lange gedauert hat.«

Sie küsste Serafina sanft auf die Wange, erschrak, als sie

bemerkte, wie dünn deren Haut sich anfühlte, fast wie Pergament.

Sie drehte sich zu Kristin um. »Trinkt sie ausreichend?«

Die Frau verzog das Gesicht. »Bis vor einem Monat, ja. Doch seit sie aus der Klinik zurück ist, verweigert sie die meiste Zeit über sowohl Essen als auch Trinken. Wir müssen ihr gut zureden, sie fast dazu zwingen, etwas zu sich zu nehmen.«

Sienna wandte sich ihrer Oma zu, überlegte kurz, ob sie ihr erzählen sollte, dass ihre Schwiegertochter tot war, entschied sich aber dagegen. »Meine Mutter hat mir verschwiegen, dass du noch am Leben bist. Sie sagte, du seist an einem Schlaganfall gestorben. Deswegen bin ich so lange nicht hier gewesen, verstehst du? Es hatte nichts mit dir zu tun, sondern lediglich mit einer Lüge meiner Mutter. Ich schätze, sie war wütend auf Papa, weil er uns verlassen hat, log deswegen auch, was dich angeht. Ich vermute, sie wollte einen kompletten Schlussstrich ziehen, nach allem, was mein Vater uns angetan hat. Es tat wirklich weh, dass er abgehauen ist, weißt du?«

Wie aus dem Nichts fing Serafina an, sich unter der Bettdecke zu winden und zu zucken, starrte mit weit aufgerissenen Augen zuerst Sienna und dann Kristin an. Schließlich streckte sie ihre gesunde Hand aus, packte Sienna am Arm, drückte fest zu. Die Geste tat nicht weh, aber trotzdem hatte Sienna das Gefühl, dass eine unglaubliche Wut von ihrer Großmutter auszugehen schien. Sie warf einen hilflosen Blick zu der Schwester, schüttelte verständnislos den Kopf. »Was hat sie denn?«

Kristin stand da, schien selbst mit der Situation überfordert zu sein.

Als Serafina schließlich noch anfing, rasselnd nach Luft zu ringen und zu keuchen, brach das Chaos aus.

Kristin drückte auf den Notfallknopf, eilte auf Serafina

zu, löste deren knochige Hand von Siennas Arm. »Bitte warten Sie draußen, ich muss dringend versuchen, dass sie sich beruhigt.«

––––––

Nachdem sich Serafinas heftige Reaktion als schwerer Krampfanfall im Gehirn herausgestellt hatte, war Sienna von Schwester Kristin nahegelegt worden, später oder besser noch erst morgen wiederzukommen.

Jetzt war Sienna auf dem Weg nach Boscastle, um Detective Chief Inspector Jonathan Roth einen Besuch abzustatten. Sie wollte dem Mann Auge in Auge gegenübersitzen, wenn sie ihn fragte, weshalb ihr noch immer keiner sagen konnte, wer ihre Mutter auf dem Gewissen hatte. Außerdem würde sie das Handy ihrer Mutter zurückverlangen, damit sie Kristins Rat beherzigen konnte. Vielleicht fand sie in der Anruferliste tatsächlich eine Antwort auf die Frage, warum sie überhaupt hergekommen war.

Sie war nur noch wenige Meilen von Boscastle entfernt, als sie in der Ferne ein imposantes Gebäude erkannte, das hoch oben auf den Klippen thronte.

Ein Ruck ging durch ihren Körper, als ihr bewusst wurde, dass ihr der Anblick auf seltsame Weise vertraut vorkam und sie zugleich nervös machte.

Sie hatte das Haus schon einmal gesehen, da war sie absolut sicher. Nach weiteren drei Meilen Fahrt kam sie an einem Schild vorbei, das vorbeifahrende Touristen dazu anhalten sollte, die nächste Abfahrt zum Hotel *Cliff Ville* zu nehmen.

Sienna wusste augenblicklich, dass es sich dabei um das Gebäude handelte, das sie vorhin gesehen hatte. Als sie nur noch wenige Hundert Meter von der Ausfahrt entfernt war, beschloss sie, dass es nicht schaden konnte, sich das Hotel einmal aus der Nähe anzusehen. Sie setzte den Blinker und fuhr schließlich von der Schnellstraße ab, spürte, wie sich bei jedem Meter, den sie zurücklegte, ihr Herzschlag beschleunigte.

Als die Straße schließlich in eine Schotterpiste mündete, die durch eine weite Moorlandschaft führte, drückte sie auf den Knopf, um die Seitenscheibe zu öffnen. Sie atmete tief durch, genoss den frischen und leicht herben Geruch nach von Wasser durchtränkter Erde, stieß ein leises Stöhnen aus. Die frische Luft tat ihr gut, trotzdem kam sie nicht umhin, zuzugeben, dass sie dringend ein wenig Ruhe brauchte. Vielleicht sollte sie den Abstecher hierher dazu nutzen, runterzukommen, um die Neuigkeiten, welche innerhalb der letzten Stunden auf sie eingeprasselt waren, verarbeiten zu können.

Als schließlich ein verschnörkeltes Eisentor am Ende des Weges vor ihr auftauchte, überkam sie ein Frösteln. Sie drückte die Seitenscheibe wieder nach oben, doch das Gefühl von Kälte blieb. Nachdem sie das Tor passiert hatte, führte sie ein schmaler Weg zu einem großen Parkplatz, an dessen Einfahrt ein kleines Häuschen stand. Als sie näher kam, trat ein Mann in Anzug daraus hervor, lächelte ihr in übertriebener Höflichkeit entgegen.

Sie hielt neben ihm an, ließ die Scheibe erneut herunter. »Ich würde gerne ein paar Tage bleiben, wenn Sie ein Zimmer frei haben«, erklärte sie freundlich.

»Gern«, sagte der Mann und wies mit der rechten Hand zu einer Ansammlung freier Parkplätze. »Suchen Sie sich einen aus.«

Als sie ihren Wagen geparkt hatte, stieg sie aus, ging um das Auto herum, öffnete den Kofferraum. Sie nahm ihre Reisetasche und wollte gerade die Kofferraumklappe schließen, als der Mann vom Parkhäuschen neben ihr stand. »Es sind ein paar Meter bis zum Haupthaus«, erklärte er. »Darf ich Ihnen Ihre Tasche abnehmen? Ein Mitarbeiter wird sie Ihnen sofort aufs Zimmer bringen.«

Sienna sah den Mann unschlüssig an, nickte schließlich.

»Wenn Sie mögen, informiere ich die Rezeption, dann schickt man Ihnen einen Buggy her, damit Sie nicht laufen müssen.«

»Ach was«, gab Sienna zurück. »Ein bisschen Bewegung an der frischen Luft hat noch keinem geschadet.«

Der Mann lächelte zurückhaltend, streckte die Hand nach Siennas Tasche aus. »Dann wünsche ich Ihnen einen erholsamen Aufenthalt bei uns. Nehmen Sie den Hauptweg mitten durch den Garten, dann sind Sie am schnellsten da.«

———

Der Garten stellte sich am Ende als Park heraus. Er war riesig, aber dennoch sehr gepflegt und geschmackvoll angelegt. Der Weg zum Haus war von Blumenbeeten und mannshohen Grasbüscheln gesäumt, die gesamte Atmosphäre erinnerte Sienna an eine Art verwunschenen Garten aus einem Märchenfilm.

Als sie die Treppe zur Lobby hinaufstieg, hatte sie auf einmal ein Déjà-vu. Sie spürte, dass sie diese Stufen hier und heute nicht zum ersten Mal beging.

An der Rezeption angekommen, wurde sie von einer älteren Dame in Empfang genommen, die sich als Besitzerin des Anwesens vorstellte.

»Mein Name ist Sienna Aschenbrenner«, erklärte sie der Frau. »Ich hätte gerne ein Zimmer für vorerst zwei Nächte, wenn möglich.«

Die Dame nickte lächelnd. »Frei ist genug«, gab sie zurück. »Noch ist Nebensaison.«

Sie reichte Sienna ein Formular, damit sie ihre Personalien eintragen konnte. »Ich würde Ihnen Zimmer 11 geben«, erklärte sie. »Das ist zwar ein wenig teurer als die anderen, aber der Blick über die Bucht ist atemberaubend. Es ist eines unserer beliebtesten Zimmer. Sind Sie mit 160 Pfund die Nacht einverstanden? Frühstück ist im Preis inbegriffen, genau wie die Nutzung unserer Spa-Landschaft im Keller.«

»Hört sich toll an«, sagte Sienna und schob der Frau das ausgefüllte Formular über den Tresen.

Die überflog Siennas Angaben, nickte zufrieden. Dann drehte sie sich zu dem Schrank in ihrem Rücken um, entnahm aus einem der Fächer einen monströs wirkenden Schlüssel samt Anhänger, auf dem die Zimmernummer stand. »Bei uns gibt es noch keine dieser modernen Karten«, erklärte sie heiter. »Die werden ständig von den Gästen verloren und das Austauschen der Schließanlage kostet ein Vermögen. So was hier«, sie legte den schweren Schlüssel auf den Tresen und sah Sienna schmunzelnd an, »hat noch nie jemand verloren.«

»Kann ich mir vorstellen«, gab sie lächelnd zurück, griff danach, zuckte zusammen, als sie bemerkte, dass das Metall des Schlüssels sich eiskalt und schmerzhaft in ihrer Handinnenfläche anfühlte.

»Zimmer elf befindet sich im Hochparterre«, erklärte ihr die Rezeptionistin. »Einfach neben den Aufzügen die Treppe hoch und gleich nach links. Einen schönen Aufenthalt wünsche ich Ihnen. Und falls Sie einen Wunsch haben, der Roomservice ist die ganze Nacht für Sie da.«

———

Als Sienna vor der Tür zu ihrem Zimmer stand, verspürte sie auf einmal ein Gefühl der inneren Unruhe. Sie atmete tief durch, steckte den Schlüssel ins Schloss, drehte herum. Als die Tür aufsprang, zuckte Sienna zurück. Aus dem Innern des Raumes schlug es ihr eisig kalt entgegen, doch als sie eintrat, erkannte sie, dass die Fenster verschlossen waren. Sie verzog das Gesicht, warf einen Blick auf den Thermostat neben der Tür, stellte fest, dass er auf 22 Grad eingestellt war.

Schließlich schob sie ihr inneres Frösteln auf ihre Müdigkeit und die Erschöpfung, verschloss die Tür hinter sich.

Sie trat in den Wohnraum, saugte die Atmosphäre in sich auf. Die Möbel waren ein Mix aus Antiquitäten und modernen Details, doch obwohl dieser Style genau Siennas Ding war, fühlte er sich gerade jetzt merkwürdig beklemmend für sie an. Sie warf einen Blick auf die Uhr, hoffte, dass ihr bald jemand ihre Tasche bringen würde, damit sie duschen konnte, beschloss dann, sich während der Wartezeit aufs Bett zu legen und für einige Minuten auszuruhen. Sie kickte ihre Schuhe von sich, setzte sich auf die feste Matratze des riesigen Boxspringbettes, ließ sich nach hinten fallen.

Sie hatte gerade die Augen geschlossen, als ihr wie aus dem Nichts zuerst kalt und dann siedend heiß wurde. Der Schweiß brach ihr aus, ihre Handflächen fühlten sich glitschig an. Sie zuckte hoch, schnappte nach Luft, doch selbst das Atmen schien ihr auf einmal schwerzufallen. Vor ihren Augen tauchten Lichtblitze auf, die Wände schienen sich auf sie zuzubewegen.

Weg!, dachte sie panisch. *Du musst aus diesem Zimmer raus!* Doch selbst ihre Beine schienen ihr plötzlich den Dienst zu versagen.

Sie sackte in sich zusammen, stöhnte, spürte, wie ihr der Mund sekündlich mehr austrocknete, sie kaum noch einen klaren Gedanken fassen konnte.

Als Kind hatte sie des Öfteren unter Panikattacken gelitten und wusste daher, dass sie sich zwar bedrohlich anfühlten, es aber nicht waren.

Trotzdem hatte sie das Bedürfnis, um Hilfe zu rufen, bekam jedoch keinen Ton über ihre Lippen.

Sie keuchte verzweifelt, kämpfte gegen die Tränen der Hilflosigkeit an, stieß ein Stöhnen aus, als es plötzlich an der

Tür klopfte. »Ihre Tasche«, ertönte eine angenehm tiefe Stimme von draußen und auf einmal konnte Sienna wieder atmen. Gierig füllte sie ihre Lungen mit Sauerstoff, bemerkte, wie das Kribbeln auf der Kopfhaut nachließ und sie langsam ruhiger wurde.

Der Anfall war vorbei.

7

BOSCASTLE

2019

»Versteck dich schnell, ich zähle jetzt bis zehn!« Getrampel ertönte, dann drang fröhliches Kinderlachen wie durch dichten Nebel in Siennas Bewusstsein.

Benommen tastete sie nach dem Schalter oberhalb ihres Bettes, kniff die Augen zusammen, als das Licht anging und ihr in den Augen brannte. Sie warf einen Blick auf die Uhr. Es war gerade einmal kurz nach fünf Uhr morgens, was bedeutete, dass sie kaum mehr als ein paar Stunden am Stück geschlafen hatte. Nach der gestrigen Panikattacke war trotz eines langen und entspannenden Bades an Ruhe und Frieden für lange Zeit kaum zu denken gewesen, sodass sie schließlich Ablenkung beim Fernsehen gesucht hatte. Als sie irgendwann doch vor Erschöpfung eingenickt war, wurde sie kurze Zeit später von einem lauten Rumpeln geweckt. Genau wie jetzt gerade, hatten vor ihrer Zimmertür Kinder gelacht und vor Vergnügen gequietscht und für kurze Zeit war Sienna versucht gewesen, die Rezeptionistin zu bitten, für Ruhe zu sorgen.

Sienna ging es nicht in den Kopf, wie Eltern es zulassen konnten, ihre Kinder um kurz vor Mitternacht oder so früh am Morgen auf den Hotelgängen herumtoben zu lassen. Stöhnend schlug sie die Decke zurück, stand auf, wankte zur Tür. Zorn schoss durch ihre Adern, als wieder ein Lachen erklang, lauter als zuvor diesmal. Sie streckte die Hand aus, zuckte erschrocken zurück, als ein lautes Krachen ertönte. Es hatte sich angehört, als sei eines der Kinder genau gegen ihre Zimmertür geprallt. Ein Schluchzen erklang.

Sienna griff nach der Klinke, riss die Tür auf und wollte gerade ansetzen, die Lärmverursacher zu maßregeln, als ihr bewusst wurde, dass sich kein Mensch auf dem Gang befand.

Keiner außer ihr selbst.

Verdutzt trat sie ein Stück weiter in den Gang hinaus, blickte erst in die eine, dann in die andere Richtung, runzelte die Stirn.

Wo waren die Kinder auf einmal?

Gerade eben noch hatte eines von ihnen sich wehgetan und geweint und auf einmal, keine Sekunde später, waren sie alle verschwunden.

Kopfschüttelnd trat Sienna den Rückzug an, verschloss die Tür hinter sich. Sie wollte sich gerade wieder hinlegen und unter ihre warme Decke kuscheln, als ihr Handy klingelte. Seufzend nahm sie es, warf einen Blick aufs Display, erschrak, als die Nummer des Pflegeheims aufleuchtete. Sie zögerte kurz, ging aber schließlich doch dran.

»Entschuldigen Sie die frühe Störung«, kam es von einer jungen Frau am anderen Ende der Leitung. »Es geht um Ihre Großmutter, Serafina Ward.« Die Anruferin stockte für den Bruchteil einer Sekunde. Das war der Augenblick, in dem Sienna klar wurde, dass etwas passiert sein musste.

»Wie geht es ihr?«, brachte sie mühsam hervor.

»Das kann ich leider nicht beurteilen«, erklärte die junge Frau am anderen Ende der Leitung. »Ehrlich gesagt weiß ich nicht einmal, wie es dazu hat kommen können.« Ein leises Seufzen ertönte, dann ein betretenes Räuspern. »Entschuldigen Sie, dass ich mich Ihnen nicht vorgestellt habe«, kam es plötzlich noch kleinlauter von der jungen Frau. »Ich bin Schwester Ireen und während dieser Schicht für die Station verantwortlich, auf der Ihre Großmutter wohnt. Als ich vorhin meine Runde gedreht habe, war alles okay. Ich schwöre es! Serafina schlief ganz friedlich, das Gitter ihres Bettes war oben. Doch jetzt, als ich noch einmal nachgesehen habe, lag sie plötzlich auf dem Fußboden, ungefähr einen Meter vom Schrank entfernt. Ich weiß nicht, wie sie das gemacht hat, aber sie muss irgendwie aus dem Bett geklettert sein.«

»Wie bitte?« Sienna runzelte die Stirn. »Wie soll sie das denn gemacht haben? Meine Großmutter ist halbseitig gelähmt und bettlägerig. Wie um Himmels willen will sie denn ohne Hilfe aus dem Bett gekommen sein?«

»Wirklich, es tut mir leid, aber ich weiß es nicht. Das Gitter war oben, da bin ich absolut sicher.«

Sienna atmete tief durch. »Ich kann sowieso nicht mehr schlafen«, stieß sie schließlich resigniert aus. »Was halten Sie davon, wenn ich selbst schnell vorbeischaue?«

»Das bringt nichts mehr, weil ich bereits den Krankentransport benachrichtigt habe. Serafina muss geröntgt werden, weil der Verdacht auf einen Oberschenkelhalsbruch besteht. Wenn Sie sie noch sehen wollen, am besten gleich im Krankenhaus.«

———

Als Sienna eine knappe Stunde später auf den Parkplatz zum Stratton Hospital einbog, überkam sie eine Art Déjà-vu.

Ihre Mutter war vor etwas über einem Monat in diesem Haus verstorben und die Erinnerung an ihren letzten Besuch bei ihr überwältigte sie schier. Sie schluckte gegen den Kloß im Hals an, stieg aus. Am besten wäre, sie brächte das so schnell wie möglich hinter sich.

Sie eilte auf den Eingang zu, erklärte dem Pförtner, wer sie war und was sie wollte, wurde von ihm in Richtung der Notaufnahme weitergeschickt. Sie fand Serafina schließlich in einem Pflegebett liegend und fixiert, mitten auf dem Gang stehend. Kein Mensch war bei ihr und als sie ihre Großmutter weinend und mit schmerzverzerrtem Gesicht in ihrem Bett liegen sah, schnürte sich ihr der Hals zu. Diese Situation spiegelte ganz genau das wider, was Serafinas Leben seit Jahrzehnten auszumachen schien – Einsamkeit und Trostlosigkeit.

Sie ging zu ihr, ergriff ihre Hand, drückte sie sanft. »Ich bin hier, Grandma, keine Angst, ich bleibe bei dir.« Sie beugte sich zu ihr hinab, küsste sie sanft auf die Wange, doch die alte Frau schien vollkommen wegtreten zu sein.

»Sie hat starke Schmerzen«, ertönte es hinter ihr und Sienna wirbelte herum. Ein junger Mann, laut Namensschild handelte es sich um einen Arzt im Praktikum, sah sie freundlich an. »Ich musste ihr etwas Stärkeres geben«, erklärte er. »Gut möglich, dass sie deswegen ein bisschen neben sich steht.«

»Wie lange wird es denn dauern?«, fragte Sienna.

Der Mann warf einen Blick auf die Uhr. »Die Röntgenabteilung bereitet im Moment alles vor. Ich schätze zehn Minuten. Und nur für den Fall, dass sich meine Vermutung bestätigt, benötigen wir Ihr Einverständnis für den Eingriff.«

»Sie muss operiert werden?«

»Wenn es eine Fraktur ist, ja.«

»Okay, warten wir ab.« Sienna bedankte sich, wandte sich ihrer Oma zu. »Gleich geht es los«, murmelte sie, streichelte ihr sanft die Wange, registrierte, dass der Klang ihrer Stimme beruhigend auf die alte Dame wirken musste.

Sienna erschrak, als Serafina wie aus dem Nichts ihre Augen öffnete und sie anstarrte.

»Du machst Sachen«, sagte sie mehr überfordert als erschrocken, lachte betreten.

Sie sah ihre Grandma an, legte den Kopf schräg. »Einfach aus dem Bett zu klettern. Du hättest dir den Hals brechen können.«

Der Blick ihrer Großmutter kippte und als Sienna bemerkte, dass die alte Dame mit den Augen rollte, klappte ihr der Mund auf. »Du bekommst mit, was um dich herum passiert, nicht wahr?«

Serafina blinzelte. Dann bemerkte Sienna, dass ihr Zeigefinger zuckte.

»Wieso bist du aus dem Bett raus?«, fragte Sienna. »Hast du schlecht geträumt? Oder hat die Nachtschwester doch das Gitter vergessen?«

Der Zeigefinger ihrer gesunden Seite wackelte von links nach rechts.

»Meine Mom ist tot«, kam es Sienna plötzlich über die Lippen, ehe sie sich bremsen konnte. Erschrocken sah sie Serafina an, doch die verzog keine Miene.

»Sie wurde überfallen, kurz nachdem sie dich das letzte Mal besucht hat. Das muss vor einem Monat gewesen sein.«

Sie sah Serafina an. »Was mich wirklich total verrückt macht, ist, dass ich nicht weiß und es wahrscheinlich auch nie erfahren werde, was sie überhaupt hier wollte. Wieso ist sie nach all den Jahren hierher zurückgekommen?«

Sie musterte Serafina, als bestünde die Chance, in ihrem Gesicht eine Antwort zu finden, doch da war nichts.

»Ich glaube, sie war wegen ihm hier. Wegen meines Vaters«, schob sie schließlich hinterher. »Sie hat ihn so sehr geliebt und er hat sie einfach verlassen … hat uns einfach verlassen. Ich glaube, sie wollte ein für alle Mal abschließen, was anderes ergibt auch gar keinen Sinn.«

Sie sah ihre Oma an, erkannte plötzlich Tränen in deren Augen.

»Ich werde ihn finden, hörst du? Meinen Vater. Ich finde ihn und stelle ihm all die Fragen, die meine Mutter ihm gestellt hätte. Warum er uns verließ, wieso er sich nie bei mir meldete und warum er sogar seine eigene Mutter vergessen hat.«

Sienna hatte sich in Rage geredet, zuckte zusammen, als plötzlich Serafinas gesunde Hand ihren Unterarm umklammerte.

Der Griff der alten Frau war fest und unnachgiebig und wenn Sienna es nicht besser wüsste, hätte sie gesagt, dass ihre Grandma ihr absichtlich wehtun wollte. Sie entzog sich deren Griff, sah ihre Oma an. »Soll ich den Arzt rufen? Werden die Schmerzen stärker?«

Serafina schüttelte den Kopf, sah sie fest an.

»Was ist los?«, fragte sie die alte Frau und beugte sich zu ihr hinunter.

Serafinas Atem kitzelte sie am Ohr. Dann vernahm sie ein kaum wahrnehmbares Flüstern.

»Du musst es noch mal sagen«, gab sie zurück, beugte sich näher zum Mund ihrer Grandma. Sie zuckte hoch, als ein Schrei ihr Trommelfell beinahe zum Explodieren brachte, sah ihre Großmutter erschüttert an. »Das hast du mit Absicht gemacht!«

Die Augen der alten Frau blitzten. Dann öffnete sich ihr Mund.

Siennas gesamter Körper fühlte sich angespannt an, während sie ihre Großmutter ansah.

Ein Stöhnen ertönte. Dann ein rasselndes Husten.

Sie wollte ihrer Oma zu Hilfe kommen, sie in eine aufrechte Position bringen, doch Serafina schlug ungeduldig um sich. Einer der Schläge traf Sienna an der Schulter.

»Was hast du denn nur?«, fragte sie ihre Oma. »Ich will dir doch nur helfen!«

Tränen liefen der alten Frau über die Wangen. Dann erzitterte sie, klappte den Mund noch weiter auf. Ihr Blick zuckte zu Sienna, fixierte ihr Gesicht. »Du musst ...« Die alte Frau brach ab, schien nach Worten zu suchen.

»Verschwinde einfach!«

———

Während des Gesprächs mit dem Chirurgen hatte sich herauskristallisiert, dass eine schnelle Operation Serafinas einzige Option war. Auf Anweisung des Arztes hatte Sienna sich von ihrer Grandma verabschiedet, gewartet, bis diese hinter den Glastüren zum OP-Bereich verschwunden war, dann hatte sie sich auf den Weg zum Parkplatz gemacht. Als Nächstes stand ein Gespräch mit der Polizei auf dem Plan, bezüglich des Falles ihrer Mutter. Deshalb hatte sie sich umgehend nach dem Krankenhaus auf den Weg zum Präsidium gemacht. Jetzt saß sie in der Lobby und wartete darauf, dass man sie abholte.

Als sie nach circa fünfzehnminütigem Warten endlich Chief Inspector Jonathan Roth auf sich zukommen sah, atmete sie erleichtert auf. Sie erhob sich, ging dem Mann entgegen, reichte ihm freundlich die Hand. »Ich hoffe, es ist okay, dass ich einfach reinschneie«, erklärte sie.

Der Mann nickte, verzog jedoch leicht das Gesicht. »Ziemlich viel Stress im Augenblick«, gab er schließlich zu, sah sie an. »Und ich muss Ihnen gestehen, dass es kaum etwas Neues zum Fall Ihrer Mutter gibt. Wir haben ein paar Jugendliche befragt, doch keiner will etwas gesehen oder gehört haben. Im Grunde ist es nach wie vor so, dass wir nichts auf der Hand haben, keine Spur, keinen Hinweis.«

»Und die Sachen meiner Mutter? Der Koffer? Ihr Handy und Laptop?«

Der Mann hob die Schultern. »Die Technik ist dran, aber wie es aussieht, kam auch da bislang nichts raus.«

Sienna seufzte. »Ich brauche das Handy meiner Mutter«, erklärte sie schließlich einem Impuls folgend. »Und eigentlich auch ihren Laptop«, schob sie nach. »Es könnte sein, dass sie dort wichtige Dokumente abgespeichert hat. Versicherungsunterlagen, zu denen ich Zugriff brauche.«

Chief Inspector Jonathan Roth sah sie zweifelnd an. »Beim Handy kann ich sehen, was sich machen lässt. Aber bei dem Laptop bin ich sicher, dass es noch benötigt wird.«

»Weiß man denn inzwischen, wo meine Mutter in den Stunden vor dem Überfall war?«

»Wir haben ein paar Punkte orten können, dabei kam aber auch nichts Aufschlussreiches raus. Wie es aussieht, war sie nur ein wenig spazieren, unter anderem in der Nähe des Moores und im Wald, der an Boscastle angrenzt. Wir haben überall nachgesehen, aber nichts gefunden, das irgendwie mit dem Überfall auf Ihre Mutter zu tun haben könnte.«

»Meine Mutter soll mitten in der Nacht im Wald spazieren gegangen sein? Noch dazu mit einer Schaufel im Gepäck? Das ergibt gar keinen Sinn!«

Chief Inspector Jonathan Roth hob die Schultern. »Es ist aber auch nicht verboten, junge Dame! Ihre Mutter war Journalistin, vielleicht hat sie an einer Story gearbeitet.«

Sienna schüttelte den Kopf. »Auslandsaufträge hat sie nicht oft angenommen. Und schon gar nicht wäre sie nur wegen eines Auftrags nach all den Jahren wieder hierher zurückgekommen. Das glaube ich einfach nicht!«

Sie hob die Hände. »Und ihre Klamotten! Sie hatte Stiefel an, Kleidung, die schmutzig werden durfte. Wozu? Dann die Schaufel, das Wasser? Für mich sieht es aus, als habe sie nach etwas gesucht.«

»Müssten Sie das nicht wissen? Ich meine, Sie sind ihre Tochter. Wem, wenn nicht Ihnen, könnte sie von ihrem Vorhaben erzählt haben.«

Damit traf Chief Inspector Roth einen wunden Punkt bei Sienna. Sie zuckte unter seinen Worten zusammen, senkte den Blick. »Hat sie aber nicht«, stammelte sie.

Er sah sie an, wirkte plötzlich mitleidig. »Ich verstehe, dass Sie Antworten wollen. Die suchen wir auch. Aber nichtsdestotrotz müssen wir auf dem Teppich bleiben. Die Schaufel, die Klamotten, das kann, muss aber nichts bedeuten. Und bevor wir uns jetzt in die falsche Richtung bewegen und am Ende wieder nichts haben, kümmern wir uns lieber zuerst um das, was wir sicher wissen – den Überfall selbst. Wir analysieren den Tathergang, gehen mögliche Verdächtige durch, führen Befragungen – kurz, wir sitzen nicht herum und tun nichts –, falls Sie das meinten.«

Sienna schluckte, wich seinem Blick aus. Dann stand sie auf. »Wären Sie so nett, sich um die Sachen meiner Mutter zu kümmern? Ich meine, was davon ich zurückhaben kann?«

Der Mann nickte. »Ich rede mit den Kollegen und lasse Ihnen im Fall der Fälle alles, was wir nicht brauchen, zukommen. Wo genau wohnen Sie denn in der Gegend?«

»Kennen Sie das Hotel Cliff Ville in Boscastle?«

Der Mann nickte, dann reichte er ihr die Hand. »Tut mir wirklich leid, dass wir Ihnen nicht mehr sagen können.«

Sienna ergriff sie. »Und mir, dass ich zu ungeduldig bin.«

———

Als sie wenig später die Stufen zur Lobby des Pflegeheims hochstieg, spürte sie, wie die Müdigkeit Besitz von ihr ergriff. Zwei Stunden Erholung waren wohl doch viel zu wenig. Sie sehnte sich mit jeder Faser ihres Körpers nach etwas Schlaf, doch der musste warten.

Sie ging zur Rezeption, erklärte, weshalb sie hier war, und bereits wenige Minuten später kam eine Frau um die Ecke und auf sie zu. Laut Namensschild handelte es sich um Joy Hunter, die Pflegedienstleitung.

Die junge Frau reichte ihr die Hand, lächelte freundlich, aber irgendwie distanziert. Sienna wurde auf Anhieb klar, dass es bei diesem Gespräch vonseiten des Heimes um Schadenbegrenzung ging. Sie atmete tief durch, sah Joy an. »Was genau ist denn nun passiert?«

Die Frau erwiderte ihren Blick. »Die Nachtschwester schwört, dass das Gitter von Serafinas Bett geschlossen war. Und dass die Frau schlief, als sie nach ihr gesehen hat. Und dann, bei einer ihrer nächsten Runden lag sie plötzlich am Boden. Irgendwie muss sie es aus dem Bett geschafft haben.«

»Kommt so was öfter vor?«

»Sie meinen bei Ihrer Großmutter?«

Sienna ignorierte diese Bemerkung.

»Nein«, gab Joy zurück. »Dass ein Bewohner in der Nacht aus dem Bett gefallen ist und sich verletzt hat, kam bei uns bislang nur zweimal vor. Serafina eingeschlossen.«

Sienna nickte. »Darf ich es sehen? Ich meine das Bett, ihr Zimmer? Ich möchte mir ein Bild machen können.«

Die Frau nickte hölzern, stand auf, bat Sienna, ihr zu folgen. Als sie kurz darauf in Serafinas Zimmer standen, deutete Joy auf die freie Fläche zwischen dem Bett ihrer Grandma und dem großen Wandschrank. »Dort lag sie, mit dem Gesicht auf dem Boden, den Kopf in Richtung des Schranks.«

Sienna runzelte die Stirn. »Könnte sie was aus dem Schrank gewollt haben?«

Die Frau hob die Schultern. »Ich wüsste nicht was. Da drin bewahren wir ihre Kleidung auf, Bettwäsche usw.«

»Darf ich trotzdem nachsehen?«, fragte Sienna.

Die Frau nickte steif.

Sienna ging an ihr vorbei zu dem Schrank, drehte den Schlüssel, öffnete die beiden Türen. Im Innern stapelten sich tatsächlich nur Berge an Kleidung, Bettwäsche und Handtüchern, doch einer der unzähligen Wäschestapel erregte Siennas Aufmerksamkeit. Es handelte sich um einen Packen Handtücher, der im Gegensatz zu den ordentlichen anderen Stapeln vollkommen durcheinander wirkte. Sie zog an dem untersten Handtuch, bis sie den ganzen Haufen herausnehmen konnte, und sah eine kleine Kiste an der hinteren Schrankwand. Sie drehte sich zu der Schwester um. »Wären Sie bitte so nett?«

Joy kam zu ihr geeilt, sah sie an.

»Die Kiste dahinten, bitte nehmen Sie sie raus.«

Joy tat wie ihr geheißen, wartete, bis Sienna die Handtücher wieder in der Lücke verstaut hatte. Dann reichte sie ihr die Kiste. »Die sehe ich zum ersten Mal«, erklärte sie.

Sienna starrte mit angehaltenem Atem auf die schmale Box von ungefähr zwanzig Zentimeter Länge. Es handelte sich um eine Art Bambusholz mit chinesischen Schriftzeichen darauf. Kisten, die es im Hause ihrer Mutter zuhauf gab. »Die muss meiner Mutter gehören«, murmelte Sienna betroffen, sah Joy an. »Und Sie wissen genau, dass Sie diese Kiste nie zuvor gesehen haben?«

Die Frau nickte. »Ich bin absolut sicher.«

»Dann gehe ich davon aus, dass meine Mutter sie bei ihrem letzten Besuch mitgebracht hat«, sagte Sienna mehr zu sich selbst. Dann sah sie zu Joy, danach zum Bett ihrer Großmutter. »Ich wette, dass diese Kiste der Grund dafür war, dass meine Grandma aus dem Bett gestiegen ist. Sie muss sich wieder daran erinnert haben, dass meine Mutter das Ding bei ihrem letzten Besuch bei sich hatte.«

dann

8

BOSCASTLE

2019

Wieder in ihrem Wagen stellte Sienna die Holzkiste auf ihren Oberschenkeln ab. Dann schob sie den kleinen Metallriegel auf die Seite, hob den Deckel an. Im Grunde hätte Sienna so ziemlich alles darin erwartet, Fotos zum Beispiel, alte Briefe, Geld vielleicht sogar, aber keinesfalls eine Sammlung unterschiedlichster Schmuckstücke. Sie schob den Deckel ganz nach oben, runzelte die Stirn.

Auf den ersten Blick ergab der Inhalt des Kästchens keinerlei Sinn. Da war Modeschmuck mit Selbstgebasteltem vermischt und dazwischen lagen auch einige Anhänger, Ringe und Ohrstecker, die durchaus als antik durchgehen konnten.

Was war das für ein Zeug?

Sie griff nach einem großen silbernen Schmetterling, der sich bei näherer Betrachtung als Kettenanhänger herausstellte. Sie betrachtete ihn argwöhnisch. Soweit sie sich erinnerte, hatte sie dieses Teil nie zuvor gesehen. Was allerdings nichts bedeuten musste. Ihre Eltern waren schon so lange nicht mehr zusammen, dass es durchaus im Bereich des Möglichen lag, dass der Anhänger aus der Familie ihres

Vaters stammte, der ihn damals ihrer Mutter geschenkt hatte, die ihn jetzt nicht mehr wollte und deswegen ihrer früheren Schwiegermutter zurückbrachte.

Aber was war mit dem anderen Zeug?

Ein knallbuntes Freundschaftsband, ein kleiner goldener Teddybär, ein Herz, zerbrochen in zwei Hälften. Sie konnte sich beim besten Willen nicht vorstellen, dass ihre Mutter selbst vor Jahren etwas von dem Zeug getragen hatte. Oder doch?

Sie nahm das Stoffband, sah es sich genauer an. Es war zerschnitten worden, doch die Verknotungen sprachen dafür, dass es von jemandem getragen worden war, der nicht ein Kilo zu viel auf den Rippen hatte.

Oder der Teddybär … Sienna hätte schwören können, dass ihre Mutter so was niemals getragen hätte, auch dann nicht, wenn es ein Geschenk gewesen wäre.

Und wenn es gar nicht für deine Mutter gewesen ist?

Was, wenn er es dir geschenkt hat?

Sienna schnappte nach Luft, schloss die Augen. Doch egal, wie sehr sie sich auch konzentrierte, sie erinnerte sich einfach nicht an einen Bärenanhänger oder ein in der Mitte durchgebrochenes Herz.

Sie wühlte ein wenig in der Kiste herum, entnahm ein paar Perlenohrringe, einen Ring mit kleinen grünen Steinchen, doch keines der Stücke weckte irgendwelche Erinnerungen bei ihr. Schließlich legte sie alles wieder zurück.

Sie würde warten müssen, um Antworten zu bekommen. Denn wenn jemand wusste, ob all das Zeug zumindest zum Teil aus Familienbesitz stammte, dann ihre Großmutter.

———

Als sie eine knappe halbe Stunde später die Zufahrt zum Hotel entlangfuhr, konnte sie vor Müdigkeit kaum ihre

Augen offen halten. Nachdem sie sich am Parkhäuschen ausgewiesen hatte, fuhr sie auf einen der freien Plätze, schnappte sich ihre Tasche, klemmte sich die Kiste unter den Arm und machte sich auf den Weg zum Hotel.

Am Empfang hatte sich eine kleine Menschentraube gebildet, daher verschob sie ihr Vorhaben, die Rezeptionistin auf die lauten Kinder letzte Nacht und heute Morgen anzusprechen, wollte nur ihren Schlüssel in Empfang nehmen und sich schlafen legen. Als die Frau hinterm Tresen sie erkannte, bedeutete sie ihr, näher zu kommen, entschuldigte sich bei der Gruppe Rentner, die wild durcheinanderplapperten, sah Sienna freundlich an. »Es ist etwas für Sie abgegeben worden«, erklärte sie mit verhaltener Stimme und lächelte. »Ein netter Polizist war hier und hat etwas für Sie dagelassen.« Sie reichte Sienna zuerst einen großen Umschlag, dann den Schlüssel. »Soll ich für Sie zum Dinner einen Tisch reservieren lassen?«, fragte sie.

Sienna lehnte dankend ab. »Ich gehe früh schlafen«, erklärte sie der Dame. »Ich werde wahrscheinlich nur eine Kleinigkeit beim Zimmerservice bestellen.«

Als sie endlich auf ihrem Zimmer war, kickte sie ihre Schuhe von den Füßen, warf den Umschlag aufs Bett und genehmigte sich zuerst eine der Fläschchen aus der Minibar. Sie gab den Gin in eines der leeren Gläser auf dem Schreibtisch, füllte mit Tonicwater auf und kippte beinahe die Hälfte des Glases auf einmal hinunter.

Danach zog sie sich in Windeseile aus und nahm eine lange, erfrischende Dusche. Als sie sich wieder wie ein Mensch fühlte, nahm sie die Karte des Zimmerservice, bestellte sich einen Caesar Salad und einen Burger aufs Zimmer, machte es sich mit dem Umschlag auf dem Bett bequem. Er enthielt eine kurze Mitteilung von Chief Inspector Jonathan Roth und das Handy ihrer Mutter. Sienna nahm es heraus, betrachtete es mit angehaltenem Atem. Dann suchte sie im Umschlag nach dem Ladekabel, stellte fest, dass es nicht vorhanden war.

Sie stöhnte entnervt. Dann fiel ihr auf, dass die Ladebuchse mit der ihren identisch war. »Gott sei Dank«, stieß sie erleichtert aus. Aber wieso hatte Roth an das Handy, nicht aber an das Ladekabel gedacht? Er musste sich doch denken können, dass sie unter Umständen so nichts damit anfangen konnte. Oder zumindest nicht auf Anhieb.

Okay, das Handy hatte ihre Mutter bei sich gehabt, als sie überfallen worden war. Deswegen hatten die Beamten es zuallererst überprüft. Das Ladekabel musste sich bei den Sachen in der Unterkunft ihrer Mutter befunden haben, war also nach wie vor in Polizeigewahrsam beim Laptop und den Klamotten ihrer Mutter.

Sie stand auf, steckte das Handy an ihr eigenes Kabel, seufzte ungeduldig, als ihr bewusst wurde, dass sie jetzt ein wenig warten musste, bis das Gerät genug Strom hatte, um hochzufahren.

Während des Wartens genehmigte sie sich ein weiteres Fläschchen aus der Minibar. Da kein Gin mehr vorhanden war, musste es ein Whiskey tun. Sie ging ins Bad, um das Gin-Glas auszuspülen, füllte es mit dem Single Malt, trank einen großen Schluck. Die Flüssigkeit brannte sich ihren Weg durch die Kehle in den Magen hinunter, machte Sienna schmerzhaft bewusst, dass sie den ganzen Tag nichts gegessen hatte.

Der Pin, ging es ihr plötzlich durch den Kopf. *Scheiße, Scheiße, Scheiße!* Daran hatte sie überhaupt nicht gedacht. Ohne den nützte ihr das Handy ihrer Mutter einen Scheiß.

Sie runzelte die Stirn.

Andererseits konnte es doch nicht so schwer sein, an den Pin ihrer Mutter zu kommen. Als der Akku knappe zehn Prozent hatte, versuchte sie zuerst ihr Geburtsdatum – nichts.

Mist!

Sie zermarterte sich das Hirn, gab schließlich ihr eigenes Geburtsdatum ein. Auch nichts.

War ja klar, dachte sie.

Sienna stieß die Luft aus.

Du kanntest sie! Wenn jemand darauf kommt, dann du!, stichelte die Stimme in ihrem Innern.

Und dann fiel ihr auf einmal das Gespräch mit ihrer Mutter ein. Es musste vor einem knappen Jahr gewesen sein, damals hatte sie das Handy gerade neu angeschafft. Ihre Mutter hatte den Pin ständig vergessen, bis Sienna ihr den Tipp gegeben hatte, ihn doch einfach zu ändern.

»Und welche Zahlen nehme ich stattdessen?« Sie konnte die Stimme ihrer Mutter ganz deutlich in ihrem Kopf hören.

»Nimm was ganz Leichtes«, hatte sie geantwortet. *»Irgendwelche Nullachtfünfzehnzahlen, die du dir ganz leicht merken kannst.«*

Sienna spürte, wie sich ihr Herzschlag beschleunigte, gab nacheinander die vier Zahlen ein. 0815.

»Bingo«, jauchzte sie, als das Gerät zu arbeiten begann, und dankte ihrer Mutter im Stillen. Sie griff nach ihrem Glas, prostete sich selbst zu, trank einen Schluck.

Zuerst überprüfte sie die letzten gespeicherten Anrufe, doch bis auf eine stammten alle Nummern in der Liste entweder von Sienna oder Freunden und Kollegen ihrer Mutter.

Sie wählte die einzige Nummer, die ihr gänzlich unbekannt war, kam bei einem Bed und Breakfast raus. Sie entschuldigte sich bei dem jungen Mann am anderen Ende, gab vor, sich verwählt zu haben, machte sich aber eine Notiz dazu. Dann überprüfte sie die WhatsApp-Nachrichten und SMS, die ihre Mutter versendet oder erhalten hatte – ebenfalls ohne neue Erkenntnisse zu gewinnen.

Schließlich ging sie ins Internet, klickte sich durch den Suchverlauf ihrer Mutter.

Doch außer einigen Hotels und Restaurants sowie dem Cliff Ville war auch da nichts Aufschlussreiches dabei.

Doch halt!

Sienna zuckte zusammen, als sie schließlich auf eine Seite geleitet wurde, auf der es um die vor wenigen Wochen in Australien gefundene Leiche einer Neunzehnjährigen ging, die seit vielen Jahren vermisst wurde. Sie las den Artikel, schüttelte sich. Das Mädchen hieß Cassy Riley und war als Rucksacktouristin in Australien unterwegs gewesen, als sie verschwand.

Sienna klickte sich weiter, fand einen weiteren Bericht, den ihre Mutter einige Tage vor dem Überfall gelesen hatte. Dieser handelte von einer weiteren Leiche, die vor drei Jahren gefunden worden war, allerdings in den USA.

Schließlich ein dritter, der von einer zwanzigjährigen Engländerin handelte, die während ihres Urlaubs in Neuseeland beim Zelten überfallen und ermordet worden war.

Sienna fragte sich, wieso um Himmels willen ihre Mutter sich mit solch gruseligem Zeug beschäftigt hatte?

Vielleicht hat sie an etwas Ähnlichem gearbeitet, erinnerte die Stimme in ihrem Kopf. *Immerhin war sie Journalistin.*

Sienna runzelte die Stirn. Allerdings hatte ihre Mutter in der letzten Zeit meist nur medizinische Reportagen geschrieben und somit passte eine mögliche Recherche bezüglich ermordeter junger Frauen nicht wirklich in ihr Repertoire.

Als es an der Tür klopfte, legte Sienna das Handy beiseite. Ihr Magen knurrte inzwischen zum Gotterbarmen und brannte wegen des Alkohols wie Feuer.

Dankbar nahm sie das Tablett vom Zimmerservice entgegen, gab dem jungen Mann ein üppiges Trinkgeld und machte es sich mit ihrem Essen vor dem Fernseher bequem.

———

Die Kinder!

Schon wieder …

Sienna schrak auf, blinzelte benommen, warf einen Blick auf die Uhr. Beinahe elf Uhr. Sie hatte sich nach dem Essen einen Film rausgesucht, musste währenddessen eingedöst sein.

Zorn flutete ihre Adern, als sie das Gelächter von draußen vernahm, kurz darauf ein Krachen, auf das ein lautes Schluchzen folgte. Es war genau wie heute Morgen und gestern Abend, doch diesmal würde sie diesen Krach, der einer nächtlichen Ruhestörung gleichkam, nicht so hinnehmen. Sie sprang vom Bett auf, riss ihren Morgenmantel vom Haken an der Badezimmertür, schlüpfte hinein. Dann stapfte sie zur Tür, riss sie mit Schwung auf. Doch genau wie heute Morgen war auf einmal niemand mehr da draußen zu sehen.

»Das gibt es ja nicht«, murmelte Sienna, schluckte gegen ihr Unbehagen an. Schließlich beschloss sie, dass sie es diesmal nicht auf sich beruhen lassen würde. Sie zog den Schlüssel innen ab, verschloss die Tür, machte sich auf den Weg zur Rezeption.

Doch statt der netten Dame vom frühen Abend stand diesmal ein junger Mann hinterm Tresen, der ihr erstaunt entgegenblickte. »Ich bin Sienna Aschenbrenner aus Zimmer elf«, erklärte sie ihm. »Und ich muss Sie leider bitten, dafür zu sorgen, dass diese Kinder nicht so einen Höllenlärm veranstalten.«

Der Mann runzelte die Stirn. »Welche Kinder?«

Sienna hob die Schultern. »Keine Ahnung, welche genau. Ich schätze, dass sie irgendwo auf meinem Stockwerk wohnen. Es müssen mindestens zwei sein. Auf jeden Fall haben die gestern Abend schon einen Mordskrach veranstaltet, genau wie heute Morgen und jetzt wieder. Ich hab natürlich nichts gegen kleine Rabauken. Aber trotzdem würde ich gerne schlafen, wenn Sie verstehen.«

Der Mann nickte, musterte sie auf seltsame Weise. Schließlich legte er einen professionellen Gesichtsausdruck auf. »Tut mir sehr leid, Miss Aschenbrenner. Die Sache ist nur die … Ich weiß wirklich nicht, welche Kinder Sie meinen könnten, weil wir momentan keine minderjährigen Gäste im Haus haben. Außer Ihnen befindet sich lediglich eine Gruppe Rentner im Hotel.«

9

BOSCASTLE

2019

Als Sienna aus dem Schlaf hochfuhr, schlug ihr das Herz bis zum Hals. Sie blinzelte, registrierte, dass es draußen hell sein und sie tatsächlich ein paar Stunden geschlafen haben musste.

Ihr Gespräch mit dem jungen Rezeptionisten fiel ihr ein. Er hatte sie auf so merkwürdige Weise angesehen, dass sie sich noch immer unbehaglich fühlte. Unter seinem Blick hatte sie sich wie eine Lügnerin gefühlt.

Nein.

Wie eine Verrückte, das traf es besser.

Er hatte sie angesehen und mit ihr gesprochen, als halte er sie für vollkommen durchgeknallt, dabei war sie absolut sicher gewesen, dass vor ihrer Tür Kinder gespielt hatten.

Sie setzte sich auf, rieb sich die Augen.

Sie würde es heute Morgen noch einmal versuchen, hoffte, diesmal die Chefin des Hotels zu erwischen. Die Frau hatte auf sie sehr sympathisch gewirkt, bestimmt würde sie ihr glauben und der Sache mit dem nächtlichen und frühmorgendlichen Geschrei auf den Grund gehen. Schließlich war sie zahlender Kunde, genau wie jeder andere Hotelgast, und hatte ein Recht auf eine erholsame Nachtruhe.

Dass im Haus momentan keine Kinder zu Gast waren, sagte auch überhaupt nichts aus. Die Haupteingangstür des Hotels war Tag und Nacht geöffnet, natürlich konnten sich da ohne Probleme ein paar Kinder Zutritt verschaffen und die Hotelgäste foppen.

Und ganz ehrlich – der junge Rezeptionist musste auch mal auf Toilette oder eine Erkundungstour durchs Haus unternehmen, hatte den Eingangsbereich also nicht permanent im Auge.

Sienna stand auf, ging ins Bad. Sie war gerade dabei, sich die Zähne zu putzen, als sie das Surren ihres Handys aus dem Wohnbereich vernahm. Sie spuckte aus, steckte die Bürste zurück in den Becher, spülte mit klarem Wasser nach. Dann lief sie hinüber, nahm ihr Handy vom Nachtkästchen auf.

Als sie die Nummer des Krankenhauses erkannte, atmete sie tief durch.

»Aschenbrenner«, meldete sie sich schließlich und bemerkte selbst, dass ihre Stimme gepresst klang. Sie kam nicht umhin, zuzugeben, dass sie sich um ihre Großmutter sorgte, auch wenn sie bis kürzlich nicht einmal von ihrer Existenz gewusst hatte.

»Mein Name ist Dr. Ruppert«, erklärte der Mann am anderen Ende der Leitung. »Ich habe gestern den Oberschenkelhalsbruch Ihrer Großmutter operiert.«

»Wie geht es ihr?«, unterbrach Sienna ihn.

»Den Umständen entsprechend«, sagte der Arzt. »Sie ist stabil, muss sich jetzt erholen. Die Hauptsache ist, dass sie schmerzfrei ist.«

Sienna atmete hörbar auf. »Wann darf ich zu ihr?«

»Jederzeit, aber Sie sollten nicht zu viel erwarten. Die Patientin ist alt, krankheitsbedingt auch nicht die fitteste. Es kann dauern, bis sie so klar ist, dass Sie sich zumindest einigermaßen verständigen können.«

Sienna dankte dem Mann überschwänglich, beendete das

Gespräch. Anschließend schlüpfte sie in ihre Klamotten, machte sich auf den Weg zum Frühstück.

Als sie in die Lobby kam, sah sie die Frau hinterm Tresen stehen. Als diese sie sah, bedeutete sie ihr durch ein Winken, näher zu kommen.

»Ich würde gern mit Ihnen über vergangene Nacht sprechen«, sagte die Frau und sah Sienna freundlich an. »Es tut mir wirklich sehr leid, dass Sie sich in unserem Hause in Ihrer Nachtruhe gestört fühlten, und ich kann Ihnen versichern, dass wir die Anliegen unserer Gäste sehr ernst nehmen.« Die Frau hielt inne, sah Sienna an. »Allerdings muss ich gestehen, dass ich nicht nachvollziehen kann, woher diese Geräusche, die Sie gehört haben, kommen könnten. Was mein Angestellter Ihnen gesagt hat, stimmt. Es ist derzeit kein Kind im Haus zu Gast, nicht einmal ein Teenager.«

»Und wenn diese Kinder von außerhalb sind?«, gab Sienna zu bedenken. »Was, wenn Sie sich ins Hotel geschlichen haben, um zu spielen? Ich weiß, wie merkwürdig sich das anhört, gerade auch, weil es mitten in der Nacht war, aber …« Sie brach ab, holte Luft. »Ich weiß doch, was ich gehört habe«, schob sie hinterher, hörte selbst, dass es wie eine Rechtfertigung klang.

Die Frau legte den Kopf schräg. »Ehrlich gesagt habe ich daran auch als Erstes gedacht. Dass irgendwelche Kinder aus dem Ort ins Haus geschlichen sind und die Ruhe der Gäste stören. Allerdings habe ich die Überwachungskameras überprüfen lassen und auf keiner von denen sind irgendwelche Kinder zu sehen. Auch zu der Zeit, in der sie nach unten gekommen sind, war nirgendwo auf den Gängen oder im Treppenhaus etwas zu sehen, das irgendwie ungewöhnlich wäre. Ich hab selbst die Kameras in den Aufzügen überprüfen lassen.«

Sienna starrte die Frau an, wusste nicht, was sie sagen sollte.

»Okay«, brachte sie irgendwann mühevoll hervor, sah die Frau erschüttert an. »Trotzdem danke.«

Sie drehte sich um, lief in Richtung des Frühstückraums, doch der Appetit war ihr fürs Erste vergangen. Daher trank sie nur einen Kaffee auf die Schnelle, konnte nichts dagegen tun, dass ihre Gedanken wie irre um die Vorfälle der letzten Nacht kreisten.

Sie war müde gewesen, vollkommen erschöpft und sie hatte auf nüchternen Magen eine Menge Alkohol getrunken. War es möglich, dass sie sich die Geräusche eingebildet hatte?

Doch dann fiel ihr ein, dass sie auch in den frühen Morgenstunden davon wach geworden war, und da konnte der Alkohol definitiv nichts damit zu tun gehabt haben.

Egal, wie sie es drehte und wendete, sie fand keine passende Erklärung.

Schließlich ging sie wieder nach oben, setzte sich auf die Bettkante, überlegte. Sie würde diese Kinder künftig ignorieren oder selbst versuchen, gegen die Ruhestörung anzugehen, indem sie die Störenfriede persönlich zur Rechenschaft zog. Und heute, jetzt, würde sie zuerst ins Krankenhaus fahren, um nach Serafina zu sehen.

Sie wollte gerade nach ihrer Tasche greifen, als ihr etwas einfiel. Sie ging zum Schrank, nahm die Kiste mit den Schmuckstücken heraus und wollte sie gerade in den Safe sperren, als sie einem Impuls folgend den Schmetterlingsanhänger herausnahm und ihn an ihre Kette hängte. Dann musterte sie sich im Spiegel, lächelte. Das Schmuckstück berührte sie auf merkwürdige Weise. Sie konnte nicht genau sagen, warum, wahrscheinlich, weil sie instinktiv ahnte, dass er ihrer Oma gehört und ihr Vater ihn ihrer Mutter geschenkt hatte.

Jetzt gehört er mir, dachte sie und grinste. Vielleicht war das der Grund für den Unfall ihrer Oma gewesen. Marlene hatte den Schmuck zurückgebracht, so die letzte Verbindung zwischen sich und ihrem Ex samt seiner Familie gekappt. Vielleicht wollte Serafina ja sogar, dass sie ihn künftig trug? War sie deswegen aus dem Bett geklettert?

Weil sie den Schmuck holen wollte, damit sie etwas hatte, wenn ihre Enkelin das nächste Mal zu Besuch kam?

Sienna hob die Schultern. *Möglich wäre es,* dachte sie.

Dann schnappte sie sich ihre Tasche und machte sie auf den Weg.

———

Als sie eine knappe Stunde später vor dem Krankenzimmer ihrer Grandma stand, atmete sie tief durch.

Wenn sie ehrlich zu sich selbst war, wusste sie nicht so recht, was sie sagen sollte. Serafina und sie waren einander über die Jahre so fremd geworden, dass sich jeder Versuch, ein Gespräch mit ihr zu führen, irgendwie unecht anfühlte.

Sie streckte die Hand aus, drückte die Klinke hinunter, trat ein.

Als sie den zerbrechlich wirkenden Körper ihrer Großmutter in dem viel zu großen Bett liegen sah, umgeben von Infusionsständern und piepsenden Gerätschaften, zog sich ihr Innerstes zusammen.

Sie trat näher, bemerkte, dass die alte Frau wach war und irgendeinen Punkt an der Wand fixierte. Sienna fand, dass sie, sofern möglich, heute noch schlechter aussah als neulich, noch blasser, noch ausgemergelter, noch lebensferner.

»Hi Grandma, ich bin's«, flüsterte sie und trat näher, beugte sich zu der alten Frau hinunter, küsste sie auf die Wange. »Du wirst wieder gesund, hörst du?«

Serafina schien tatsächlich relativ klar zu sein, denn sie

reagierte auf ihre Stimme, drehte den Kopf langsam in ihre Richtung. Eine Zeit lang starrten sie einander nur an, dann bemerkte Sienna, dass Serafinas Augen sich mit Tränen füllten.

»Hast du Schmerzen?«, fragte sie erschrocken, doch Serafina reagierte nicht.

Stattdessen wurde Sienna den Eindruck nicht los, dass ihre Großmutter auf beklemmende Art und Weise verzweifelt wirkte. So, als habe sie innerhalb der letzten wenigen Tage auch den Rest ihres Lebenswillens verloren.

Sienna fragte sich, ob es damit zusammenhing, dass der letzte Schlaganfall ihr gesundheitlich gesehen noch mehr genommen hatte.

Sie konnte nicht mehr gehen, konnte sich kaum verständigen, war dazu verdammt, ihren Lebensabend in einem Pflegebett oder Rollstuhl zu fristen. Jetzt der Bruch, von dem Sienna wusste, dass er gerade bei alten Menschen lange zu Beeinträchtigungen führen konnte. Was hatte diese Frau also noch? Wofür lebte sie?

Eine der Schwestern hatte ihr neulich erzählt, dass sie noch immer hoffte, ihren Sohn eines Tages wiederzusehen.

Sienna seufzte. Sie wusste selbst, wie es war, sich nach einem geliebten Familienmitglied zu sehnen, dem ihre Gefühle vollkommen egal zu sein schienen. Zu wissen, dass diese Sehnsucht vielleicht für alle Zeit unerfüllt bleiben würde. Sie schluckte. »Ich suche ihn, okay?«, flüsterte sie ihrer Grandma ins Ohr. »Und wenn ich ihn gefunden habe, schleife ich ihn notfalls auch unter Gewalt hierher zu dir.« Sie spürte, wie sich ihr Hals verengte, bemerkte, dass ihre Großmutter wie gebannt auf ihr Dekolleté starrte. Dann fiel ihr der Anhänger ein. Automatisch griff sie danach. »Ich hab die Kiste in deinem Schrank gefunden und mitgenommen. Ich glaube, dass meine Mutter sie dir zurückgegeben hat, weil sie das meiste Zeug davon von meinem Vater hat und es nicht mehr wollte.« Sie stockte kurz, legte sich ihre nächsten Worte genau parat. »Der Anhänger, ich schätze, dass er dir gehört hat. Und deswegen dachte ich, trage ich ihn jetzt, es sei denn du …«

Sienna zuckte zurück, als ihre Großmutter wie aus dem Nichts ihre gesunde Hand ausstreckte und ihr die Kette mit einem Ruck vom Hals riss.

Sie sah wütend aus dabei und schien das Gefühl unbedingt untermauern zu wollen, warf die Kette daher samt Anhänger im hohen Bogen quer durch den Raum.

Sienna starrte erschrocken von ihrer Großmutter zu der am Boden liegenden Kette, kam nicht dagegen an, dass sie leicht angesäuert war.

»Du willst nicht, dass ich sie trage? Auch okay«, murmelte sie, richtete sich auf. Dann holte sie tief Luft.

Als plötzlich ein Piepsen den Raum erfüllte, erschrak sie. Keine Sekunde später bemerkte sie, dass der Brustkorb ihrer Großmutter sich hektisch hob und senkte, deren Atmung rasselnd klang. Panisch drückte sie auf den roten Notfallknopf, trat entsetzt vom Bett zurück. Als keine zehn Sekunden später eine Handvoll Ärzte und Pfleger ins Zimmer gestürmt kam und sie baten, zu gehen, fiel ihr der Anhänger wieder ein. Rasch hob sie ihn vom Boden auf, löste ihre Kette davon, legte ihn auf das Nachtkästchen.

Dann trat sie, noch immer verletzt und schockiert, den Rückzug an.

———

Auf der Fahrt durch Boscastle zurück zum Hotel kam sie an einem Restaurant vorbei, dessen Anblick in ihrem Innern etwas wie eine vage Erinnerung auslöste. Plötzlich war sie absolut sicher, schon einmal dort gewesen zu sein. Das alte Bauwerk, das eher an ein Cottage als an ein Restaurant erinnerte, war von einem wild-romantischen Kräutergarten umgeben und die Eigentümer warben auf einer Reklametafel dafür, bei den angebotenen Speisen nur regionale und zum Teil selbst angebautes Gemüse zu verwenden. Sienna wusste, dass ihre Mutter schon immer auf gesundes und vollwertiges Essen geachtet hatte, und konnte sich daher sehr gut vorstellen, dass sie vor Jahren während eines gemeinsamen Urlaubs hier gegessen hatten.

Einer Eingebung zufolge lenkte sie den Wagen auf den einzigen freien Parkplatz vor dem Haus und hielt an. Sie schnappte sich ihre Handtasche und stieg aus, machte sich auf den Weg zum Gastraum. Im Innern des Lokals herrschte eine gemütliche Atmosphäre, die Sienna ebenfalls vertraut vorkam. Als ihr der Geruch nach frisch gekochtem Essen in die Nase stieg, spürte sie auf einmal einen richtigen Heißhunger. Sie bestellte sich ein Fischgericht und eine Tasse Tee, kramte danach ihr Handy aus der Handtasche.

Der Vorfall mit Serafina im Krankenhaus ging ihr nicht mehr aus dem Kopf. Sie hatte so wütend ausgesehen, als sie ihr den Anhänger abgerissen und an die Wand geworfen hatte, doch Sienna konnte sich nicht erklären, wieso.

Lag es an ihrer Mutter? An deren letzten Besuch bei Serafina? Hatte sie irgendwas zu ihr gesagt, was sie ihr übel nahm?

Oder handelte es sich eher um eine allgemeine Verwirrtheit, die man nicht allzu ernst nehmen durfte?

Doch egal, was auch der Grund sein mochte, fest stand, dass Sienna jedes Wort ernst meinte, das sie zu Serafina gesagt hatte. Sie wollte ihren Vater wirklich finden. Nicht nur für Serafina, damit sie endlich ihren Frieden finden konnte, sondern auch für sich. Und für ihre Mutter.

Sienna wollte ihm so viele Fragen stellen, ihn dazu bewegen, ihr die Wahrheit über die Trennung von ihrer Mutter zu sagen.

Doch wie um alles in der Welt sollte sie ihn ausfindig machen?

Ihre Mutter hatte das damals schon versucht und war kläglich daran gescheitert.

Was also konnte sie anders machen?

Sie wusste immerhin, dass seine letzte Karte, die er an sie geschrieben hatte, aus London stammte. Er musste also zumindest kurz dort gewesen sein, hatte seinen letzten Gruß von der alten Heimat aus versandt.

Vielleicht, weil er wollte, dass sie nicht wussten, wo er anschließend wieder abtauchte?

Hatte ihr Vater auf diese Weise einen kompletten Cut gemacht? Oder bestand die Möglichkeit, dass er wieder in London lebte? Hatte ihre Mutter sich gar mit ihm getroffen, bevor sie anschließend an die Küste weitergereist war?

Sie zuckte zusammen, als der Kellner Speis und Trank vor ihr abstellte, einen guten Appetit wünschte. Hastig fing sie an zu essen, überlegte währenddessen krampfhaft, welche Optionen sie hatte.

Er war Fotograf, soweit sie sich erinnerte sogar ein ehemals ziemlich berühmter. Am besten würde also sein, wenn sie genau da ansetzte. Sie legte die Gabel beiseite, fing an, ein paar Suchworte in Google einzugeben. Doch außer einigen Online-Artikeln, welche ein paar seiner Fotos enthielten, fand sie kaum etwas. Sie scrollte und scrollte, wollte schon aufgeben, als sie auf Seite drei zu einem Interview mit einer Fotografin kam, deren Name ihr bekannt vorkam.

Sie googelte nach deren Namen, fand einen Bericht über eine Ausstellung, an der auch ihr Vater beteiligt gewesen war.

Die Fotografin musste ungefähr im selben Alter wie ihr Vater sein und Sienna fand, dass es kein schlechter Anfang war, zumindest einmal bei ihr anzurufen.

Sie aß ihren Teller leer, winkte dem Kellner, bat ihn, ihr die Rechnung zu bringen. Als sie wenig später in ihrem

Wagen saß, beschloss sie, dass sie nicht mehr länger warten wollte. Sie nahm ihr Handy zur Hand, gab den Namen der Frau – Ria Stevens – in die Suchleiste ein, scrollte, bis sie irgendwann zu deren Homepage kam, die auch einige Kontaktinformationen, unter anderem die Handynummer enthielt.

Sie wählte die Nummer, wartete. Als nach einigen Sekunden des Klingelns eine Frau abnahm, stieß Sienna einen gedanklichen Seufzer der Erleichterung aus. »Spreche ich mit Ria?«, fragte sie. »Ria Stevens?«

»Wer zur Hölle will das wissen?«, kam es prompt vom anderen Ende der Leitung und Sienna kam nicht dagegen an, dass die Frau ihr auf Anhieb sympathisch war.

»Ich bin Sienna Aschenbrenner«, erklärte sie. »Geborene Ward. Ich habe früher mit meiner Familie in London gewohnt. Ist allerdings über zwanzig Jahre her. Mein Vater muss damals mit Ihnen zusammengearbeitet haben.«

»Du bist Allens Tochter?«

»Genau die bin ich. Meine Mutter ist kürzlich … verstorben … und deswegen bin ich auf der Suche nach meinem Vater. Ich schätze, egal, wo er sich aufhält, wird er wissen wollen, dass sie … nun ja, nicht mehr am Leben ist.«

Ria am anderen Ende schwieg einen Augenblick. »Tut mir leid, meine Kleine«, meinte sie. »Ich kannte Marlene, hatte früher hin und wieder mit ihr zu tun.«

Sienna holte tief Luft, setzte alles auf eine Karte. »Wissen Sie, wo er ist? Mein Vater meine ich?«

Die Frau am anderen Ende der Leitung schwieg und gerade, als Sienna schon glaubte, sie habe aufgelegt, vernahm sie deren Atemzug.

»Willst du mir damit sagen, dass du keinen Kontakt zu ihm hast?«

»Stimmt genau. Ich weiß weder, wo er lebt, noch, was er

die letzten zwanzig Jahre so getrieben hat. Ich will ihn nur finden, und ihm sagen, dass meine Mutter tot ist.«

»Aber ihr beide wart doch … ich meine …« Die Frau brach ab, seufzte verhalten. »Ich erinnere mich, dass du sein Ein und Alles warst. Er redete ständig von dir, war vollkommen vernarrt in sein kleines Mädchen. Was zur Hölle ist passiert?«

Sienna schluckte. »Er hat sich als Arschloch entpuppt. Das ist passiert. Eines Tages war er verschwunden, ließ nie wieder etwas von sich hören, außer einigen lächerlichen Karten zu meinen Geburtstagen und hin und wieder zu Weihnachten.«

»Ehrlich gesagt macht mich das fertig«, gab Ria zu. »Klar, dein Vater hatte seine Fehler, zum Beispiel weiß ich, dass er mit der Treue so seine Probleme hatte, aber niemals hätte ich es für möglich gehalten, dass er seine kleine Prinzessin verlassen könnte.« Sie seufzte hörbar. »Ehrlich gesagt weiß ich nicht, ob und wie ich dir helfen kann, mein Mädchen. Ich hab deinen Vater seit vielen, vielen Jahren nicht gesehen und auch nichts von ihm gehört. Es ist, als hätte er sich damals in Luft aufgelöst, verstehst du? Im Grunde bin ich genauso schlau wie du, was seinen Aufenthaltsort angeht.«

»Ich würde trotzdem gerne mit Ihnen persönlich sprechen«, versuchte es Sienna weiter. »Immerhin kannten Sie ihn, haben mit ihm gearbeitet. Offen gestanden vermute ich sogar, dass es etwas mehr gewesen ist. Stimmt doch, oder?«

Ria sog erschrocken die Luft ein, brach in Lachen aus. »Was hat mich verraten, hm?«

Sienna schwieg.

»Ich muss nächste Woche zu einem Großauftrag in die Staaten. Wenn du mich vorher treffen willst, geht es nur morgen Nachmittag. Du kannst zu der Adresse kommen, die auf der Homepage angegeben ist. Dort befindet sich mein

Studio. Von da aus können wir in die City laufen, was trinken gehen. Mal sehen, ob ich dir irgendwelche neuen Erkenntnisse über deinen Vater verschaffen kann.«

———

Als Sienna am späten Nachmittag zurück ins Hotel kam, beschloss sie, früh schlafen zu gehen, um für die knapp fünfstündige Autofahrt nach London wenigstens ansatzweise ausgeschlafen zu sein. Nachdem sie bereits gegessen hatte, entschloss sie sich, den hauseigenen Spa-Bereich zu nutzen und der Sauna einen Besuch abzustatten. Glücklicherweise war sie alleine in der Kabine, konnte die paar Minuten des Schwitzens ganz für sich genießen. Sie ließ sich das Gespräch mit Ria noch mal durch den Kopf gehen. Sie vermutete, dass ihr Vater und sie ein sehr kurzes Verhältnis gehabt hatten, bei dem es nur um Sex gegangen war. Wahrscheinlich brachte dies sein Beruf so mit sich, das wusste sie aus eigener Erfahrung. Wie oft hatte sich für sie nach einem Shooting schon die Gelegenheit für ein kurzes Stelldichein mit einem der Models ergeben oder mit irgendwelchen Kollegen am Set.

Sie selbst hatte sich noch nie auf eines davon eingelassen, trennte Privates streng von Beruflichem, doch das war natürlich nicht jedermanns Sache. Sie wusste von Kollegen, die verheiratet waren und es sich zur Aufgabe machten, nebenbei mit so vielen anderen Frauen zu schlafen, wie sie kriegen konnten.

Dass ihr Vater auch von der Sorte war, störte sie nicht viel mehr, als dass er sich damals vom Acker gemacht hatte.

Nach dem Saunagang tauchte sie einmal kurz ins Eisbecken, spürte, wie sich ihre Poren innerhalb von Sekunden zusammenzogen, die Kälte ihr beinahe den Atem stocken ließ, doch als sie schließlich in ihren Bademantel gehüllt in den Aufzug stieg und nach oben fuhr, spürte sie schon die Wirkung des Wechselreizes. Sie wurde schläfrig, fühlte sich entspannt, zum ersten Mal seit Tagen.

Als der Aufzug hielt, eilte sie den Gang entlang zu ihrem Zimmer, schloss auf. Sie wollte gerade ins Bad gehen, um eine warme Dusche zu nehmen, als ihr das Blinken ihres Handys vom Nachtkästchen auffiel.

Sie ging hin, nahm es auf, erschrak, als sie sah, dass es das Krankenhaus war, das angerufen hatte.

Ein ungutes Gefühl ergriff sie. Augenblicklich hatte sie wieder den wütenden Blick ihrer Großmutter vor Augen. Deren Zerren an ihrer Kette. Sie drückte auf Rückruf, ließ sich von der Telefonistin auf die Station weiter verbinden.

Wenig später war eine junge Frau am anderen Ende der Leitung, die sich ihr als Dr. Fielding vorstellte. Sienna hörte bereits aus dem Tonfall der Ärztin heraus, dass etwas vorgefallen sein musste. »Ihre Großmutter hatte eine sehr schwere Lungenembolie«, kam sie ohne Umschweife auf den Punkt. »Wir mussten sie deswegen ins künstliche Koma versetzen.« Die Ärztin hielt inne, schien genau zu überlegen, was sie als Nächstes sagen sollte. »Im Augenblick können wir nur hoffen«, kam es aus dem Hörer. »Hoffen und beten, dass sie robust genug ist, das auch noch wegzustecken.«

»Kann ich zu ihr?«, fragte Sienna, ohne groß zu überlegen.

»Wenn Sie mögen gerne, aber ich rate Ihnen dennoch dringend davon ab«, erwiderte Dr. Fielding. »Zumindest vorerst. Ihre Grandma ist im Augenblick vollkommen weggetreten und ehrlich gesagt wirklich kein schöner Anblick mit all den Schläuchen und Maschinen, an denen sie hängt.«

»Das Problem ist, dass ich morgen nicht in der Gegend bin und erst sehr spät zurückkomme, vielleicht auch erst übermorgen wieder hier sein kann«, erklärte Sienna. »Ist was Berufliches«, schob sie hinterher.

»Bis dahin könnte sich einiges getan haben«, erwiderte Dr. Fielding beruhigend. »Und falls etwas Gravierendes sein sollte, haben wir Ihre Kontaktdaten.«

———

Ein lautes Klatschen ließ Sienna aus dem Schlaf aufschrecken. Sie richtete sich auf, tastete im Dunkeln nach dem Lichtschalter, blinzelte, als der Schein der Lampe ihre Pupillen traf. Sie warf einen Blick auf die Uhr, stöhnte. Nach der Hiobsbotschaft aus dem Krankenhaus hatte sie ewig lang wach gelegen und überlegt, ob sie tatsächlich nach London fahren sollte, sich schließlich dafür entschieden. Irgendwann war sie über ihrer Grübelei eingeschlafen, bis eben gerade.

Wieder ein Klatschen, lauter diesmal.

Danach ein verhaltenes Kichern. Es kam ganz klar von draußen auf dem Gang und Sienna schätzte, dass es sich um dieselben Übeltäter wie gestern handelte. Sie schlug die Decke zurück, eilte ungeachtet der Tatsache, dass sie nur Slip und Shirt trug, zur Tür, riss sie mit einem Ruck auf. Auf dem Gang gab es nur die Nachtbeleuchtung, dennoch konnte Sienna sehen, dass weit und breit kein Mensch war. Und schon gar kein Kind. Sie schluckte, zog den Schlüssel ab und rannte los. Sie hatte das Klatschen gerade erst gehört, so weit konnten diese Rabauken nun wirklich noch nicht sein. Sie lief schneller und immer schneller, bis sie endlich an der Ecke war. Dort hielt sie an, spähte vorsichtig herum.

Nichts.

Keine Menschenseele zu sehen.

Plötzlich erklang hinter ihr ein leises Lachen. Dann vernahm sie schnelles Getrampel, das auf sie zuzukommen schien. Sie wirbelte herum, sah … niemanden.

Das gibt es doch nicht, dachte sie fassungslos und schüttelte den Kopf. Sie trat den Rückzug an, lief an ihrem

Zimmer vorbei in Richtung Treppenhaus, doch auch dort war keiner. Sie stieg die Treppen hinunter bis zur Lobby, spähte einmal in Richtung der Rezeption, doch als sie sah, dass auch hier unten alles in Ordnung zu sein schien, machte sie sich auf den Weg in ihr Zimmer. Sie nahm gerade die letzten Stufen nach oben, als sie hinter sich einen kühlen Lufthauch wahrnahm. Dann ein leises Lachen, ganz dicht an ihrem linken Ohr. Sie erschrak, wich zurück, spürte, wie etwas nach ihrer Hand griff. Etwas, das sie nicht sehen, sehr wohl aber spüren konnte. Sienna stieß instinktiv einen Schrei aus, stolperte vor Angst vorwärts, stieß sich ihren Unterschenkel an der Treppenkante an. Ein heißer Schmerz schoss durch ihr Schienbein.

»Alles klar bei Ihnen?«, ertönte die Stimme der Rezeptionistin hinter ihr und Sienna schloss ergeben die Augen. Als sie sie wieder öffnete, spürte sie, dass die Frau ganz dicht hinter ihr stand. Sie drehte sich um, blickte in ein sorgenvolles Gesicht.

»Haben Sie sich wehgetan?«, wollte die Frau wissen.

Sienna winkte ab. »Nicht der Rede wert … Es ist nur so …« Sie zögerte, rang mit sich, ob sie der Frau erzählen konnte, was sie gerade eben gehört und erlebt hatte, ohne sich lächerlich zu machen.

»Haben Sie wieder etwas gehört? Kinder?«, kam sie ihr zu Hilfe.

Sienna nickte langsam. »Deswegen wollte ich diesmal selbst nachsehen.«

»Und?«

Sie hob die Schultern. »Da war niemand.«

Die Frau sah sie milde an, lächelte beruhigend.

Sienna spürte, wie heiße Wut in ihr hochschlug. »Ich bin nicht verrückt«, stieß sie schließlich aus. »Da ist jemand auf dem Gang gewesen. Direkt vor meinem Zimmer. Vor nicht einmal zwei Minuten. Ich habe es mehrmals … klatschen gehört. Daraufhin folgte Gekicher und lautes Getrampel. So etwas bilde ich mir doch nicht so ein!«

Die Frau legte den Kopf schräg, seufzte leise. Sie schien unschlüssig zu sein und Sienna schätzte, dass sie ihre Möglichkeiten abwägte.

Schließlich nickte sie bedächtig, sah Sienna mit einer Mischung aus Mitgefühl und Zuversicht an. »Okay, dann gibt es nur eine Möglichkeit, eventuelle Missverständnisse beiderseits auszuräumen. Was halten Sie davon, wenn wir uns jetzt gleich die Aufnahmen der Überwachungskameras ansehen?«

10

LONDON

2019

Es war erst kurz nach elf, als Sienna in London ankam. Sie stellte ihren Mietwagen auf einem der sündhaft teuren, aber immerhin bewachten Parkplätze in der City ab, machte sich anschließend zu Fuß auf den Weg. Es war viel zu früh, um jetzt schon zu Ria zu gehen, daher beschloss sie, dass es an der Zeit war, ihr ausgefallenes Frühstück nachzuholen. Sie suchte sich einen Fensterplatz in einem hübschen Bistro, orderte eine Portion Bohnen mit Spiegelei und Bacon, dazu Toast und Tee. Es war Ewigkeiten her, seit sie zuletzt derartig üppig gefrühstückt hatte, doch heute hatte sie tatsächlich Lust darauf. Sie schob es auf ihre innere Anspannung und die Unruhe, welche an ihr zerrten, ihr mehr abverlangten als sonst, sie beinahe auslaugten.

Während sie auf ihr Essen wartete, ging sie in Gedanken noch einmal den Vorfall der vergangenen Nacht durch.

Sie hatte es definitiv klatschen gehört. Nicht nur einmal. Und da war wieder dieses Lachen der Kinder gewesen. Schritte sogar. Und ein lautes Getrampel, bei dem sie das Gefühl hatte, es käme auf sie zu. Und dann die Situation auf der Treppe. Da war ein Lufthauch hinter ihr gewesen. Ein leises Kichern, ganz nah an ihrem Ohr. So was bildete sie sich doch nicht ein!

Und dann die Berührung. Es hatte sich, das schwor sie bei allem, was ihr heilig war, tatsächlich so angefühlt, als habe jemand sie am Arm gepackt.

Sienna schluckte, als sie bemerkte, dass das Herzrasen wieder losging und eine Panikattacke im Anmarsch war.

Genau dasselbe war ihr auch in der vergangenen Nacht widerfahren.

Sie hatte sich mit der Rezeptionistin die Aufnahmen der Überwachungskameras angesehen. Die von ihrem Gang und auch die vom Treppenhaus. Sie hatte sich auf den Videos selbst gesehen, wie sie ans andere Ende des Gangs gerannt war, um die Ecke gelinst hatte. Es waren tatsächlich keine Kinder da gewesen. Weder ein paar Minuten zuvor noch überhaupt irgendwann an diesem Abend oder in der Nacht. Auch im Treppenhaus nicht. Die Aufnahmen hatten es ganz deutlich gezeigt. Sie allein hatte sich im Treppenhaus aufgehalten, um die Ecke in Richtung Foyer geguckt, dann den Rückzug angetreten. Es war keiner hinter ihr hergelaufen, hatte ihr ins Ohr gelacht oder in die Nacken geatmet. Und es konnte sie auch niemand angefasst haben.

Doch warum zum Teufel hatte sie all das gehört und gespürt?

Die Frau von der Rezeption hatte sie genauso angesehen wie der junge Mann am Abend zuvor und Sienna war nichts anderes übrig geblieben, als sich für die Umstände zu entschuldigen und zähneknirschend zuzugeben, dass sie sich getäuscht haben musste.

Oder eben doch langsam durchdrehte.

Sie war den Tränen nahe gewesen, hatte es nur unter größter Mühe und Kraftanstrengung geschafft, nicht hysterisch zusammenzubrechen.

Schließlich hatte sie der Frau alles erzählt. Vom Überfall

auf ihre Mutter, die daraufhin gestorben war. Von ihrer tot geglaubten Grandma, die am Ende doch lebte und jetzt im Koma lag. Die Rezeptionistin hatte sie mitfühlend angesehen und auf ihr Zimmer begleitet, ihr gesagt, dass es ihre Nerven seien, die ihr Streiche spielten und am Ende hatte Sienna es sogar geglaubt. Sie hatte sich ins Bett gelegt und stundenlang an die Decke gestarrt, dagegen angekämpft, auf der Stelle ihr Zeug zusammenzupacken und zurück nach Deutschland zu fliegen. Gegen drei Uhr morgens hatte sie eine Panikattacke in Beschlag genommen. Um vier die nächste, bis sie es nicht mehr ausgehalten und sich auf den Weg nach London gemacht hatte.

Sie war so aufgedreht gewesen, nervlich dermaßen überreizt, dass sie trotz des fehlenden Schlafes kein einziges Mal wegen Müdigkeit hatte anhalten müssen.

Sienna zuckte zusammen, als eine junge Frau mit Rastazöpfen und wallenden Hippieklamotten einen Teller vor ihr abstellte. »Lass es dir schmecken«, sagte sie und zwinkerte Sienna zu. Sie schnappte sich die Gabel, zwang sich, an etwas anderes zu denken, fing an zu essen.

———

Sienna hatte die Zeit nach dem Frühstück bis jetzt mit einem Stadtbummel totgeschlagen und sogar ein bisschen Geld für Nippes ausgegeben, fühlte sich durch die Ablenkung etwas besser. Jetzt war sie auf dem Weg in Richtung Camden, wo sich Rias Studio befand. Das Haus war von außen mit Graffiti bemalt und wirkte eher wie die Unterkunft von einer ganzen Horde Hausbesetzern, doch als sie die schwere Tür aufstieß, wurde sie bereits im Treppenhaus eines Besseren belehrt.

Der Fußboden bestand aus schwarz-weißen Marmorfliesen und schien blitzsauber zu sein. Auf den Treppenstufen standen hübsch bepflanzte Blumentöpfe und nette Windlichter herum. Jemand hatte sich ziemlich viel Mühe gegeben, den Eindruck, den man von der Außenansicht des Hauses bekam, wettmachen zu wollen. Sienna wusste, dass Rias Studio gleich im ersten Stock war, machte sich daher auf den Weg nach oben. Dort sah sie, dass die Tür nur angelehnt war. Sie runzelte die Stirn, trat näher, klopfte vorsichtig an das Holz.

»Komm rein«, rief Ria von drinnen und Sienna atmete auf. Sie schob die Tür auf, trat über die Schwelle, zuckte zurück, als sie mitten im Raum eine nackte Frau um die siebzig mit gespreizten Beinen auf einem Schemel sitzen sah.

Vor ihr kniete Ria, eine Nikon Z6 vor dem Gesicht, schien direkt auf den Intimbereich der Frau zu zielen.

»Ich hab's gleich«, sagte sie und Sienna hörte aus ihrer Stimme heraus, dass sie sehr wohl bemerkt hatte, wie unwohl sie sich in der Situation fühlte.

Die Nackte sah Sienna an, schmunzelte. »Mit so was hast du wohl nicht gerechnet, hm?«

Sienna grinste gezwungen. Der Körper der Frau war trotz ihres Alters recht ansehnlich und Sienna schätzte, dass sie früher als Model gearbeitet hatte, es vielleicht sogar noch immer tat, Ria daher kannte.

»Du bist die Kleine, die Allen sucht?«

Sienna sah die alte Frau verwundert an. »Ja. Kannten Sie ihn?«

»Nicht gut genug«, gab sie zurück, zwinkerte. »Er hatte mich ein paar Mal vor der Linse, aber scheinbar war ich ihm zu alt.« Die Frau gluckste.

»Du weißt schon, dass das seine Tochter ist«, erklärte Ria der Frau und erntete einen gespielt entsetzten Blick. Dann drehte sie sich zu Sienna. »Wann hast du deinen Vater denn zuletzt gesehen?«

Sienna hob die Schultern. »Als kleines Mädchen. Ich war sieben und alles, was ich weiß, ist, dass er während eines

Urlaubs verschwunden ist. Hat seine Klamotten gepackt und ist abgehauen.«

»Und trotzdem willst du ihn nach all den Jahren finden? Warum?«

»Mensch, Helen«, mahnte Ria entrüstet. »Jetzt frag das arme Ding doch nicht so schamlos aus. Sie wird schon ihre Gründe haben.«

Die alte Frau, Helen, hob schmunzelnd die Schultern. »Ich bin nur neugierig, verstehst du?«

Sienna räusperte sich, lächelte Helen an. Die Frau war ihr sympathisch, genau wie Ria.

»Die ersten Jahre nach seinem Verschwinden war ich vollkommen fertig«, gab Sienna zu. »Später wurde es einfacher. Wut fühlt sich besser an als Trauer und Hilflosigkeit.« Sie brach ab, suchte nach Worten. »Der Grund, weshalb ich ihn finden will … finden muss, ist, dass ich ihm sagen will, dass meine Mutter gestorben ist. Und ich will ihn fragen, ob das, was er jetzt hat, es wert war, uns, also meine Mutter und mich, so sehr verletzt zu haben. Ich muss wissen, wieso er damals gegangen ist und einen so brutalen Schnitt mit seinem alten Leben machte. Wessen Schuld es war.«

»Und du bist sicher, dass du die Antwort darauf hören willst?« Helen sah sie skeptisch an.

»Ich bin ein großes Mädchen, also ich schätze schon.«

Sie beobachtete Ria, wie sie ein paar Fotos schoss, die Kamera beiseitelegte und aufstand. Sie kam zu Sienna, nahm sie kurz in den Arm, küsste sie auf die Wange.

»Tut mir leid, dass ich noch nicht fertig bin, aber das hier«, sie deutete in Richtung Helen, »kam ganz kurzfristig rein.«

Sienna nickte. »Ich kenne das nur zu gut. Hab das Talent wohl von meinem Vater geerbt.«

Ria riss die Augen auf. »Du bist auch Fotografin?«

Sienna nickte. »Ich mache auch hin und wieder mal ein

Model-Shooting, arbeite aber hauptsächlich für Reisemagazine und einen Verlag, der sich auf Reiseführer spezialisiert hat.«

»Hört sich gut an«, erklärte Ria grinsend. »Dann hast du noch nie die Vagina einer Frau für das Werbeprospekt einer Schönheitsklinik fotografieren müssen?«

Sienna lachte. »Bis jetzt nicht.«

Ria zwinkerte, drehte sich zu Helen um. »Wir sind fertig. Bock auf einen Absacker nach der Arbeit? Vielleicht ein paar Drinks bei Bobs?«

Helen legte den Kopf schräg, sah von Ria zu Sienna.

Sienna nickte ergeben und grinste. »Also ich hab nichts dagegen.«

———

Das Bobs entpuppte sich als eine kleine lauschige Bar, in der man auf Kissen am Boden lümmelte, Shisha rauchen konnte und mit Cocktails verwöhnt wurde. Es gab sogar kleine Häppchen zu essen, was Helen und Ria zum Anlass nahmen, einmal die Speisekarte rauf und runter zu bestellen. Am Ende musste die Bedienung zwei längliche und tischähnliche Hocker nebeneinanderstellen, damit alles, was sie bestellt hatten, seinen Platz fand.

»Er hat dir also Karten geschickt«, hakte Ria nach und musterte Siena über den Rand ihres Glases hinweg.

Sie nickte. »Aus Amerika, Neuseeland, Australien und von einigen anderen netten Orten. Meist war die komplette Karte von oben bis unten vollgeschrieben, doch es stand nichts Persönliches darauf. Es war wie die Urlaubskarten, die man seinen Nachbarn schicken würde oder einem Kollegen, nicht seinem Kind.«

Ria verzog das Gesicht, sah Helen an. »Wann kam die letzte Karte an?«

»Kurz vor meinem zwölften Geburtstag glaube ich. Sie war aus London und es stand darauf, dass er nun gefunden habe, was er immer gewollt hat und glücklich sei.«

»Seither nichts weiter?«

Sienna verneinte.

»Das ist hart«, kam es von Helen. »Und ganz ehrlich, so hab ich ihn niemals eingeschätzt.«

»Ich auch nicht«, murmelte Ria betreten. »Er war so verrückt nach seiner Tochter und im Grunde auch nach Marlene, von seinen Abenteuern mal abgesehen.«

Helen verzog das Gesicht zu einem Grinsen, nickte stumm.

»Und du?«, fragte Sienna an Ria gewandt. »Wann hast du ihn zuletzt gesehen?«

»Das war kurz nach unserer gemeinsamen Ausstellung und ist schon so lange her, dass ich mich kaum erinnern kann.« Sie brach ab, trank einen Schluck, seufzte. »Ich weiß noch, dass ich mich über ihn gewundert hab, weil er auf einmal so … anders war. Dazu muss man wissen, dass Allen ein sehr unkomplizierter Typ Mann ist. Sowohl kollegial gesehen als auch auf privater Ebene. Er war zu jedem Scheiß bereit, immer gut drauf, wenn du verstehst.« Sie schloss die Augen, grinste versonnen. »Man konnte sich auf ihn verlassen, jeder Zeit, und es gab niemandem, dem ich mehr vertraut hätte. Wir hatten eine Affäre, ja, eine kurze gemeinsame Nacht auf dem Land, aber es stellte sich heraus, dass wir als Kumpel besser funktionierten, deswegen blieb es bei diesem einen Mal.« Sie stieß die Luft aus. »Allen war damals ein echter Frauentyp, ein Hingucker eben. Ich bin mir sicher, dass das für deine Mutter nicht einfach gewesen ist. Vor allem, weil er es auch wusste und es zu genießen wusste. Ich schätze mal, dass er als Ehemann nicht so eine Kanone war wie als Kumpel und Kollege.«

Sienna verzog das Gesicht.

»Auf jeden Fall hat er sich verändert. Total. Er sagte wichtige Aufträge ab, kam nicht zu vereinbarten Treffen, sah oft aus, als schliefe er schlecht. Und wenn ich ihn fragte, was los sei, reagierte er fast schon aggressiv. Ich weiß nicht, was mit ihm war, aber irgendwas muss ihn schwer beschäftigt und extrem zugesetzt haben.«

»War es was Geschäftliches? Ich meine, kann es sein, dass er Probleme bei einem Job hatte? Oder wegen eines Jobs? Etwas Rechtliches? Als Fotograf nun nicht so ungewöhnlich und selten …«

Ria hob die Schultern. »Kann ich nicht sagen, weil er nicht drüber reden wollte. Ich vermute es aber, nachdem ich eines Tages diese Fotos in seinem Studio hab herumliegen sehen.«

»Was waren das für Fotos?«

Ria hob die Schultern. »Von jungen Mädchen. Ich hab ihn gefragt, was er damit vorhat, da ist er richtig sauer geworden. Ich glaube, er wollte nicht, dass ich die sehe. Danach war ein paar Tage Funkstille zwischen uns, bis er auf einmal wieder vor meiner Tür stand. Wir haben ein bisschen geredet, einen Joint zusammen geraucht und dann meinte er irgendwann, er müsse sich da in eine sehr wichtige Sache reinknien, habe deswegen in nächster Zeit kaum Raum für etwas anderes und ob ich dafür Verständnis habe. Ich sagte zu ihm, dass es okay sei und er sich so viel Zeit nehmen solle, wie nötig, und das war's. Und kurz darauf ist er plötzlich verschwunden.«

11

BOSCASTLE/STRATTON

2019

Auf dem Rückweg von London nach Boscastle fühlte Sienna sich endlich einmal wieder so richtig ausgeschlafen und entspannt. Das Treffen mit Ria und Helen hatte ihr wirklich gutgetan und sie schätzte, dass auch die beiden Frauen ihre Gegenwart sehr genossen hatten. Schließlich waren sie bis spätabends in der Bar sitzen geblieben, hatten alle ziemlich viel getrunken, sodass Ria ihr am Ende sogar angeboten hatte, bei ihr zu pennen. Trotzdem hatte Sienna dankend abgelehnt und sich ein Taxi gerufen, von dem sie sich zuerst wegen ihrer Übernachtungstasche bei ihrem Auto und dann vor einem Hotel in der Nähe hatte absetzen lassen. Sie hatte das Zimmer bereits von der Bar aus mit ihrem Handy gebucht und schon Angst gehabt, für diesen Preis in einer Absteige gelandet zu sein, doch dann hatte sich das Haus als richtige Perle entpuppt.

Die Zimmer waren klein, aber geschmackvoll, das Frühstück am nächsten Morgen nicht berauschend, aber für Londoner Verhältnisse definitiv annehmbar.

Sienna hatte Bedenken gehabt, wieder nicht zur Ruhe zu kommen, doch der viele Alkohol mit den beiden Frauen hatte wohl am Ende was Gutes gehabt. Sienna war eingeschlafen, kaum dass ihr Kopf das Kissen berührte. Und sie hatte die ganze Nacht lang ohne irgendwelche Zwischenfälle durchgeschlafen.

Nach dem Aufwachen hatte sie sich wie ein neuer Mensch gefühlt und zum ersten Mal seit Langem sogar wieder positiv auf den vor ihr liegenden Tag geblickt. Sie hatte beschlossen, nicht zurück nach Deutschland zu fliegen, sondern noch etwas zu bleiben, zumindest, bis es Serafina etwas besser ging. Und sie würde definitiv weiterhin nach ihrem Vater suchen, auch wenn sie nach dem Gespräch mit Ria tatsächlich nicht viel schlauer als zuvor war. Okay, ihr Vater schien irgendwelche schwerwiegenden Probleme gehabt zu haben, bevor er verschwunden war, doch Sienna schätzte, dass diese wohl kaum dazu geführt haben konnten, dass er abhauen MUSSTE.

Nein, sie war nach wie vor davon überzeugt, dass es war, wie ihre Mutter erzählt hatte. Er war aus freien Stücken verschwunden, über Nacht, einfach so.

Ria hatte geschwärmt, wie unkompliziert ihr Vater früher gewesen war. Dass er jeden Mist mitmachte. Und eigentlich passte diese Beschreibung auch zu seinem heimlichen Abgang. Er hatte keinen Bock mehr auf seine Familie gehabt und sich deswegen still und leise verkrümelt. Ohne großes Drama, einfach so.

Sienna atmete tief durch, konzentrierte sich auf die Schnellstraße.

Da war noch eine Erkenntnis, die sie nach der letzten Nacht gewonnen hatte. Es lag keinesfalls an ihr, dass sie im Cliff Ville die Nächte wach lag und keinen Schlaf fand. Anderenfalls hätte sie sich auch in London die Nacht um die Ohren schlagen müssen. Nein, Sienna war absolut sicher, dass es der Ort oder das Hotel selbst waren, die etwas bei ihr auslösten. Und je mehr sie darüber nachdachte, desto sicherer wurde sie, dass sie früher definitiv mit ihren Eltern im Cliff

Ville einen oder gar mehrere Urlaube verbracht haben musste. Schließlich hatte das Haus von Anfang an seltsam vertraut auf sie gewirkt. Sie beinahe magisch angezogen. Ihr von Anfang an ein wenig Angst gemacht. Würde ihre Mutter noch leben, würde sie sie jetzt fragen, ob es nicht vielleicht sogar das Cliff Ville gewesen war, in dem sie ihren letzten gemeinsamen Familienurlaub verbracht hatten.

War es genau da passiert, dass ihr Vater seine Sachen gepackt hatte und abgehauen war?

Es musste ein Schock für ihr siebenjähriges Ich gewesen sein, am nächsten Morgen aufzuwachen und ihren Vater nicht mehr bei sich zu wissen. Bestimmt hatte sie ihn überall gesucht, geweint und gehofft, dass er zurückkäme, doch am Ende waren es ihre Mutter und sie gewesen, die allein nach London zurückfahren mussten.

War es so passiert?

Und falls ja, wieso musste sie sich die Einzelheiten zusammenreimen und erinnerte sich nicht von alleine daran?

Andererseits, wenn es so passiert war, handelte es sich um die schrecklichste ihrer Kindheitserinnerungen überhaupt, kein Wunder also, dass ihr Gedächtnis diesbezüglich nicht gerade freigiebig war. Sienna atmete tief ein, stieß die Luft wieder aus.

Die Tatsache, dass sie in diesem Hotel nicht schlafen konnte und sich Dinge einbildete, hatte also vielleicht gar nichts damit zu tun, dass sie irre wurde – Gott bewahre! –, sondern vielmehr mit frühkindlichen Verlustängsten, die sich auf diese Weise besonders schmerzhaft bemerkbar machten.

Vielleicht drängten aber auch nur Erinnerungen an die Oberfläche, für die sie noch nicht bereit war.

———

Als sie das Ortsschild von Boscastle am frühen Nachmittag passierte, beschloss sie spontan, nach Stratton weiterzufahren. Sie wollte nicht ins Hotel zurück, hatte stattdessen das Bedürfnis, ihre Großmutter zu sehen, die Ärzte zu fragen, ob es was Neues in Sachen Genesung gab.

Doch je näher sie der Klinik kam, desto stärker spürte sie die altbekannte Anspannung und Unruhe in ihrem Innern. Natürlich lagen diese vor allem in der Sorge um Serafina begründet, doch Sienna wurde mehr als deutlich bewusst, dass es auch ihre Vergangenheit war, die verdrängten oder vergessenen Teile davon, die sie im Hier und Jetzt beeinflussten, in Cornwall noch mehr als in der Heimat.

Ja, sie würde nicht eher zurückfliegen, ehe sie nicht wenigstens am Telefon ein paar Worte mit ihrem Vater gewechselt hatte. Er musste alles erfahren. Wie sehr ihre Mutter wegen ihm gelitten hatte, wie sehr seine Mutter noch immer litt. Und dass sie, Sienna, ihn deswegen bis ans Ende seiner verdammten Tage verabscheuen würde.

Sie schluckte gegen den Kloß in ihrem Hals an, als sie den Wagen in die Parklücke lenkte, stieg aus, rannte gegen die aufsteigende Wut an.

Beruhige dich!, mahnte die Stimme in ihrem Kopf. *Serafina braucht dich. Und sie hat deine Wut nicht verdient.*

Schließlich schaffte es Sienna tatsächlich, mit einigermaßen klarem Kopf auf der Intensivstation anzukommen, wo ihr glücklicherweise eine Schwester keine Sekunde nach dem Klingeln die Tür öffnete.

»Ich möchte meine Grandma sehen«, erklärte sie der gestresst dreinblickenden Frau. »Serafina Ward.«

Die Schwester nickte knapp, bat sie, ihr zu folgen.

»Allerdings ist sie noch nicht aus dem Koma aufgewacht«, sagte die Schwester, als sie vor einem der Zimmer stehen blieben, und verzog mitfühlend das Gesicht. »Sie dürfen gerne in den Vorraum und Ihre Großmutter durch die

Scheibe ansehen. Ich muss den Arzt fragen, ob ich Sie direkt zu ihr lassen darf.«

»Kann ich mit ihm sprechen?«, fragte Sienna, während sie ihre Großmutter durch die Scheibe betrachtete. Sie sah noch zerbrechlicher als neulich aus, wirkte beinahe, als wäre sie schon tot.

Die Frau stieß einen leisen Seufzer aus. »Ich frage ihn, okay? Heute ist nämlich ganz schön was los.«

Sie wollte gerade gehen, als Sienna etwas auffiel. »Als ich sie zuletzt besucht habe, nach der OP, aber vor ihrer Embolie, habe ich ihr einen silbernen Anhänger auf den Nachtschrank gelegt. Er sieht wie ein Schmetterling aus. Wissen Sie zufällig, wo er ist?« Sie sah die Schwester an, wartete ab.

»Ich erinnere mich, dass sie irgendwas vorgestern Abend immer wieder auf den Boden geworfen hat. Kann sein, dass das ein Schmuckstück gewesen ist – wie gesagt, es ist viel los zurzeit und an alles erinnere ich mich auch nicht. Falls es dieses Ding war, das Ihre Grandma immer wieder runtergeworfen hat, dann liegt es jetzt bei ihren Sachen im Schrank.« Sie sah Sienna an. »Soll ich nachsehen und es Ihnen geben?«

»Wenn es keine Umstände macht?«

Während die Schwester im Zimmer ihrer Großmutter verschwand, machte sich ein ungutes Gefühl in ihr breit. Ihre Oma hatte den Anhänger von ihrem Hals gerissen. Sie war so zornig gewesen. Vollkommen außer sich. Sogar einen Krampfanfall hatte sie anschließend bekommen. Trotzdem hatte Sienna ihr das blöde Ding auf den Nachttisch gelegt, bevor sie gegangen war. Hatte das Schmuckstück Serafina erst so richtig fertiggemacht? Sie halb zu Tode erschreckt? Weil es das Erste gewesen war, das ihr ins Auge stach, nachdem sie sich gerade erst von dem Anfall erholt hatte? War diese Embolie am Ende Siennas Schuld?

»Was war eigentlich der Auslöser dafür, dass meine

Grandma jetzt im Koma liegt? Ich meine … die Embolie, okay, aber wieso hat sie die überhaupt bekommen?«, fragte sie die Schwester, nachdem diese aus dem Zimmer gekommen war.

Die Frau sah Sienna beruhigend an. »Ich hab gehört, dass Sie bei ihr waren, als sie einen Krampfanfall bekommen hat. Das war am Nachmittag vor der Embolie, wahrscheinlich eine Art Vorbote. Aber bitte machen Sie sich keine Sorgen deswegen. Nach Operationen kommt so was öfter vor, vor allem bei älteren Leuten mit so schweren und langen Eingriffen wie der Ihrer Großmutter.« Sie legte den Kopf schräg, musterte Sienna besorgt. »Alles okay bei Ihnen? Sie sehen blass aus.«

Sienna nickte.

»Dann kann ich Sie jetzt einen Augenblick allein lassen und den Arzt holen?«

»Mir geht es gut«, sagte Sienna und wusste selbst, dass es nicht überzeugend klang. »Gehen Sie nur, ich komme klar.«

Die Frau nickte, wollte gerade auf dem Absatz kehrtmachen, als ihr etwas einfiel.

»Ach, bevor ich es vergesse …« Sie drückte Sienna etwas in die Hand.

Es war der Kettenanhänger.

Irgendwie löste sein Anblick auf einmal Unbehagen in ihr aus.

Sienna fragte sich, weshalb sie jemals das Bedürfnis verspürt hatte, sich das Ding um den Hals zu hängen.

Sie bedankte sich bei der Frau, starrte schließlich auf das Schmuckstück in ihrer Hand, atmete gegen die immer stärker werdende Beklemmung in ihrem Innern an. Der Anhänger … er fühlte sich eisig kalt, ja, beinahe schmerzhaft auf ihrer Haut an.

12

BOSCASTLE

2019

Der Anblick ihrer Großmutter in dem von Maschinen umgebenen Bett hatte Sienna zugesetzt. Daher beschloss sie, nicht sofort ins Hotel zurückzufahren, sondern vorher eine Kleinigkeit essen zu gehen und einen heißen Tee zu trinken. Seit jeher hatte für Sienna das Teetrinken etwas Rituelles an sich, eine Art Zelebrierung der totalen Entspannung, sodass es ihr richtig schien, jetzt, in diesem Zustand der Sorge um ihre Großmutter, ein wenig runterzukommen.

Sie beschloss, den Wagen auf dem Klinikgelände stehen zu lassen und sich zu Fuß auf den Weg ins Zentrum zu machen, in der Hoffnung, dass die frische Luft es schaffte, ihr den Kopf frei zu pusten. Abgesehen von der Anspannung, die sie inzwischen wieder in Besitz genommen hatte, war da noch die Frage in ihrem Kopf, wie es nun weitergehen sollte. Sie wusste zumindest, dass sie bleiben wollte, bis sie eine Spur hatte, die sie zu ihrem Vater führte, doch je länger Sienna darüber nachdachte, desto bewusster wurde ihr, dass dies nicht einfach werden würde.

In Anbetracht der Tatsache, dass er sich nicht bei seiner früheren Kollegin gemeldet und sie auch nichts von ihm gehört hatte, schien es beinahe ausgeschlossen, dass ihr Vater sich in England aufhielt. Die Frage war daher, weshalb die letzte seiner Karten aus London gekommen war?

Hatte er sich zu dem Zeitpunkt nur auf Durchreise befunden? Urlaub in der alten Heimat gemacht?

Doch wenn, wieso hatte er nicht wenigstens ein paar Stunden für seine Mutter erübrigen können?

Von London nach Boscastle waren es fünf Fahrtstunden und Sienna fand, dass er es der alten Frau schuldig gewesen wäre, sie nach all den Jahren wenigstens einmal zu besuchen.

Sie schluckte. Andererseits hatte er damals auch, ohne zu zögern, ihre Mutter und sie verlassen, seither bis auf diese lächerlichen Urlaubsgrüße nahezu kein Lebenszeichen von sich gegeben. Wieso also sollte sein Gewissen in Hinsicht auf seiner Mutter einen Unterschied machen?

All diese Fragen und Überlegungen setzten Sienna derartig zu, dass sie, ohne es zu bemerken, schneller geworden war. Ihr Atem ging nur noch stoßweise, als sie die Straße entlang hastete, der Schweiß rann ihr inzwischen in Strömen den Rücken hinab.

Als sie auf der anderen Straßenseite ein Café entdeckte, steuerte sie darauf zu.

Etwas Süßes zum Tee, um ihre Nerven zu beruhigen, erschien ihr jetzt genau richtig. Das Café namens *Victorias Dream* war ein winzig kleiner Laden, eingequetscht zwischen zwei Geschäften für Haushaltswaren und Dekorationsartikel. Sienna stieß die schwere Tür auf, hoffte auf einen freien Sitzplatz im Innern, wo sie sich ein wenig ablenken konnte.

Als sie sah, dass von den gerade einmal sechs Tischen tatsächlich einer frei war, seufzte sie vor Erleichterung. Sie blieb vor der imposanten Kuchentheke stehen, inspizierte die verschiedenen Kuchen und Torten, bemerkte erst jetzt, wie ausgehungert sie war.

»Die sehen alle total lecker aus«, sagte sie zu der

hübschen jungen Frau hinter dem Tresen und lächelte. »Was empfehlen Sie denn besonders?«

Die junge Frau, Sienna schätzte, dass es sich bei ihr um die Eigentümerin des Cafés handelte, schmunzelte. »Wie wäre es mit einem Stück vom Victoria Cake? Der Boden ist wahnsinnig fluffig, die Creme dazwischen schön fruchtig mit Erdbeeren.«

Sienna spürte, wie ihr das Wasser im Mund zusammenlief. »Okay, dann nehme ich davon ein Stück. Und eine große Portion Tee, bitte.«

Sie deutete auf den freien Tisch. »Darf ich mich dorthin setzen?«

»Gern«, sagte die junge Frau, zwinkerte. »Machen Sie Urlaub in der Gegend?«

Sienna wollte schon zu einer Notlüge greifen, überlegte es sich aber anders. »Meine Mutter ist vor einigen Wochen in dieser Gegend überfallen worden und kurz darauf verstorben«, erklärte sie. »Außerdem hab ich Verwandtschaft in Boscastle. Meine Großmutter. Sie liegt hier im Hospital.«

Die junge Frau sah Sienna betroffen an. »Sie Ärmste, das tut mir furchtbar leid.« Sie wollte schon ansetzen, noch etwas zu sagen, stoppte aber, sah Sienna mitleidig an. »Weiß man denn … ich meine«, wieder brach sie ab.

»Leider nicht«, sagte Sienna, die sich denken konnte, worauf die Frau hinauswollte. »Die Polizei geht davon aus, dass es eine Gruppe Jugendlicher gewesen sein könnte. Allerdings wurde auch diesbezüglich bislang niemand gefunden, geschweige denn, verhaftet.«

Die Frau sog die Luft ein, starrte Sienna unschlüssig an. »Wo genau ist es denn passiert?«

»In Boscastle«, erwiderte Sienna. »Sie wurde in der Nähe des Moores gefunden, bei dem Wäldchen, rechts von der Hauptstraße.«

Die Frau schluckte, blickte betreten zu Boden. »Ich meine

mich zu erinnern, dass in dieser Gegend schon öfter schreckliche Dinge passiert sind«, sagte sie leise. »Das ist allerdings über zwanzig Jahre her.«

Sienna wollte schon ansetzen, die Frau zu fragen, was genau sie damit meinte, als sie bemerkte, dass sie blass geworden war.

Daher nahm sie nur den Teller mit dem Kuchen entgegen, bedankte sich.

Die Frau seufzte tief. »Am besten lassen Sie uns jetzt das Thema wechseln.« Sie lächelte gezwungen. »Lassen Sie es sich schmecken. Geht aufs Haus. Den Tee bringe ich gleich.«

Doch auch als Sienna an dem freien Tisch Platz genommen hatte, gingen ihr die unheilschwangeren Worte der Frau nicht aus dem Sinn. Was genau meinte sie damit, dass an diesem Ort schon öfter schreckliche Dinge passiert waren?

Konnte es sein, dass ihre Mutter nicht das einzige Opfer des Täters oder der Täter war?

Allerdings ergab demzufolge die Vermutung der Polizei, dass eine Gruppe Jugendlicher dahintersteckte, keinerlei Sinn.

Sie spürte, wie ihr Herzschlag sich beschleunigte, ihr der Schweiß aus den Poren brach.

Schnell zwang sie sich, an etwas anderes zu denken, stach sich ein Stück vom Kuchen ab, steckte ihn sich in den Mund. Er schmeckte himmlisch, herrlich süß und dabei unglaublich fruchtig, doch ihn wirklich zu genießen, fiel Sienna schwer.

Sie sah aus dem Fenster hinaus, beobachtete ein paar Minuten lang die vorbeieilenden Passanten, doch auch das führte heute nicht zum gewünschten Effekt einer Ablenkung.

Als Sienna sich wieder ihrem Kuchen zuwandte, bemerkte sie, dass der Tee vor ihr stand. Sie winkte der Eigentümerin des Cafés dankbar zu und nahm einen Schluck.

Dann fielen ihr die Worte der Schwester aus dem Krankenhaus wieder ein. Ihre Großmutter hatte sich also nicht nur ihr gegenüber merkwürdig aggressiv verhalten, was das Schmuckstück anging. Was wiederum bedeutete, dass ihr Ausbruch neulich gar nichts mit Sienna zu tun hatte, sondern allein nur mit dem Anhänger selbst. Sie zog ihn gedankenverloren aus ihrer Tasche, legte ihn vor sich auf den Tisch, starrte darauf.

Was hatte das alles nur zu bedeuten?

Wieso reagierte Serafina derartig auf dieses Teil?

Wenn es tatsächlich aus Familienbesitz stammte, müsste sie sich doch eigentlich freuen, ihn wiederzuhaben.

Warum also diese Wut?

Lag es daran, dass ihre Mutter ihn so lange gehabt hatte?

Oder war am Ende alles vollkommen anders?

Ihr fiel das allererste Gespräch mit dieser Schwester aus dem Pflegeheim ein. Der Tag, an dem sie hier angekommen war.

Die Schwester arbeitete seit über dreißig Jahren in der Einrichtung, kannte Serafina von allen am längsten. Von ihr wusste Sienna, dass die alte Frau den Umständen entsprechend gut drauf gewesen war, was sich erst nach dem Besuch ihrer Mutter geändert hatte.

Es folgte ein Schlaganfall. Der zweite nach so langer Zeit …

Dann der Oberschenkelhalsbruch, weil sie aus dem Bett gestiegen war.

Jetzt das Koma wegen der Embolie.

Was hatte ihre Mutter zu ihrer ehemaligen Schwiegermutter gesagt, was alles verändert hatte?

»Wo haben Sie das her?«

Die Stimme klang hart und zornig, riss sie innerhalb von Sekunden ins Hier und Jetzt zurück. Sie sah zu dem Mann auf, der vor ihrem Tisch stand, sie mit finsterem Gesichtsausdruck musterte, dann auf den Anhänger starrte. Er hatte zuvor an einem der besetzten Tische gesessen und irgendeinen Kuchen in sich hineingeschaufelt.

»Was meinen Sie?«, fragte Sienna vorsichtig.

Er deutete auf das Schmuckstück. »Das Ding hier. Woher haben Sie es?«

Sie griff danach, stopfte es sich in die Hosentasche zurück, funkelte den Kerl vor sich an. »Was interessiert Sie das?«

Der Mann verschränkte die Arme vor dem Oberkörper, durchbohrte sie mit seinem Blick. Irgendwas an ihm machte Sienna nervös. Sie wusste nicht, ob es seine Größe war – bestimmt über eins neunzig – oder ob es an der Art lag, wie er sie musterte. Argwöhnisch, misstrauisch, beinahe boshaft.

Sie schob den Teller mit dem Kuchen von sich weg, nahm einen letzten Schluck Tee, dann stand sie auf und drängte sich an dem Mann vorbei in Richtung Theke. »Ich würde gerne bezahlen«, sagte sie zu der jungen Frau, ignorierte deren besorgten Blick.

»Hat Ihnen der Kuchen nicht geschmeckt?«

»Doch«, stieß Sienna hervor. »Es ist nur …« Sie brach ab, zuckte mit ihrem Blick zu dem Mann, der sich mittlerweile wieder an seinen Platz gesetzt hatte, sie aber nach wie vor nicht aus den Augen ließ.

»Ist es wegen Gerry?«, wollte die Frau wissen. »Machen Sie sich keine Sorgen, er sieht zwar furchterregend aus, ist aber harmlos.«

»Okay, schon gut. Es ist nur … ich muss sowieso los.«

Die Frau nickte, nannte ihr den Betrag für den Tee.

Nachdem Sienna bezahlt hatte, machte sie sich auf den Weg nach draußen.

Plötzlich wünschte sie, ihren Wagen in der Nähe geparkt zu haben, doch leider Gottes stand er nach wie vor auf dem Klinikgelände.

Seufzend machte sie sich auf den Rückweg, drehte sich

dabei mehrmals um, als sie ein seltsames Kribbeln im Rücken bemerkte, doch da war niemand hinter ihr.

Der Typ aus dem Café war wirklich mehr als unheimlich gewesen und hatte ihr eine Heidenangst eingejagt, das musste Sienna zugeben. Sie lief schneller und immer schneller, konnte schon das Dach des Hospitals sehen, als jemand nach ihrem Arm griff und sie herumriss.

Ihr rutschte das Herz in die Hose, als sie sah, wer genau da hinter ihr stand.

»Ich muss es wissen«, knurrte er finster. »Wo haben Sie den Anhänger her?«

Kurz überlegte Sienna, zu schreien, doch dann entschied sie sich anders. Sie zwang sich, ganz ruhig gegen die Panik anzuatmen, sah dem Mann fest ins Gesicht. »Von meiner Großmutter«, erklärte sie schließlich. »Ich hab ihn in ihrem Schrank gefunden und schätze, dass es sich dabei um ein Familienerbstück handelt.«

Das Gesicht des Mannes versteinerte. »Du lügst«, stieß er aus. »Sag mir die Wahrheit. Woher hast du ihn?«

Sienna wich vor ihm zurück, wusste nicht, was sie tun sollte. »Das ist die Wahrheit«, stammelte sie hilflos. »Ich hab ihn in einer Kiste im Schrank meiner Oma gefunden. In dem Pflegeheim, in dem sie lebt.« Sie sah sich blitzschnell um, überlegte, ob es etwas bringen würde, wenn sie sich an ihm vorbeidrücken und in Richtung Parkplatz rennen würde, doch dann wurde ihr klar, dass es nichts nützen würde. Er hätte sie in Nullkommanix eingeholt. Ganz abgesehen davon, dass sie sich verdächtig machte, wenn sie einfach wegliefe.

Sie atmete tief durch, sah den Mann an. »Ich stamme aus Deutschland, bin zum ersten Mal seit zwanzig Jahren wieder in dieser Gegend und schwöre Ihnen, dass dieses Schmuckstück meiner Familie gehört. Vielleicht verwechseln Sie es ja?«

Der Mann starrte sie feindselig an. Dann packte er sie bei den Schultern. »Den Anhänger! Los jetzt!«

Sienna spürte, wie ihr vor Angst alle Kraft aus den Gliedern wich. Sie musste sich beherrschen, nicht auf den Boden zu sacken. Panisch riss sie an seinen Armen, wollte sich losmachen, doch der Typ war unnachgiebig, starrte sie böse an, schüttelte sie hart. »Der Anhänger gehörte meiner Großmutter, hörst du? Meiner und nicht deiner! Ich hab ihn vor über zwanzig Jahren aus ihrer Schmuckschatulle geklaut und anschließend einem ganz besonderen Mädchen geschenkt. Und genau dieses Mädchen ist nur kurze Zeit später spurlos verschwunden – zusammen mit dem Anhänger.«

Sienna schnappte entsetzt nach Luft und wollte schon nachgeben, als sie aus dem Augenwinkel ein älteres Ehepaar auf der anderen Straßenseite laufen sah. Sie reagierte blitzschnell, stieß den Kerl mit aller ihr noch verbliebenen Kraft von sich, schrie um Hilfe.

Das Paar blieb stehen, sah unschlüssig zu ihnen herüber.

»Dieser Mann …«, schrie Sienna, so laut sie konnte, »ist verrückt, bitte, rufen Sie die Polizei!«

Auf einmal kam Bewegung in den Kerl. Entsetzt ließ er von Sienna ab, warf einen Blick zu dem Paar auf der anderen Seite, setzte sich in Bewegung. Er war schon fast an der Ecke, als er sich noch einmal nach ihr umdrehte, sie finster musterte und ihr lautlos zuflüsterte, dass sie einander wiedersehen würden. Als sie das Funkeln in seinen Augen erkannte, wurde ihr eiskalt.

Dann endlich war er verschwunden.

13

BOSCASTLE

2019

Sienna zitterte immer noch, als sie eine knappe halbe Stunde später auf den Parkplatz des Hotelgeländes fuhr. Dieser Typ hatte ihr eine Heidenangst eingejagt, aber mehr noch waren es seine Worte gewesen, die sie verunsicherten. Er hatte absolut davon überzeugt geklungen, im Recht zu sein, dass selbst Sienna mittlerweile Zweifel hegte, dass der Anhänger tatsächlich ihrer Großmutter gehörte.

Dabei gab es im Grunde unzählige Möglichkeiten, die erklären konnten, was vorhin passiert war. Zum Beispiel könnte dieses Mädchen, von dem der Kerl gesprochen hatte, den Anhänger damals verloren haben. Und ihre Großmutter hatte ihn eben gefunden. Oder noch einfacher, es handelte sich bei ihrem um einen Anhänger, der dem des Mannes nur sehr ähnlich sah.

Sienna seufzte leise, als sie ausstieg. Sie wollte sich gerade in Richtung Hotel aufmachen, als sie es sich anders überlegte. Neben dem Parkplatz führte ein kleiner Weg in Richtung der Klippen, daher beschloss sie, dass es nicht schaden konnte, sich auch die Umgebung ein wenig anzusehen. Vielleicht ergab sich so das ein oder andere brauchbare Motiv, das sie später für gutes Geld verkaufen konnte. Sie öffnete den Kofferraum, schnappte sich ihre Ausrüstung, machte sich auf den Weg.

Während sie durch kniehohes Gras lief und sich die frische Meeresbrise um die Nase wehen ließ, zwang sie sich, an etwas anderes zu denken. Nicht an ihre schwerkranke Großmutter, auch nicht an ihre Mutter und schon gar nicht an ihren Vater oder diesen gruseligen Kerl vorhin.

Sie verzog das Gesicht, als sie spürte, wie sich die feinen Härchen in ihrem Nacken aufrichteten, fragte sich, wie es sein konnte, dass gerade sie, eigentlich tough und unerschütterlich, in den letzten Tagen mit einem so bröckeligen Nervenkostüm zu kämpfen hatte.

Sie holte tief Luft, lief schneller, als wolle sie versuchen, ihrem Gedankenchaos davonzulaufen. Als sie endlich weit genug oben war und das Meer sehen konnte, blieb sie stehen, holte ihre Kamera aus der Tasche hervor. Sie fing an, zu knipsen, spürte, dass es ihr guttat, sich auf ihre Arbeit zu konzentrieren. Als sie einige brauchbare Aufnahmen im Kasten hatte, lief sie weiter, bis sie zu einem kniehohen Zaun kam, der als Absperrung vor den Klippen diente.

Es war weit und breit kein Schild aufgestellt worden, das vor der drohenden Gefahr durch einen Absturz warnte, und Sienna fragte sich unweigerlich, wie oft an diesem Ort schon der ein oder andere Mensch, sei es durch Unachtsamkeit oder Selbstüberschätzung, den Tod gefunden hatte.

Irgendetwas zerrte plötzlich an ihr, brachte sie dazu, über den Zaun zu steigen, um näher an den Rand der Klippe treten zu können. Sie schluckte verkrampft, spürte, wie ihr der kalte Schweiß ausbrach.

Eigentlich hatte sie keine Höhenangst, war in der Vergangenheit sogar schon ein paar Mal mit dem Fallschirm gesprungen, doch jetzt … Sie stoppte abrupt.

Das Bild in ihrem Kopf war wie aus dem Nichts gekommen.

Ein zerschmetterter Körper am Fuß der Klippe, zierlich und klein, all das Blut.

Sie keuchte, wich zurück, hatte auf einmal das Gefühl, nicht mehr atmen zu können. Was zum Teufel war nur mit ihr los?

Sie zwang sich, weiterzugehen, spürte, wie ihre Beine bei jedem Schritt, den sie sich dem Abgrund näherte, weicher wurden.

Sie war schon fast da, als sie ein unheimliches Raunen vernahm. Es klang … wie ein leises Lachen oder vielmehr ein Kichern.

War das der Wind?

Oder ihre Nerven, die ihr, mal wieder, einen bösen Streich spielten?

Sie wirbelte herum, spürte, wie der Boden zu ihren Füßen schwankte.

Dann wurde ihr für den Bruchteil einer Sekunde schwarz vor Augen.

Verschwinde!, wisperte die Stimme in ihrem Kopf. Oder war sie von woanders hergekommen?

Sienna wusste es nicht genau.

Sie rappelte sich auf, drehte sich einmal um die eigene Achse, kämpfte mit der Panik in ihrem Innern.

Als sie sich endlich einigermaßen im Griff hatte, riss sie ihre Kamera vom Boden hoch und rannte los.

Weg, einfach nur weg hier!

———

Ein Schrei durchbrach die Stille der Nacht. Benommen riss Sienna die Augen auf, blinzelte. Sie starrte in die Dunkelheit, lauschte ihrem hektischen Atmen, bemerkte, dass sie vollkommen nassgeschwitzt war. Sie tastete nach ihrem Handy auf dem Nachtkästchen, warf einen Blick aufs Display. Es war erst kurz nach zwei Uhr, was bedeutete, dass sie gerade mal drei Stunden geschlafen hatte.

Nach ihrer Panikattacke an den Klippen – Sienna schätzte, dass es eine gewesen war – hatte sie versucht, sich mit ein wenig Lesen und Wellness abzulenken, doch wirklich zur Ruhe hatte sie nicht gefunden. Immer wieder waren ihre Gedanken abgedriftet, sei es zu ihrer Großmutter ins Krankenhaus oder zu ihrem Vater, wo immer der sich auch gerade aufhielt. Zuletzt hatte sie an diesen Kerl vom Nachmittag denken müssen, deswegen wohl der furchtbare Albtraum gerade eben. Ihr wurde klar, dass sie selbst es gewesen sein musste, die geschrien hatte. Inzwischen stand für sie vollkommen außer Frage, dass ihre Ruhelosigkeit an diesem Ort liegen musste.

Es lag ohne Zweifel an all den grausamen Erinnerungen, daran, was in dieser Gegend passiert war.

Das Verschwinden des Vaters vor zwanzig Jahren. Der Tod der Mutter erst kürzlich. Irgendwann wurde es selbst den Stärksten zu viel.

Sie setzte sich auf, zuckte zusammen, als sie ein leises Klopfen vernahm.

Sie runzelte die Stirn, tastete im Dunkeln nach dem Lichtschalter, seufzte erleichtert, als es hell im Zimmer wurde.

Da!

Wieder ein Klopfen …

Diesmal war Sienna absolut sicher, dass es aus dem Badezimmer kam.

Aus ihrem Badezimmer!

Sie stand auf, ignorierte das Hämmern ihres Herzens, ging zielstrebig nach nebenan, riss die Tür auf.

Ihre Finger tasteten nach dem Lichtschalter rechts an der Wand.

Sie blinzelte kurz, als das grelle Licht ihre Pupillen traf.

Sah sich in Sekundenschnelle im Raum um.

Keiner da.

Niemand außer ihr.

Sie schluckte.

Konnten die Rohre in der Wand dieses Klopfen verursacht haben?

Oder war es doch von woanders hergekommen?

Sie drehte den Hahn auf, wusch sich das Gesicht mit eiskaltem Wasser, spülte sich den Mund aus. Nachdem sie sich abgetrocknet hatte, löschte sie das Licht, ging zurück zum Bett.

Sie wollte sich gerade hinlegen, als ein leises Rascheln vor der Zimmertür ihre Aufmerksamkeit erregte.

Kurz überlegte sie, nachzusehen, doch dann fiel ihr der Abend neulich ein.

Da war es genauso gewesen und am Ende war sie es gewesen, die sich lächerlich gemacht hatte.

Sie setzte sich aufs Bett, nahm ihr Handy zur Hand, überlegte angespannt, was sie tun sollte. Weiterzuschlafen schien angesichts ihrer Nervosität aussichtslos.

Schließlich gab sie den Namen ihres Vaters in die Suchmaschine, drückte auf Enter.

Doch auch dieses Mal spuckte das Internet keinerlei Neuigkeiten aus.

Sie setzte London dahinter – ebenfalls ohne Erfolg.

Genau wie Sydney, Oakland und Santa Monica – alles Orte, von denen einige der Karten von ihrem Vater an sie stammten.

Sie versuchte es weiter, versuchte es mit anderen Städtenamen in Australien, den Vereinigten Staaten und Neuseeland, doch nirgends fand sich auch nur ein einziger Eintrag, mit dem sie hätte weitermachen können. Schließlich gab sie entnervt auf.

Vielleicht sollte sie jemanden engagieren, einen Profi, der darauf spezialisiert war, Menschen aufzuspüren.

Doch ihre gesamten Ersparnisse dafür aufzubrauchen?

Sienna wusste nicht, ob es das wert war.

Sie seufzte.

Wieder ein Rascheln.

Dann ein Poltern. So als sei jemand von außen gegen ihre Zimmertür gestolpert.

Entnervt warf Sienna ihr Handy auf den Nachtschrank zurück, rannte zur Tür. Sie zögerte für den Bruchteil einer Sekunde, riss schließlich doch an der Klinke, trat in den Gang hinaus.

Gerade rechtzeitig.

Ihr Herz machte einen Satz, als sie bemerkte, wie ein kleines Mädchen in einem hellen und viel zu dünnen Sommerkleidchen am Ende des Gangs um die Ecke bog. Ungeachtet der Tatsache, dass sie selbst nur mit einem Trägershirt und einer dünnen Schlafanzughose bekleidet war, ja, nicht einmal Hausschuhe anhatte, fing sie an zu rennen. Sie musste dieses Kind unbedingt erwischen, denn dann stünde endlich fest, dass sie doch nicht verrückt wurde, sich auch all die Geräusche in den letzten Tagen nicht eingebildet hatte.

Sie rannte schneller, bog schließlich ebenfalls um die Ecke in Richtung Treppenhaus ab. In der Lobby ignorierte sie den Blick des jungen Mannes an der Rezeption, sah sich suchend um.

Da!

Ihr Herz hüpfte in ihrer Brust auf und ab, als sie das kleine Mädchen durch die Drehtür nach draußen huschen sah.

Sienna überlegte nicht lange, rannte ihm hinterher.

Als sie im Freien war, schnappte sie nach Luft. Der fauchende Wind riss an ihren Klamotten, ließ die Kälte innerhalb von Sekunden bis auf ihre Knochen dringen.

Egal!, dachte sie. *Weiter!*

Das helle Kleid des Kindes leuchtete in der Dunkelheit

und Sienna sah, dass sich einige dunkle Flecken darauf befanden. War das etwa Blut?

Sie lief schneller, doch egal, wie sehr sie sich auch anstrengte, sie schaffte es nicht, dieses kleine Mädchen einzuholen.

Sie lief schneller und immer schneller durch den Park, passierte das Häuschen des Parkwächters, ignorierte auch dessen verdutzten Blick.

Als Sienna schließlich bewusst wurde, dass die Kleine in Richtung der Klippen rannte, durchfuhr sie ein heißer Stromschlag.

»Halt!«, schrie sie außer sich vor Panik. »Du musst anhalten. Es ist zu gefährlich hier draußen, hörst du?«

Doch das Kind drehte sich weder um noch schien es langsamer zu werden.

Verdammt, dachte Sienna, *das darf doch nicht wahr sein*!

Sie konzentrierte sich auf ihre Beine, flehte darum, sie jetzt nur nicht im Stich zu lassen, doch am Ende konnte sie nichts dagegen tun, dass ihr so langsam sowohl Puste als auch Kraft ausgingen.

Das Absperrband!

Sie konnte das helle Gelb in der Dunkelheit leuchten sehen, keuchte gegen das Entsetzen an, als sie sah, wie das Mädchen mit nur einem Satz darüber sprang und weiterlief.

Sienna stockte der Atem, als sie sah, wie das Kind sich dem Abgrund näherte und trotzdem weiterrannte, schließlich von der Dunkelheit verschluckt wurde.

Ein Schrei gellte durch die Nacht und es dauerte eine Weile, ehe Siena bewusst wurde, dass sie selbst geschrien hatte.

Schon wieder.

Ihr fiel das Bild in ihrem Kopf ein.

Das, welches sie am Nachmittag plötzlich hatte sehen können, als sie schon einmal hier gewesen war.

Der zerschmetterte Körper unten am Fuß der Klippe.

Die Angst lähmte sie, dennoch zwang sie sich, weiterzulaufen, übersprang genau wie die Kleine gerade eben das Band, wurde langsamer, als sie mit wackeligen Knien auf den Abhang zu wankte. Das Herz klopfte ihr bis zum Hals, die Zunge klebte ihr wie ein Fremdkörper am Gaumen.

Sie musste sich regelrecht dazu zwingen, nach unten zu sehen.

Sie blinzelte verwirrt.

Da, wo eigentlich der tote Körper eines Mädchens liegen musste, war … nichts.

Nur ein einsamer Steinstrand und ein tosendes schwarzes Nichts, so weit das Auge reichte.

Sienna sackte zu Boden, grub ihre Finger ins Gras, stieß ein verzweifeltes Heulen aus.

Das alles fühlte sich vollkommen falsch an … Sie hatte das Mädchen doch gesehen! Leibhaftig und echt hatte es gewirkt, als es vor ihr her gerannt war. Sie hatte doch ganz genau gesehen, wie es zuerst über das Band gesprungen, dann auf den Abgrund zu getreten und plötzlich verschwunden war.

Also müsste es doch eigentlich da unten liegen, zerschmettert zwischen den Steinen …

Sie schüttelte den Kopf, keuchte, dann sackte sie nach vorn.

14

BOSCASTLE

2019

»Alles in Ordnung? Kann ich Ihnen helfen, Miss?« Siennas Blick zuckte hoch. Sie sah einen älteren Mann neben sich, der sie voller Sorge anblickte. Er kam ihr irgendwie bekannt vor.

»Ich bin Ted, vom Parkservice«, kam er ihr zu Hilfe.

Sienna nickte schwach.

Richtig. Deswegen kam er ihr so bekannt vor.

Ächzend rappelte sie sich auf, strich sich, so gut es ging, den Schmutz von ihrer Schlafanzughose.

»Was machen Sie denn um diese Zeit hier draußen?«, wollte der Mann wissen. »Ich meine, es geht mich zwar nichts an, aber ich hab mir Sorgen gemacht, als Sie vorhin …« Er brach ab, sah sie ernst an.

Sienna seufzte. Dann durchfuhr sie ein Gedankenblitz. »Sie haben mich gesehen?«

Er nickte. »Vor ein paar Minuten. Sie sind wie vom Teufel gehetzt an meinem Häuschen vorbeigerannt. Ich habe Ihnen nachgerufen, ob alles in Ordnung ist, aber Sie haben mich wohl nicht gehört. Ist ganz schön windig heute Nacht.«

»Und dieses kleine Mädchen? Haben Sie das auch gesehen? Es hatte ein weißes Kleid an und ist vor mir in diese Richtung gerannt.«

Ted runzelte die Stirn. »Ein Mädchen sagen Sie?« Er schüttelte den Kopf. »Da war niemand außer Ihnen. Deswegen hab ich mir gedacht, dass es besser ist, wenn ich mal sehe, ob mit Ihnen alles okay ist.« Er hielt inne, sah Sienna forschend an.

Unter seinem Blick fing sie an, sich zunehmend unwohl zu fühlen. Sie schluckte. »Sie haben also außer mir niemanden laufen sehen?«

»Nein«, gab Ted zurück und Sienna hörte aus seiner Stimme heraus, dass er nicht ganz sicher zu sein schien, wie er mit ihr umgehen sollte.

Sie trat ein Stück auf ihn zu. »Da war ein Mädchen, ich schwöre es. Ungefähr sieben Jahre alt, lange braune Haare. Und dieses Kleid. Ich bin absolut sicher, dass Blutflecken darauf waren. Sie müssen es gesehen haben, Ted. Es ist genau wie ich direkt an Ihrem Häuschen vorbeigerannt.«

Er hob die Schultern, sah sich zweifelnd um. »Aber außer uns beiden ist niemand hier.«

Sienna nickte, holte Luft. »Das Mädchen, ich glaube, es ist die Klippen runtergefallen. Ich hab versucht, es aufzuhalten, aber es ist immer weitergerannt.«

Teds Gesichtszüge entglitten für einen Moment. Dann zog er einen länglichen Gegenstand aus seiner Jacketttasche, ging an ihr vorbei auf den Abgrund zu. Sienna wurde klar, dass es eine Taschenlampe war und er tatsächlich damit den Strandabschnitt unterhalb der Klippe ableuchtete.

Sie seufzte erleichtert auf.

Endlich glaubte ihr jemand.

Sie trat vorsichtig zu ihm, sah dem Lichtstrahl nach.

»Wie gesagt, kein Mensch«, murmelte Ted. »Und schon gar kein kleines Mädchen.« Er drehte sich zu ihr um, sah sie mit einer Mischung aus Bedauern und Misstrauen an. »Kann es sein, dass Sie etwas zu viel getrunken haben?«

Sienna schüttelte verdutzt den Kopf. »Ich habe geschlafen«, herrschte sie Ted schließlich an. »Und dann war da dieses Klopfen. Es kam aus dem Badezimmer, doch als ich nachgesehen habe, war da nichts. Und kurz darauf habe ich ein Poltern vor meiner Zimmertür gehört. Ich bin aufgestanden, habe die Tür geöffnet und dieses Mädchen weglaufen sehen. Es war da, das schwöre ich.«

Ted sah betreten zu Boden, leuchtete ein letztes Mal zum Strand hinunter, seufzte. Dann sah er sie an. »Was halten Sie davon, wenn ich Sie jetzt ins Hotel zurückbringe? Ich sorge dafür, dass Sie einen schönen heißen Tee bekommen. Und versprochen, morgen sieht die Welt schon wieder ganz anders aus.«

Als Sienna begriff, dass es erneut passiert war und sie sich lächerlich gemacht hatte, zog sie die Schultern hoch, nickte betreten.

Langsam trottete sie Ted hinterher in Richtung Hotel, ließ sich von ihm zu einer der Sitzgruppen in der Lobby geleiten, setzte sich. Zitternd vor Kälte und Frust wartete sie, bis er kurze Zeit später ein Tablett mit Tee und einigen Keksen vor ihr abstellte. Sie sah zu ihm auf, spürte, dass ihr die Tränen kamen. »Ich war absolut sicher, dass da ein Mädchen gewesen ist. Sonst wäre ich doch niemals …«

»Trinken Sie«, unterbrach Ted sie mit sanfter Stimme und deutete mit seinem Kopf auf die dampfende Tasse Tee vor ihr. Sie griff danach, nippte daran, schloss dankbar die Augen.

»Tut mir leid, dass ich so viel Aufregung verursacht habe«, murmelte sie schließlich und sah Ted an.

»Ist wirklich alles okay mit Ihnen?«, fragte er. »Oder soll ich lieber einen Arzt rufen?«

Sienna schüttelte heftig den Kopf. Das fehlte noch, dass

sie von offizieller Stelle bescheinigt bekam, langsam, aber sicher durchzudrehen. »Es geht mir gut«, gab sie fest zurück. »Wirklich.«

Ted nickte unschlüssig, warf einen Blick auf seine Armbanduhr. »Ich muss jetzt wieder ... hab zu tun, wissen Sie?«

Sienna nickte. »Wirklich, mir fehlt nichts, machen Sie sich keine Sorgen.«

Sie sah ihm nach, bemerkte den Blick des Rezeptionisten auf sich. Er sah sie auf genau dieselbe Weise an wie Ted und Sienna wurde klar, dass der junge Mann von seinem älteren Kollegen geimpft worden war. Sie bemühte sich um ein lockeres Grinsen. »Mir geht es gut. Ganz ehrlich«, rief sie dem jungen Mann zu. »Ich trinke nur meinen Tee aus und dann gehe ich wieder ins Bett.« Wie zum Beweis nahm sie die Tasse auf, trank einen Schluck. Als sie aus dem Augenwinkel einen Schatten wahrnahm, der auf sie zukam, zuckte sie zusammen. Sie stieß einen schmerzerfüllten Zischlaut aus, als heißer Tee auf ihre Hose schwappte, sie am Oberschenkel verbrannte.

»Sie können wohl auch nicht schlafen?«, fragte eine weibliche Stimme und als Sienna ihren Kopf wandte, sah sie eine ältere Frau, schätzungsweise um die siebzig, neben sich stehen, die sie neugierig musterte.

Sienna versuchte sich an einem Lächeln, bemerkte aber selbst, dass es äußerst schief geraten war. Sie seufzte leise.

»Darf ich mich zu Ihnen setzen?«, fragte die Frau.

»Wenn Sie real sind, schon«, rutschte es Sienna heraus, ehe sie sich bremsen konnte.

Als sie den verwirrten Blick der Frau auf sich spürte, hob sie die Schultern. »Tut mir leid, das hätte ich nicht sagen dürfen. Bitte, setzen Sie sich doch.«

Sie wartete, bis die Frau ihr gegenüber Platz genommen hatte.

»Möchten Sie auch einen Tee?«, fragte sie die Frau. »Ich lade Sie ein.«

Ihr Gegenüber schüttelte den Kopf. »Sehr lieb von Ihnen, aber so spät in der Nacht trinke ich lieber nichts mehr. Ich muss sonst ständig aus dem Bett und auf Toilette.« Sie lachte, als sie Siennas verdutzten Blick bemerkte. »Falls ich doch mal schlafe, meinte ich.«

Sienna nickte.

»Sie sehen traurig aus«, sagte die Frau. »Wollen Sie mir erzählen, was los ist? Manchmal tut es ganz gut, sich mit Worten von der Last zu befreien, die einem das Leben und Atmen schwer macht.«

Sienna überlegte kurz, schüttelte schließlich den Kopf. *Was soll's*, dachte sie. *Macht eh keinen Unterschied, ob dich jetzt ein Mensch mehr für irre hält.*

Sie holte tief Luft, begann zu erzählen. Vom Anruf des Arztes wegen des Überfalls auf ihre Mutter. Von deren Tod. Von den Lügen ihrer Mutter bezüglich ihrer Grandma, von deren Sturz aus dem Bett und der anschließend so seltsamen Reaktion auf den Anhänger bei ihr.

Sie ließ auch ihren Vater und den merkwürdigen Kerl vom Nachmittag nicht aus, erzählte ihr zu guter Letzt von den seltsamen Geräuschen, die sie hörte, seit sie im Hotel angekommen war, von den immer häufiger auftretenden Panikattacken, unter denen sie litt, von den merkwürdigen Dingen, die sie sehen konnte und die höchstwahrscheinlich doch nicht real waren.

Bei jedem von Siennas Worten bekam die alte Frau immer größere Augen, schlug sich wieder und wieder die Hand vor den Mund.

Als Sienna schließlich zum Ende kam, schüttelte die Frau langsam den Kopf. »Das ist eine der furchtbarsten Geschichten, die ich je gehört habe«, gab sie zu. »Und ich habe schon viele gehört.«

Sienna seufzte. »Wie es aussieht, werde ich wohl langsam, aber sicher total irre.«

Die alte Frau schüttelte den Kopf. »Ich würde es traumatisiert nennen«, erklärte sie und legte den Kopf schräg. »Ich bin Psychiaterin, glauben Sie mir also bitte, denn ich weiß, wie jemand aussieht, der WIRKLICH irre ist.« Sie lachte und Sienna musste insgeheim zugeben, dass sie anfing, die alte Dame zu mögen. Und es beruhigte sie tatsächlich, sich einmal alles, wirklich alles von der Seele geredet zu haben.

»Traumatisiert also?«, hakte sie dennoch nach, sah die Frau zweifelnd an. »Aber warum sehe und höre ich diese Geräusche, sehe Leute … Kinder … wo keine sind. Spricht das nicht eher für eine Geisteskrankheit?«

Die Frau lächelte warmherzig. »Sie haben Ihren Vater verloren, als Sie ein kleines Kind waren, wurden von Ihrer Mutter großgezogen, die Sie ebenfalls erst kürzlich verloren haben. Dann diese Sache mit Ihrer Großmutter, die jetzt im Koma liegt. Dass alles ist wahnsinnig viel Verlust für ein junges Mädchen wie Sie. Ich meine, Sie sind noch keine dreißig oder?«

»Sechsundzwanzig«, stimmte Sienna ihr zu. »Nächsten Monat werde ich siebenundzwanzig.«

»Sehen Sie«, die Frau nickte. »Sie haben so viel Schmerz in den letzten zwanzig Jahren erfahren müssen, da kann es passieren, dass die Seele streikt.«

»Was meinen Sie?«, fragte Sienna.

»Ich meine damit, dass diese Panikattacken daher rühren, dass Sie nervlich am Limit angekommen sind. Ihre Seele schreit um Hilfe, deswegen rate ich Ihnen, zur Ruhe zu kommen.«

»Und mein Vater?«

»Suchen Sie ihn, wenn Sie das Bedürfnis haben, es unbedingt tun zu müssen. Trotzdem sollten Sie dabei immer auf sich und Ihre Gefühle hören. Sie müssen erkennen, wenn es zu viel wird. Und zwar bevor Sie zusammenbrechen.«

»Wie erklären Sie diese Dinge, die ich sehe und höre? Sind das Auswüchse der Panikattacken? Für mich fühlen sie sich vollkommen real an.«

»Also da ich in Zimmer neun wohne und in den vergangenen Nächten weder Kinderlachen noch Weinen und auch keine Schritte oder Sonstiges gehört habe, vermute ich fast, dass die Panikattacken der Auslöser für diese Halluzinationen sind. Allerdings …« Die Frau brach ab, sah Sienna zweifelnd an. »Sie sagten, Sie seien sicher, schon einmal hier gewesen zu sein, damals, mit Ihrer Familie, als sie ein Kind waren?«

Sienna hob die Schultern. »Ich vermute es zumindest.«

»Erinnern Sie sich an den Unfall eines kleinen Mädchens?«

Sienna hob die Schultern. »Wie gesagt, ich erinnere mich an kaum etwas. Ich stelle nur Vermutungen an.«

»Die Kleine hieß Amelie und war zuckersüß. Ich erinnere mich so gut daran, weil ich seit über dreißig Jahren Urlaub in diesem Haus mache. Früher mit meinem Mann, doch seit er tot ist, reise ich allein. Und die kleine Amelie, die war früher mit ihren Eltern ebenfalls jedes Jahr hier. Immer im Juli. Ein echter Wirbelwind kann ich Ihnen sagen, jeder im Haus hat sie gern gehabt, doch dann …« Die Frau brach ab, sah plötzlich traurig aus.

»Was?«, fragte Sienna aufgeregt. »Was ist mit Amelie?«

»Eines Abends ist sie die Klippen hinuntergestürzt. Niemand weiß, wie es dazu hatte kommen können, aber dennoch ist es geschehen. Ihre Familie ist untröstlich gewesen, hat versucht, herauszufinden, wie genau es passiert ist, doch keiner wollte etwas gesehen haben.«

Sienna sah die Frau verwirrt an. »Das ist eine furchtbare Geschichte, wirklich, doch was hat sie mit meinem Problem zu tun?«

Die Frau legte den Kopf schräg und sah Sienna nachdenklich an.

Ein Gedankenblitz schoss durch Siennas Kopf, brachte sie unwillkürlich zum Schmunzeln.

»Glauben Sie etwa an Geister? Wollen Sie mir das damit sagen? Dass die arme, kleine Amelie im Hotel herumspukt, um arglose Touristinnen zu erschrecken?«

Die alte Frau brach in schallendes Gelächter aus, stoppte aber abrupt. »Tut mir leid, mein Lachen war angesichts dieser schlimmen Tragödie wirklich mehr als unangebracht.« Sie seufzte leise, sah Sienna schließlich ernst an. »Und um auf Ihre Frage zu antworten – nein, ich glaube nicht an Geister – genauso wenig wie Sie, nehme ich an. Ich habe Ihnen deswegen von Amelies Schicksal erzählt, weil ich mir vorstellen könnte, dass Sie beide einander gekannt haben. Amelie wäre jetzt genau in Ihrem Alter, die Vermutung liegt also ziemlich nahe, dass Sie ihr früher einmal hier, in diesem Haus, begegnet sind. Und wer weiß, vielleicht sind diese Dinge, die Sie sehen und hören, nur verdrängte Erinnerungen, die sich jetzt mit aller Macht an die Oberfläche kämpfen.«

Sienna ließ die Worte der Frau auf sich wirken, nickte dann. »Klingt irgendwie nachvollziehbar«, gab sie zu.

Die alte Frau lächelte, stand auf. »Ich hoffe, ich hab ein wenig helfen können, doch jetzt ruft mein Bett nach mir.« Sie zwinkerte, sah Sienna warmherzig an. »Und falls Sie Hilfe brauchen, egal welcher Art, wissen Sie, wo ich wohne. Bis Freitag bin ich noch hier.« Sie runzelte die Stirn, klappte den Mund auf, als wollte sie noch etwas sagen, ließ es aber.

Sienna sah sie an. »Was? Bitte, sagen Sie es einfach.«

Die alte Frau schluckte. »Ich habe einigen meiner Patienten früher mit einer Hypnosetherapie sehr gut helfen können und wenn Sie mögen, würde ich das gerne bei Ihnen ausprobieren. Überlegen Sie es sich, Sie wissen, wo Sie mich finden.«

Als Sienna wenige Minuten später ebenfalls wieder auf ihrem Zimmer war, ließ sie sich die Worte der alten Frau noch einmal ganz in aller Ruhe durch den Kopf gehen. Egal, wie sie es auch drehte und wendete, jedes einzelne davon ergab durchaus Sinn.

Sienna seufzte, griff nach ihrem Handy auf dem Nachtkästchen, ging ins Internet, googelte den Namen Amelie sowie den Namen des Hotels. Nachdem sie sich ergebnislos durch einige Links geklickt hatte, verfeinerte sie ihre Suche.

Sie gab Amelie, den Hotelnamen, Boscastle und tödlicher Unfall ein. Ihr Herz machte einen Satz, als die Suchmaschine keine Minute später tatsächlich mehrere Ergebnisse ausspuckte. Siena fing an, zu lesen. Doch all diese Artikel waren auch nicht viel aufschlussreicher als das, was sie bereits von der Frau aus Zimmer neun wusste. Sie wollte schon aufgeben, als sie bei einem der Berichte ein winziges Foto sah. Sie klickte darauf, vergrößerte es, starrte wenig später in das pixelige Gesicht eines niedlichen kleinen Mädchens, das tief in ihrem Innern ein Gefühl der … Angst auslöste.

Und da war noch etwas …

Je länger Sienna die Kleine auf dem Foto anstarrte, desto sicherer war sie, dass es sich dabei um das Mädchen von vorhin handelte. Zwar hatte sie es im Gang nur ganz kurz von der Seite und ansonsten von hinten gesehen, dennoch war sie plötzlich absolut sicher, dass es sich um ein und dasselbe Kind handelte.

15

BOSCASTLE

2019

Am Morgen war Sienna die Erste beim Frühstück. Sie hatte den Rest der Nacht damit zugebracht, sich den Kopf zu zermartern, ob das, was die alte Frau gesagt hatte, auf sie und dieses Mädchen, das sie gesehen hatte, zutraf.

Sie war noch immer sicher, dass das Kind aus dem Bericht dasselbe war, fragte sich wieder und wieder, ob es tatsächlich sein konnte, dass es sich bei dem, was sie sah, lediglich um Erinnerungen handelte, die an die Oberfläche drängten.

Doch was, wenn nicht?

Sienna hatte noch nie an solch übernatürlichen Quatsch geglaubt und tat es noch immer nicht, doch kam sie nach allem, was passiert war, nicht umhin, zuzugeben, dass selbst ihr das alles inzwischen mehr als suspekt vorkam.

Sie hatte ein Mädchen die Klippen hinabstürzen sehen, das längst tot war. Und nicht nur das, dieses Mädchen war tatsächlich genau vor zwanzig Jahren an genau dieser Klippe gestorben.

Doch ganz egal, was der Auslöser oder vielmehr die Ursache dafür war, dass sie all diese Dinge wahrnahm, sie musste zumindest versuchen, herauszufinden, warum gerade sie diejenige war, die es nun einmal konnte.

Es musste einen plausiblen Grund dafür geben.

Plötzlich fiel ihr die junge Frau aus dem Café wieder ein. Sie hatte davon gesprochen, dass in dieser Gegend, wo man ihre Mutter gefunden hatte, schon einmal etwas Schreckliches passiert war. Hatte sie damit den Unfall der kleinen Amelie gemeint?

Doch je länger Sienna darüber nachdachte, desto sicherer wurde sie, dass dem nicht so war.

Sie hatte der Besitzerin des Cafés erzählt, dass ihre Mutter überfallen worden war. Wieso sollte sie ein solches Verbrechen dem tragischen Unglück eines kleinen Mädchens gleichsetzen?

Sie musste etwas anderes gemeint haben.

Etwa das Verschwinden der Freundin dieses beängstigenden Kerls, der neulich behauptet hatte, der Anhänger ihrer Großmutter gehöre ihm?

Sienna stieß die Luft aus und wusste plötzlich, was zu tun war.

———

Als sie das Ortsschild von Stratton passierte, spürte sie, wie ihr das Herz so heftig in der Brust schlug, dass sie dessen Vibrationen bis in ihre Schläfen spürte. Sie zwang sich, ruhig und gleichmäßig zu atmen, konzentrierte sich auf die Parkbuchten am Straßenrand, damit sie heute nicht am Ende denselben Fehler wie neulich beging und viel zu weit weg vom Schuss parkte. Als sie endlich eine Lücke zwei Straßen vom *Victoria Dreams* entdeckte, atmete sie erleichtert auf.

Kurz überlegte sie, ob es wirklich die richtige Entscheidung war, eventuell schlafende Hunde zu wecken, doch dann sagte sie sich, dass sie gar keine andere Wahl hatte. Irgendwie spürte sie tief in ihrem Innern, dass das alles zusammenhing. Der Überfall auf ihre Mutter, der Sturz ihrer Grandma, beim Versuch an die Kiste im Schrank zu kommen, in der sich zufälligerweise genau der Anhänger befunden hatte, der kurz darauf diesen furchterregenden Kerl auf den Plan gerufen hatte. Und dann diese ominösen Zwischenfälle im Hotel, die nur sie hören und sehen konnte. Sienna fand, dass es auf der Hand lag, dass es auch in dieser Hinsicht eine Verbindung zu dem geben könnte, was ihrer Mutter passiert war und kurz darauf ihrer Grandma. Und dass letztendlich vielleicht sogar das Verschwinden ihres Vaters in all das mit hineinspielte.

Sienna zuckte zusammen, als ihr klar wurde, in was für eine Richtung ihre Überlegungen führten, aber ja, ganz abwegig war es nicht.

Immerhin war ihre Mutter genau dann überfallen worden, als sie so lange Zeit nach dem Verschwinden ihres Ex-Ehemannes wieder an diesen Ort gekommen war. Und sie hatte ihr all die Jahre die Existenz ihrer Großmutter verschwiegen.

Wieso?

Weil sie verhindern wollte, dass sie, Sienna, ihre Mutter dazu drängen würde, Serafina zu besuchen.

Doch wieso war sie gerade jetzt wieder hergekommen?

Das war der Punkt, an dem Sienna ansetzen musste.

Beim Grund ihrer Mutter, nach all den Jahren an diesen Ort zurückzukehren. Und genau der musste – unter anderem – mit dem Schmuckkästchen zu tun haben, das sie im Schrank ihrer Grandma gefunden hatte. Denn anders war deren Versuch, aus dem Bett zu klettern, nicht zu erklären. Und auch nicht ihr Zornausbruch, nachdem sie den Schmetterling bei Sienna gesehen hatte.

Sie hatte also tatsächlich keine andere Wahl, als die Besitzerin des Cafés nach dem Typen zu fragen und ihn anschließend persönlich aufzusuchen.

Sie brauchte endlich Antworten oder zumindest einen Anfang, der ihre weiteren Schritte bestimmte.

Sie stieß die Tür zu dem kleinen Café auf, stellte erleichtert fest, dass außer ihr nur ein junges Pärchen an einem der Tische saß, das vollkommen in sich selbst versunken schien. Sienna trat auf die Theke zu, lächelte die Besitzerin an.

Die grinste übers ganze Gesicht, als sie sie erkannte. »Na, dann hat Ihnen mein Kuchen also doch geschmeckt«, sagte sie schmunzelnd.

Sienna nickte. »Ich hab nichts Gegenteiliges behauptet. Heute versuche ich es mal mit einer Törtchenvariation.« Sie deutete auf eine Ansammlung von mehreren kleinen und köstlich aussehenden Kunstwerken. »Davon nehme ich zwei. Und wieder eine Portion Tee.«

Sie setzte sich an einen der freien Tische, achtete darauf, dass dieser sich so weit weg wie möglich von dem jungen Paar befand, lehnte sich zurück. Sobald die Frau ihre Bestellung brachte, würde sie die Gelegenheit beim Schopfe packen und sie ein wenig ausfragen.

»Dann sind Sie gestern also doch wegen Gerry abgehauen?« Die Frau sah Sienna ernst an. »Der ist harmlos, wie gesagt, tut keiner Fliege was zuleide, auch wenn die Leute zum Teil heute noch über ihn tuscheln.«

»Sie kennen ihn näher?«

»Ein wenig. Er kommt oft her, steht wohl auf meine Kuchen.«

Sienna grinste.

»Er hat behauptet, dass der Anhänger, den ich dabei hatte, seiner Großmutter gehört.«

Die Frau runzelte die Stirn. »Und? Ist da was dran?«

Sienna hob die Schultern. »Keine Ahnung, ehrlich gesagt. Ich hab ihn von meiner Großmutter, doch Gerry behauptete gestern, er hätte seiner Oma gehört.«

»Was denken Sie?«

»Ich denke, dass er etwas Schlimmes erlebt hat«, sagte Sienna. »Man sieht es in seinen Augen. Und daran, wie er auf andere wirkt. Mir macht er zugegebenermaßen etwas Angst.«

»Ich weiß nur, dass er vor vielen Jahren seine Freundin verloren hat. Sie war Urlauberin und er war total verrückt nach der Kleinen. Später fand man ihre Klamotten am Strand, von dem Mädel keine Spur seither. Die Polizei verdächtigte Gerry, er saß deswegen wochenlang in U-Haft. Irgendwann mussten sie ihn gehen lassen, weil sie ihm nichts beweisen konnten. Er selbst redet heute noch über das Mädchen von damals, fragt sich, was mit ihm passiert ist.«

Sienna schluckte. »Das ist ja furchtbar.«

Die Frau senkte den Blick. »Und leider kein Einzelfall«, murmelte sie schließlich. Dann sah sie auf, musterte Sienna nachdenklich. »Ein Jahr nach der Kleinen von Gerry verschwand wieder eine Urlauberin. Ungefähr dasselbe Alter wie Gerrys Freundin, ähnlicher Typ. Und wieder fand man ihre Sachen am Strand, von ihr fehlte jede Spur. Die Polizei ging später in beiden Fällen von einem Unfall aus, legte die Fälle ad acta, bescheuert nicht wahr?«

Sienna nickte. »Diese vermissten Urlauberinnen, hatten Sie die gestern gemeint, als Sie sagten, dass der Überfall auf meine Mutter nicht die einzige Tragödie in Boscastle war?«

Die Frau seufzte. Dann schüttelte sie langsam den Kopf. »Susan, meine um dreizehn Jahre ältere Schwester«, fing sie schließlich an, zu erzählen, »hatte damals eine Freundin, mit der sie durch dick und dünn ging. Ihr Name war Patricia. Meine Schwester und ihre Freundin waren unzertrennlich, bis Pat vor knapp zweiundzwanzig Jahren spurlos verschwand. Sie galt wochenlang als vermisst und als man sie irgendwann fand, war der Teufel los. Ich war damals viel zu jung, um irgendwas davon mitzubekommen oder zu begreifen, hab erst im Laufe der folgenden Jahre realisiert, dass die Freundin meiner Schwester ermordet worden ist. Man hat den Täter bis heute nicht gefasst. Und im Jahr nach Pats Tod verschwand wieder ein Mädchen aus einer der Nachbarortschaften, wurde genau wie die Freundin meiner Schwester wenig später ermordet aufgefunden. Zwar hat man daraufhin ihren Ex verhaftet, doch es gibt bis heute Zweifler, die behaupten, dass der junge Mann unschuldig im Knast sitzt und die vermissten Urlauberinnen sowie die Morde an den Mädchen aus der Gegend miteinander zu tun haben.«

———

Als sie knappe zwanzig Minuten später vor einem heruntergekommenen Backsteinhaus hielt und auf den Eingangsbereich zulief, gingen ihr gefühlt tausend Dinge gleichzeitig durch den Kopf. Sie zwang sich, an etwas anderes zu denken, drückte auf die Klingel. Es dauerte ein wenig, ehe sich im Haus etwas Tat, doch Victoria hatte sie schon darauf vorbereitet, dass es dauern könne, ehe Gerry an die Tür kam, weil er Schicht arbeitete und diese Woche Nachtdienst hatte.

Als der Mann Sienna erkannte, verdüsterte sich sein Blick. »Was wollen Sie hier?«, fragte er sie, kniff seine Lippen hart aufeinander, als wolle er so verhindern, etwas zu sagen, das er später bereuen könnte.

Sie sog die Luft ein, hielt seinem Blick stand. »Ich will mit Ihnen über neulich reden. Über den Anhänger. Ich schätze, es könnte für uns beide von Nutzen sein.« Wie zum Beweis zog sie ihn hervor, zeigte ihm dem Mann.

Erstaunt sah dieser von dem Schmuckstück zu ihr, schien unschlüssig. Schließlich nickte er, trat beiseite. »Das Wohnzimmer liegt geradeaus durch. Ich koche schnell Kaffee.«

Zwar war es Sienna überhaupt nicht recht, das Haus des Mannes zu betreten, doch wenn sie etwas von ihm erfahren wollte, musste sie sich auch auf ihn einlassen und dazu gehörte nun mal, ihm gegenüber an einem Tisch zu sitzen, gemeinsam Kaffee zu trinken. Eine Basis schaffen nannte man das wohl und Sienna nahm sich vor, ihr Bestes zu geben.

Als sie auf dem zerschlissenen Sofa saß und auf den Gastgeber wartete, nutzte sie die Zeit, sich etwas umzusehen. Das Haus hatte von außen zwar bessere Zeiten gesehen, aber zumindest im Innern war es sauber und einigermaßen heimelig, im Grunde sogar gemütlich eingerichtet.

Die Möbel waren alt und abgewohnt und Sienna schätzte, dass das Geld bei Gerry nicht gerade locker saß.

Sie lehnte sich zurück, legte sich im Kopf ein paar Fragen parat, wartete.

Als er endlich mit einem Tablett auf den Händen zu ihr kam, hatte sich sein aggressives Auftreten beinahe gänzlich in Luft aufgelöst. Stattdessen wirkte er jetzt fast freundlich, als er eine dampfende Tasse vor ihr abstellte, sich selbst die zweite nahm und mit seinem Kopf auf eine Schale Kekse deutete, die er zusammen mit dem Kaffee gebracht hatte.

»Die hat meine Mutter gebacken«, erklärte er und setzte sich auf den Sessel ihr gegenüber. Dann musterte er sie schweigend und während sie beide ein paar Schlucke Kaffee tranken, hatte Sienna Gelegenheit, sich Gerry einmal genauer anzusehen. Sie schätzte ihn auf Ende dreißig, Anfang vielleicht auch schon Mitte vierzig und unter normalen Umständen hätte Sienna sogar zugeben müssen, dass er ziemlich attraktiv war.

Die dunklen halblangen Haare, die er im Nacken zu einem Zopf gebunden trug, erinnerten an einen jüngeren Johnny Depp. Und seine Augen … auch nach längerem Hinsehen konnte Sienna unmöglich sagen, ob sie grau oder grün waren.

Gerry schien bemerkt zu haben, dass sie ihn taxierte, verzog das Gesicht.

»Was wollen Sie von mir?«, eröffnete er das Gespräch.

»Dieser Anhänger. Sie sagten, Sie hätten ihn damals einem Mädchen geschenkt?«

Gerry nickte.

»Und dieses Mädchen ist mittlerweile seit wie vielen Jahren vermisst?«

Gerrys Gesichtsausdruck verdüstere sich. »Seit etwas mehr als zwanzig Jahren«, erklärte er. »Jessi war aus Manchester und eigentlich nicht der Typ, der im eigenen Land Urlaub macht. Sie liebte Hawaii, die Malediven, weißen Sand in der Karibik. Doch ihre Eltern hatten sich eben vorgenommen, wenigstens einmal ihren Urlaub in England zu verbringen, und da musste auch Jessi damals durch. Sie hasste es, hat sie mir erzählt. Und sie war genauso verrückt nach mir wie ich nach ihr. Wir wollten unbedingt in Kontakt bleiben, deswegen gab ich ihr den Anhänger meiner Großmutter. Er sollte wie eine Art Pfand sein, ein Versprechen eben. Und dann war sie plötzlich verschwunden, eine Nacht vor ihrer Abreise.« Er hielt inne, sah auf einmal schrecklich müde aus.

»Sie denken noch immer an sie, nicht wahr?«

Er nickte.

»Ich kann sie nicht vergessen, schaffe es nicht. Seit sie verschwunden ist, frage ich mich Tag für Tag, wieso um Himmels willen sie mitten in der Nacht aus dem Cottage abgehauen ist.«

Sienna verzog das Gesicht. Sie wusste genau, worauf Gerry hinauswollte.

»Sie wollte Sie ein letztes Mal sehen, nicht wahr? Das denken Sie doch?«

»Ich weiß es«, flüsterte er kaum hörbar. »Denn so war Jessi. Unerschrocken und furchtlos. Dickköpfig und ein bisschen verrückt.« Er seufzte. »Auf jeden Fall haben die Bullen mich irgendwann abgeholt und ausgequetscht, wollten alles ganz genau wissen. Schließlich stellte sich heraus, dass man ihre Klamotten am Strand gefunden hatte, während von ihr jede Spur fehlte. Die Polizei verdächtigte mich zuerst, doch dann mussten sie mich laufen lassen, weil ihnen die Beweise fehlten. Danach wurde der Fall als bedauerlicher Badeunfall ad acta gelegt und ich frage mich bis heute, was in jener Nacht tatsächlich passiert ist und was Jessi durchmachen musste.«

»Sie glauben nicht an einen Badeunfall?«

»Nein.« Er sah sie an, senkte schließlich den Blick.

Dann stieß er einen leisen Seufzer aus. »Jessi ist nicht die Einzige, die verschwunden ist. Und dann sind da diese Morde an den Mädchen aus der Gegend. Ich will ganz offen sein …« Er brach ab, suchte nach Worten. Seine Schultern sackten nach unten und plötzlich wirkte Gerry, als sei er innerhalb von Minuten um mindestens zwanzig Zentimeter geschrumpft. »Ich denke, dass irgendjemand sie umgebracht hat. Und da ich es nicht gewesen bin, auch wenn böse Zungen das Gegenteil behaupten, bedeutet das, dass der wahre Mörder noch immer frei da draußen herumläuft.«

————

Zurück im Hotel ging Sienna in Gedanken noch einmal das Gespräch mit Gerry durch. Sie hatte sich den gesamten Rückweg über gefragt, ob sie ihm seine Geschichte abkaufte, und letztendlich beschlossen, dass sie ihm glaubte. Gerry vermittelte wegen seiner Größe und seiner unterdrückten Wut einen falschen ersten Eindruck, doch wenn man diesen beiseiteließ, wirkte er fast sanftmütig. Er hatte so traurig ausgesehen, als er von seiner Jessi erzählte, dass Sienna nicht anders gekonnt hatte, als ihm den Anhänger zu geben. Sie hatte nicht lange darüber nachgedacht, sondern ihm das Ding in die Hand gedrückt. Für einen Augenblick hatte Gerry beinahe überwältigt gewirkt. Dann hatte er dankbar ihre Hand geschüttelt und ihr eine Gravur auf der Rückseite gezeigt, die ihr bis dahin gar nicht aufgefallen war – der ultimative Beweis, dass der Anhänger tatsächlich aus seiner Familie stammte.

Sienna schluckte. Das alles wurde langsam, aber sicher zu viel für sie. Die Tragödien innerhalb ihrer eigenen Familie. Jetzt das Wissen um die vermisste Jessi, die deren damaligen Freund bis heute beschäftigte. Die Geschichte um Susan und Pat, die anderen vermissten und ermordeten Mädchen.

———

Als sie endlich den Schlüssel ins Schloss zu ihrem Zimmer schob, schickte sie ein stilles Stoßgebet zum Himmel, dankte Gott für die gut gefüllte Minibar, die sie erwartete.

Sie bereitete sich einen Gin Tonic zu, trank ihn beinahe auf einen Zug leer.

Dann setzte sie sich auf ihr Bett, atmete ein paar Mal tief durch, zog schließlich ihr Handy hervor.

Sie wollte gerade anfangen, die Suchmaschine zu löchern, als sie ein leises Heulen vernahm. Es kam von draußen, vom Gang, wenn sie es genauer hätte definieren müssen.

Sie stand auf, ging zu Tür, blickte hinaus.

Natürlich war niemand zu sehen.

Sie schloss die Tür wieder, lauschte. Das Heulen war noch immer da, mal leise und verhalten, dann ein wenig lauter. Kurz entschlossen riss sie die Tür auf, eilte den Gang entlang, bis sie vor Zimmer neun stand. Dort hämmerte sie wie wild gegen die Tür. Es dauerte eine Weile, bis sie der alten Dame von letzter Nacht gegenüberstand. Sie sah aus, als hätte sie bis eben gerade ein Nickerchen gemacht, doch für Höflichkeitsfloskeln war keine Zeit. »Hören Sie das?«, stieß Sienna hervor und wusste selbst, wie schroff und irre sie sich anhören musste.

Die alte Frau runzelte die Stirn, schien verwirrt.

»Na, das Gejaule auf dem Gang«, half Sienna ihr auf die Sprünge und hob wie zum Beweis die Hand, streckte ihren Zeigefinger in die Höhe. »Da, jetzt wird es wieder etwas lauter. Es klingt wie eine Mischung aus Winseln und Weinen.«

Die alte Frau verzog das Gesicht und augenblicklich wurde Sienna klar, dass ihr Versuch gescheitert war. »Sorry«, murmelte sie, drehte sich auf dem Absatz um, doch die Alte hielt sie am Arm zurück.

Kurz überlegte Sienna, sich loszureißen, doch dann blickte sie sich zu der Frau um.

»Sie sehen überhaupt nicht gut aus, wenn ich das mal so sagen darf, mein Kind … Wollen Sie vielleicht hereinkommen und darüber reden?«

Sienna überlegte einen Augenblick, verneinte schließlich. »Ich brauch nur eine heiße Dusche und ein bisschen Schlaf«, redete sie sich heraus. »Dann wird es schon wieder gehen.«

———

In ihrem Zimmer angekommen stopfte sie sich jeweils ein Ohropax in die Ohren, um endlich vollkommen ungestört zu sein. Dann nahm sie ihr Handy, fing an, zu tippen. ***Vermisst in Boscastle*** gab sie ein, zuckte zurück, als Google wenig später tatsächlich ein paar Einträge ausspuckte. Sie fing an, zu lesen, zuckte erschrocken zurück, las den Bericht erneut. Er handelte von einer Frau, damals um die dreißig, die nach ihrem Dienst im Cliff Ville spurlos verschwand.

Der Name der Frau lautete Mary Wood und laut dem Artikel war sie damals Zimmermädchen hier im Haus gewesen. Im Bericht wurde auch ihr untröstlicher Ehemann zitiert, der sich angeblich nichts mehr wünschte als seine Ehefrau zurück.

Sienna spürte, wie ihr Hals sich vor Aufregung verengte, sprang auf und machte sich auf den Weg zu Zimmer neun.

Dort hämmerte sie heftig gegen die Tür und konnte sich vor Nervosität kaum bremsen, als die alte Dame ihr endlich öffnete. Sie hielt ihr das Handy vor die Nase. »Dieses vermisste Zimmermädchen, Mary Wood, kannten Sie sie?«

Die Frau griff nach dem Handy, starrte eine Zeit lang aufs Display, dann nickte sie langsam. »Vage. Wenn ich mich richtig erinnere, meldete ihr Mann sie kurz vor dem Unfall der kleinen Amelie als vermisst. Ihr plötzliches Verschwinden ging quasi in der Tragödie um das kleine Mädchen beinahe gänzlich unter, wobei die meisten Leute glaubten, dass sie in Wahrheit nicht verschwunden, sondern vor ihrem Ehemann abgehauen ist.«

16

BOSCASTLE

2019

In Siennas Kopf rauschte es, während sie zurück in ihr Zimmer ging. Benommen setzte sie sich aufs Bett, starrte auf den Bildschirm ihres Handys.

Zuerst Marys Verschwinden, kurz danach Amelies Unfall und schließlich der Abgang ihres Vaters. Und alles geschah in nur einem Sommer. Da musste es doch eine Verbindung geben … Irgendeine …

Doch so sehr Sienna sich auch bemühte, diese zu erkennen, es gelang ihr einfach nicht. Ihr Kopf fühlte sich an, als wäre er mit Watte gefüllt. Sie begriff nicht, worin der Zusammenhang zwischen dem Unfall einer Siebenjährigen und dem Verschwinden zweier Erwachsener bestehen konnte.

Hatte ihr Vater vielleicht ein Verhältnis mit Mary gehabt?

Doch wie passte Amelies Unfall in diese Variante?

Und wenn der Unfall für sich allein stand? Nichts mit Mary und ihrem Vater zu tun hatte?

Immerhin munkelten die Leute, Mary sei ihrem Mann davongelaufen. Und auch ihr Vater hatte zumindest damals nicht gerade als treue Seele gegolten. Hatte er sich zusammen mit seiner Geliebten aus dem Staub gemacht?

Sie starrte die Frau auf dem Bildschirm an, fand, dass

diese Option durchaus im Bereich des Möglichen lag.

Mary war damals eine wahre Schönheit gewesen, ganz sicher hätte sie ins Beuteschema ihres Vaters fallen können.

Doch wenn Mary vor zwanzig Jahren tatsächlich untergetaucht war, bedeutete dies, dass sie ihren kleinen Jungen beim Vater zurückgelassen hatte, genau wie ihr Vater damals sie.

Sienna schüttelte den Kopf, während sie weiter auf das Foto starrte. Marys Augen wirkten so sanft und gütig, ihr Lächeln ehrlich, sie hatte rein gar nichts an sich, das darauf schließen ließ, dass sie eine Frau war, die einfach so ihr Kind im Stich ließ.

Sienna ließ sich rückwärts ins Kissen sinken, schloss die Augen. Andererseits hätte sie auch niemals für möglich gehalten, dass ihr Vater sie von heute auf morgen verlassen könnte.

Sie seufzte, spürte, dass die Leere in ihrem Magen und der Gin Tonic miteinander rangen. Sie stand auf, angelte sich das Telefon vom Nachtkästchen, bestellte sich bei der Rezeption einen Snack aufs Zimmer. Danach stieß sie unschlüssig die Luft aus, nahm ihr Handy wieder zur Hand.

Sowohl Gerry als auch Victoria, die Besitzerin des Cafés, hatten davon gesprochen, dass damals mehrere Mädchen verschwunden waren. Einige wurden später ermordet aufgefunden, von anderen, unter anderem Gerrys Jessi, nahm man an, sie seien dem Atlantik zum Opfer gefallen.

Sienna fing an zu tippen, erstarrte, als sie wenig später in das einnehmende Gesicht von Jessica B. starrte. Es existierten unzählige Berichte über ihr Verschwinden im Netz, der letzte stammte aus dem vergangenen Jahr. Auf einem der Bilder trug das bildhübsche Mädchen den Schmetterlingsanhänger und laut Bildunterschrift handelte es sich bei dem Foto um die letzte Aufnahme von Jessica vor ihrem Verschwinden.

Sienna spürte, wie ihr der Schweiß ausbrach.

Gerrys Behauptungen waren eine Sache. Doch live und in Farbe zu sehen, dass seine Worte tatsächlich der Wahrheit entsprachen, eine andere. Sie minimierte die Einträge um Jessica, gab *ermordet aufgefunden Boscastle* ein, drückte auf Enter.

Wieder erschienen einige Links mit Fotos von einem jungen Mädchen namens Clara W.

Sienna klickte sich durch die Ergebnisse, überflog das meiste, minimierte die Seiten erneut. Dann ersetzte sie Boscastle durch die Namen einiger Orte in der Umgebung, drückte erneut auf suchen. Und wurde wieder fündig. Diesmal erschien das Foto eines Mädchens mit dem Namen Rowan L. auf dem Bildschirm. Rowan war zwei Jahre vor Jessica verschwunden, doch im Gegensatz zu ihr fand man ihre Leiche wenig später im Wald. Die Polizei ging davon aus, dass es ihr durch einen anderen ersetzten Ex-Lover war, der sie aus Eifersucht ermordete. Sienna erinnerte sich, dass Victoria es heute Nachmittag kurz erwähnt hatte.

Sie gab *ermordet Stratton* ein, zuckte zurück, als sich ein Bild von Susans Freundin Patricia langsam vor ihr aufbaute. Sie las sich durch einige der Artikel, spürte, wie sich ihr bei jeder Zeile ein wenig mehr der Magen umdrehte. Schließlich verfeinerte sie ihre Suche erneut, gab *Urlauberin Boscastle Umgebung vermisst* ein, drückte auf Start. Und wie befürchtet erschienen auch diesmal etliche Links, die zu ihrer Suche passten. Sie las etwas über eine Sandra aus Deutschland, die vor fünfundzwanzig Jahren spurlos verschwand und deren letztes Lebenszeichen eine Karte vom Crackington Haven Beach an ihre Eltern war.

Sienna fand einen weiteren Eintrag von einer Urlauberin, die seit Jahrzehnten vermisst wurde. Doch auch bei ihr nahm die Polizei an, dass es sich um einen tragischen Badeunfall handelte, nachdem man ihre Kleidung an einem Strand in der Gegend gefunden hatte.

Ein Klopfen ließ Sienna zusammenfahren.

Dann fiel ihr ein, dass sie sich etwas zu essen beim Zimmerservice bestellt hatte.

»Moment«, rief sie und wollte gerade das Handy beiseitelegen, um an die Tür zu gehen, als sie erstarrte. Plötzlich war ihr, als reiße ihr eine eisige Klaue das Herz aus der Brust.

Wieder ein Klopfen.

Panik erfasste Sienna. Erschüttert und genervt zugleich warf sie das Handy aufs Bett, riss ihr Portemonnaie aus der Tasche, zog einen Schein hervor und stapfte zur Tür. Dort warf sie dem Mann vom Zimmerservice das Geld vor die Füße, riss ihm das Tablett aus den Händen, schmiss ihm die Tür vor der Nase zu. Anschließend stellte sie ihr Essen achtlos auf den kleinen Tisch neben dem Fenster ab, ging zum Bett zurück, setzte sich.

In ihrem Kopf drehte sich alles.

Das Atmen fiel ihr schwer.

Ruhig, mahnte die Stimme in ihrem Kopf. *Wenn du jetzt ausrastest, ist auch keinem mehr geholfen.*

Sie griff mit hämmerndem Herzen nach ihrem Handy, starrte auf das Bild der jungen Frau auf dem Bildschirm.

Diese Ohrringe …

Sienna war absolut sicher, sie schon einmal gesehen zu haben.

Sie klickte sich zu den Bildern der anderen Mädchen zurück, inspizierte sie genauer, spürte, wie ihr brennende Gallenflüssigkeit aus dem Magen in den Hals schoss.

Sie keuchte, schaffte es gerade rechtzeitig ins Bad, erbrach sich heftig. Nachdem ihr Magen sich etwas beruhigt hatte, ging sie zum Schrank, kramte die Kiste ihrer Mutter mit dem Schmuck darin hervor.

Sie hatte das Gefühl, dass sich das Holz in ihre Haut einbrannte, während sie damit zum Bett zurück ging, ignorierte den Schmerz jedoch, weil sie erkannte, dass er nicht real war.

Sie setzte sich, öffnete entschlossen die Kiste, nahm das Paar Perlenohrringe heraus, verglich es mit den Ohrringen von Sandra aus den Berichten, die sie gelesen hatte. Sie schluckte, spürte, wie ihr der kalte Schweiß ausbrach.

Sie klickte sich zu den Fotos von Susans Freundin Pat durch, verglich das Freundschaftsband auf einem der Fotos mit dem aus der Kiste vor sich.

Sienna stöhnte.

Weiter, flüsterte die Stimme unnachgiebig. *Du willst es doch wissen, also stell dich der Wahrheit!*

Nacheinander verglich sie die Fotos der toten und vermissten Mädchen mit den Schmuckstücken in der Holzkiste, fand zusätzlich zu den Perlenohrringen und dem Freundschaftsband zwei weitere Übereinstimmungen in Form eines Herzanhängers, der Clara gehört hatte, und einer Brosche.

Sie vergrößerte das Bild von Rowan, starrte fassungslos auf den kleinen silbernen Frosch am Kragen ihres Shirts, verglich ihn mit der Brosche in der Kiste vor sich.

Danach las sie die Artikel über ihr Verschwinden und das Auffinden ihrer Leiche noch einmal.

Als Sienna begriff, dass Rowans Ex-Freund damals zu einer Gefängnisstrafe verurteilt worden war, weil man ihn für die grauenvolle Tat zur Verantwortung gezogen hatte, wischte sie angewidert und erschüttert zugleich die Kiste vom Bett, stieß einen verzweifelten Schrei aus.

Er hallte von den Wänden des Zimmers wider, machte ihr nur zu deutlich bewusst, dass sie schon seit Langem, heute aber definitiv, die Grenze ihrer Belastbarkeit überschritten hatte.

»Ich schaff das alles nicht mehr«, flüsterte sie mit erstickter Stimme, dann brach sie in Tränen aus.

17

BOSCASTLE

2019

Kurz hatte Sienna überlegt, ein Taxi zu rufen, das sie zum Polizeipräsidium bringen würde, doch am Ende war sie schließlich trotz des Alkohols in ihrem Blut selber gefahren.

Die Konzentration während der Fahrt auf den Verkehr und die Straße vor ihr hatte geholfen, sich wenigstens für kurze Zeit von dem Gedankenchaos in ihrem Kopf zu lösen.

Sie lenkte den Wagen in eine der freien Parkplätze, stieg aus. Sie wollte sich gerade auf den Weg zum Eingang machen, als ihr siedend heiß einfiel, dass sie überhaupt nicht wusste, was sie zu Detective Roth sagen sollte.

Den Anhänger hatte sie Gerry am Nachmittag zurückgegeben und die anderen Schmuckstücke … Sienna schluckte.

Im Grunde bedeutet all das gar nichts, meldete sich die Stimme in ihrem Kopf zu Wort.

Und klar, Sienna war durchaus bewusst, dass es auch vollkommen andere, weit optimistischere Erklärungen gab und dennoch … Sie kam gegen das bohrende Gefühl in ihrem Innern nicht an, schaffte es nicht, ihre Atemblockade in den Griff zu bekommen, hatte den Eindruck, ihre Haut wäre ihr plötzlich viel zu eng.

Ihre Gedanken wirbelten in ihrem Kopf herum, verursachten ihr Schmerzen.

Sie stöhnte leise.

Deine Großmutter könnte den Anhänger tatsächlich gefunden haben ...

Sienna schüttelte den Kopf.

Zu vage.

Das Freundschaftsband ... solche Dinger gibt es zu Tausenden. Du selbst hattest früher ein ganz ähnliches.

Aber das in der Kiste sah eben haargenau wie das von diesem Mädchen in dem Internet-Artikel aus. Und diese Perlenohrringe sahen genauso aus wie die von dieser deutschen vermissten Touristin.

Diese Dinger sind Allerweltsschmuck. Jede zweite Frau hat solche in ihrem Schmuckkästchen.

Nein, dachte Sienna und zuckte zusammen, als ein vorbeieilender Mann sie irritiert anstarrte.

Hatte sie gerade laut gedacht?

Sie seufzte.

Immerhin waren da der Herzanhänger von Clara, die Brosche in Froschform von Rowan.

So viele Zufälle konnte es doch gar nicht geben.

Sie straffte die Schultern, griff in ihre Handtasche, zuckte zurück, als sie das Holz der Box unter ihren Fingern spürte.

———

»Detective Roth ist heute Abend nicht mehr im Haus«, erklärte ihr wenig später ein jüngerer Polizeibeamter und musterte sie. »Könnte ich Ihnen vielleicht auch weiterhelfen? Mein Name ist übrigens Isak und wie heißen Sie?«

Unter seinem stechenden Blick fühlte sie sich auf merkwürdige Art verletzlich, ja, beinahe nackt. »Ich bin Sienna.«

Sie sah zu Boden, suchte nach Worten.

»Detective Roth arbeitet an dem Fall, der den gewaltsamen Tod meiner Mutter betrifft. Ihr Name lautet Marlene Aschenbrenner. Sie wurde vor knapp vier Wochen in Boscastle überfallen und starb wenig später an ihren schweren Kopfverletzungen.«

Der junge Beamte runzelte die Stirn, nickte schließlich. »Der Fall ist mir bekannt«, sagte er. »Und Sie sind jetzt hier, um nachzufragen, ob es neue Erkenntnisse gibt?«

Sienna schüttelte den Kopf. »Nicht direkt. Ich meine, ja, das interessiert mich natürlich auch, aber eigentlich bin ich wegen etwas anderem hier.« Sie deutete auf den Stuhl vor dem Schreibtisch des jungen Beamten. »Darf ich mich setzen?«

Der Mann nickte.

Nachdem Sienna Platz genommen hatte, zog sie die Holzkiste aus ihrer Tasche hervor, stellte sie vor dem Beamten auf den Tisch.

»Ich bin wegen dieser Mädchen hier, die vor mehr als zwanzig Jahren zum Teil ermordet wurden oder noch immer als vermisst gelten.« Sie brach ab, hob die Schultern. »Ich weiß nicht, wie ich es erklären soll, aber ich denke, dass der Überfall auf meine Mutter irgendwas damit zu tun haben könnte. Genau wie die Tatsache, dass mein Vater uns damals einfach verlassen hat.« Sie sah den Mann an, schaffte es nur mit Mühe, ihre Stimme ruhig und bedacht klingen zu lassen. Sie deutete auf die Kiste. »Darin befinden sich etliche Schmuckstücke. Ich habe sie im Schrank meiner Großmutter gefunden. Sie lebt seit über zwanzig Jahren im Pflegeheim und die Schwestern sind absolut sicher, dass diese Kiste erst in den Sachen meiner Grandma auftauchte, nachdem meine Mutter bei ihr war.«

Der Mann runzelte die Stirn. »Ich verstehe nicht ganz …«

Sienna holte tief Luft. »Diese Kiste, ich bin überzeugt davon, dass meine Mutter sie im Schrank meiner Großmutter versteckt hat. Warum, weiß ich nicht. Aber Fakt ist, dass sie nach Jahrzehnten zum ersten Mal wieder hierher gekommen ist und sofort überfallen wurde. Das muss mit dieser Kiste zu tun haben. Oder zumindest mit dem, was diesen Mädchen damals zugestoßen ist.«

Sienna beobachtete, wie der junge Polizist die Box öffnete und die Schmuckstücke betrachtete.

Schließlich sah er sie an. »Wollen Sie mir genauer erklären, was Sie meinen?«

»In der Kiste war ein Schmetterlingsanhänger. Ein ganz altes Familienerbstück. Ich dachte, es gehörte meiner Großmutter, doch dann stellte sich heraus, dass er einem Mädchen gehörte, das vor über zwanzig Jahren aus Boscastle verschwunden ist. Das Mädchen heißt Jessica und stammt aus Manchester. Jessi hat den Anhänger damals von Gerry bekommen, einer Urlaubsliebe.«

Der Polizist schüttelte den Kopf. »Und woher wissen Sie das?«

»Gerry selbst hat es mir erzählt. Und ich habe den Anhänger auf einem Foto wiedererkannt, das Jessis Eltern damals der Polizei und Journalisten zur Verfügung stellten.«

»Und dieses Zeug hier?« Er deutete auf die Kiste.

»Das gehört einigen der anderen toten und vermissten Mädchen.« Sienna beugte sich vor, zeigte auf den Frosch. »Der gehörte einer Rowan L. Ihren Nachnamen kenne ich nicht. Aber ich weiß, dass man damals ihren Ex-Freund für die Tat verantwortlich machte, obwohl er immer wieder beteuerte, unschuldig zu sein. Und dieses Freundschaftsband da … Es gehörte einer Patricia aus der Gegend. Ihre Freundin Susan hatte auch so eins.«

»Und das wissen Sie auch von einem der Vermisstenfotos?«

Sienna nickte. »Genau wie der Herzanhänger einer Clara

gehört und diese Perlenohrstecker einem Mädchen namens Sandra.«

Der Polizist starrte eine Weile darauf, verzog das Gesicht. Schließlich sah er Sienna ernst an. »Was wollen Sie mir damit sagen?«

Sienna zuckte mit den Schultern, hatte plötzlich das Gefühl, innerlich zu zerbrechen. Sie öffnete den Mund, bekam aber keinen Ton heraus. Es war, als versage ihre Stimme ihr den Dienst. Beinahe, als würde sie sich verweigern, die Wahrheit laut auszusprechen.

»Wollen Sie wissen, was ich denke?«

Sie nickte schwach.

»Ich denke, Ihre Nerven liegen blank, wegen dem, was mit Ihrer Mutter passiert ist. Und jetzt versuchen Sie krampfhaft, eine Erklärung für all das zu finden.« Er sah sie an, griff über den Tisch nach ihrer Hand. »Schmuckstücke dieser Art werden zu Tausenden hergestellt. Das war auch früher schon so. Und all diese Mädchen, was mit ihnen passierte, war vor zwanzig Jahren. Die Mode damals war eine ganz andere als heute. Und Ihre Mutter …« Er brach ab, starrte sie nachdenklich an. »Ihre Mutter war vor zwanzig Jahren eine junge Frau … natürlich hat sie genau solchen Schmuck besessen wie der, der damals modern war. Bestimmt gehörte das ganze Zeug Ihrer Mutter und sie hat es seinerzeit von ihrem Mann geschenkt bekommen. Und weil er sie verlassen hat, Sie beide, wollte Ihre Mutter das alles nicht mehr. Und der Überfall …« Er seufzte, brach ab. »Ich denke genau wie Detective Roth, dass es sich um die Tat einer Bande Jugendlicher handelt.«

Sienna schüttelte den Kopf. »Da ist auch noch etwas anderes. Als mein Vater verschwand, damals, vor zwanzig Jahren, verschwand mit ihm eine Frau namens Mary. Mary Wood. Und kurz darauf kam ein Mädchen namens Amelie an den Klippen vom Cliff Ville zu Tode. Das alles hängt irgendwie zusammen, das spüre ich einfach.«

»Und was schlagen Sie vor?«

Sienna sah den Mann an. »Ich möchte, dass Sie Detective Roth sagen, dass ich hier war und auf seinen Anruf warte. Ich muss wissen, ob es sein kann, was ich denke, oder ob ich einfach nur irre werde.«

»Was genau denken Sie denn?«

Sienna stieß die Luft aus, hatte auf einmal das Gefühl, vornüberzukippen.

»Dass mein Vater ein Monster sein könnte. Ein Monster, das etliche junge Mädchen tötete. Und dass er abgehauen ist, nachdem meine Mutter dahinterkam.«

Der Polizist sah Sienna erstaunt an. »Und wieso ist Ihre Mutter damals nicht zur Polizei gegangen? Ich meine, wenn es wirklich so sein sollte, wie Sie vermuten, wieso hat sie damals nicht diese Kiste geschnappt und hat ihren Ehemann angezeigt?«

Sienna hob die Schultern, spürte, wie ihr die Tränen kamen. »Vielleicht weil sie Angst vor ihm hatte«, brachte sie mühsam hervor. »Oder weil sie feige war. Wäre doch möglich, dass sie nicht wollte, dass alle wissen, dass sie jahrelang mit einem Irren Seite an Seite gelebt hat. Vielleicht ist das auch der Grund, weshalb sie nach all den Jahren wieder herkam. Weil sie endlich mit der Vergangenheit abschließen und die Wahrheit sagen wollte – und genau das war schließlich ihr Todesurteil.«

———

Als Sienna wenige Minuten später wieder in ihrem Wagen saß, fragte sie sich, wie jemand, der so beschränkt dachte, überhaupt Polizist hatte werden können. Sie hatte diesem Isak so viele Fakten geliefert, doch er hatte sie nur mitleidig angesehen. Und ein klein wenig argwöhnisch, so als wäre sie die Verrückte und reif für die Gummizelle.

Sein Blick war es gewesen, durch den sie erkannt hatte, dass sie auf sich alleine gestellt war. Oder zumindest warten musste, bis Jonathan Roth sie irgendwann zurückrief. Sofern er sie nicht auch für durchgeknallt hielt.

Sie seufzte, zog ihr Handy hervor, suchte nach Rowan L.

Danach suchte sie die Berichte von den anderen Mädchen. Sie studierte deren Gesichter.

Sie alle waren wunderschöne junge Frauen gewesen, einige von ihnen halbe Kinder, als sie verschwanden oder starben, die als Models hätten durchgehen können. Sie schnappte nach Luft, als ihr Rias Worte wieder einfielen.

Die Kollegin ihres Vaters hatte damals Fotos bei ihm entdeckt, auf denen etliche junge Mädchen zu sehen gewesen waren. Und Ria zufolge schien es ihm unangenehm gewesen zu sein, dass sie sie gesehen hatte.

Sienna wurde heiß und kalt zugleich, als sie begriff, was das bedeutete.

Ihr Vater war Fotograf.

Und wie es aussah, hatte er seinen Beruf als Masche benutzt und all diese Mädchen mit der Aussicht auf einen Modelvertrag in die Falle gelockt.

Sienna schluckte.

Diese Mädchen waren tot, weil sie gehofft hatten, dass ihr Vater sie ihrem größten Traum näherbringen konnte.

Stattdessen waren sie arglos einem Monster in die Arme gelaufen. Und genau diese Naivität hatte sie am Ende das Leben gekostet.

So und nicht anders musste es passiert sein.

Nur das ergab letztendlich einen Sinn.

Oder?

ODER?

18

BOSCASTLE

2019

Sienna zitterte noch immer am ganzen Körper, als sie ihren Wagen auf das Hotelgelände lenkte und schließlich ausstieg. Ihre Knie fühlten sich butterweich an, ihr Herz raste.

Sie wollte weg hier.

Sofort.

Zurück nach Hause und doch konnte sie nicht.

Nicht bevor sie wirklich alle … ALLE Fäden zusammengeführt, zu einem großen Ganzen zusammengefügt hatte. Und genau dazu fehlten ihr einige winzig kleine Verbindungsstücke.

Sie wankte um den Wagen herum, öffnete die Beifahrertür, zog ihre Handtasche vom Sitz. Dann verschloss sie das Auto, machte sich auf den Weg zum Hotel.

Sie würde sich jetzt einen weiteren Drink mixen, ihn ganz in Ruhe trinken und dabei alles wieder und wieder durchgehen, so lange, bis am Ende alles ein Gesamtbild ergab. Doch zuvor …

Ihr fiel ein, dass sie sich vorhin beim Zimmerservice etwas zu essen geordert hatte, was noch immer unberührt auf dem kleinen Tisch neben dem Fenster stand. Sie würde also zuerst etwas essen und dann loslegen, denn mit leerem Magen hatte sie noch nie etwas Vernünftiges zustande gebracht.

In ihrem Zimmer angekommen, warf sie ihre Tasche aufs Bett, nahm die Schutzhaube von ihrem Teller, starrte auf das noch immer sehr appetitlich aussehende Sandwich mit gegrilltem Hähnchen, Gemüse, Käse und Bacon. Sie setzte sich hin, fing an zu essen, zwang sich regelrecht, jeden einzelnen Bissen zu kauen und hinunterzuschlucken, obwohl alles in ihrem Körper sich wegen des tobenden Aufruhrs im Kopf gegen Nahrung zu wehren schien.

Als sie fertig war, stand sie auf, ging zur Minibar, nahm sich eine der kleinen Flaschen heraus, mischte sie mit einer Cola, trank einen großen Schluck. Und obwohl ihr Magen sich noch immer gegen das Essen zu wehren schien, krampfte und zuckte, spürte sie schon jetzt, wie die Kohlehydrate und die Proteine ihr ein klein wenig Energie zurückgaben.

Sie setzte sich aufs Bett, zog die Kiste aus der Tasche, öffnete sie.

Dann straffte sie die Schultern.

Fakt war, dass es kein Zufall sein konnte, dass einige dieser Schmuckstücke denen ähnelten, welche die ermordeten und vermissten Mädchen auf den Fotos im Internet getragen hatten. Ihre Mutter musste dieses Zeug damals gefunden haben. Die Frage war jetzt, ob sie sofort durchschaut hatte, was es bedeutete.

Sienna seufzte, als ihr klar wurde, dass diese Frage für immer unbeantwortet bleiben würde. Aber sie konnte zumindest versuchen, sie mit Logik aufzuschlüsseln.

Sie nahm ihr Handy zur Hand, suchte noch einmal all diese Berichte, verglich die Zeitangaben. Als sie begriff, dass all diese Mädchen verschwunden oder gestorben waren, bevor ihr Vater sich vom Acker gemacht hatte, stieß sie die Luft aus. Das letzte Mädchen … Clara …

verschwand genau in dem Jahr, in dem auch ihr Vater die Familie verließ.

Genauer gesagt zwei Monate vorher.

Alle anderen verschwanden oder starben in den Jahren zuvor.

Sienna erinnerte sich, dass ihr Vater oft auch ohne Familie nach Boscastle gekommen war, um seine Mutter zu sehen. Gelegenheit, seine abscheuliche Seite auszuleben, hatte er also zur Genüge gehabt.

Und dann, nach seinem Verschwinden hatte es keine vermissten Mädchen mehr gegeben und auch keine toten Mädchen.

Sienna fragte sich, wieso es der Polizei damals nicht in den Sinn gekommen war, dass diese vermissten und tot aufgefundenen Mädchen zusammengehören könnten. Stattdessen hatte sie den Ex-Freund von Rowan verurteilt und die anderen Morde als ungelöst ad acta gelegt.

Laut Polizeisprecher gingen die Beamten damals davon aus, dass es sich um Touristen handelte, die diese jungen Mädchen auf dem Gewissen hatten. Und bei den Vermissten gingen sie, laut den Berichten noch immer von tragischen Badeunfällen aus. Sienna schüttelte den Kopf.

Ihre Mutter war Journalistin gewesen, eine der besten, die sie kannte. Und sie, Sienna, hatte ein klein wenig von der Kombinationsfähigkeit ihrer Mutter geerbt.

Was, wenn ihre Mutter also damals schon hinter all das gekommen war?

Sie könnte die Sammlung von Schmuckstücken ... die Trophäen ihres Mannes ... gefunden haben, hatte danach angefangen, zu forschen.

Sienna erinnerte sich, dass ihre Mutter eine Person war, der es wichtig gewesen war, was die Leute von ihr dachten.

Niemals wäre es ihrer Mutter auch nur in den Sinn

gekommen, mit der Jogginghose zur Mülltonne oder gar einkaufen zu gehen.

Sienna hatte ihre Mutter außer zuletzt im Krankenhaus auch niemals ungeschminkt gesehen. Diese Frau hatte so wahnsinnig viel Wert auf das gelegt, was ihr Umfeld in ihr sehen und von ihr denken könnte, dass Sienna deswegen oft geschmunzelt und sie aufgezogen hatte.

Daher lag der Gedanke nahe, dass ihre Mutter tatsächlich genau aus diesem Grund nicht zur Polizei gegangen war.

Angenommen, es wäre ans Licht gekommen, dass der Ehemann von Topjournalistin Marlene – damals Ward – ein mädchenmordender Irrer war, welches Licht hätte das wohl auf sie geworfen?

Sienna konnte sich bildhaft vorstellen, wie ihre Mutter damals mit sich gehadert hatte. Einerseits musste ihr Gerechtigkeitssinn sie fertiggemacht und dafür plädiert haben, ihn samt aller Beweise, die sie hatte, der Polizei auszuliefern. Doch dann hatte am Ende der Selbstschutz ihrer Mutter die Oberhand gewonnen und dafür gesorgt, dass sie sich zum Schweigen entschied.

Hatte sie vielleicht sogar auch ihretwegen so entschieden?

Sicherlich hätte auch Sienna darunter zu leiden gehabt, falls ihr Vater wegen mehrfachen Mordes verurteilt worden wäre.

Weiter!, mahnte die Stimme in ihrem Kopf, *du bist des Rätsels Lösung so nah ...*

Sienna schloss die Augen, presste ihre Fingerspitzen rechts und links gegen die Schläfen.

Ihre Mutter hatte also von den Morden gewusst, auch, dass es ihr eigener Ehemann gewesen war, entschied sich jedoch des Kindes willen und aus Eigennutzen dazu, es zu verheimlichen.

Dass sie anschließend nicht weiterhin mit einem Irren

zusammenleben konnte, stand außer Frage. Deswegen war er so plötzlich verschwunden.

War das eine Bedingung ihrer Mutter gewesen?

Sofort zu verschwinden und sich niemals wieder blicken zu lassen?

Das würde auch erklären, wieso ihre Mutter damals vor dem Vormundschaftsgericht so dafür gekämpft hatte, dass Sienna auch ohne Erlaubnis des leiblichen Vaters den Namen des neuen Ehemannes der Mutter annehmen durfte.

Dann die Karten, die sie Sienna eines Tages weggenommen und versteckt hatte.

Ihre Mutter hatte den Mann verabscheut, ihn mit aller Macht aus ihrer beider Leben verbannen wollen, erst jetzt ergab das alles einen Sinn.

Doch wieso war sie am Ende hierher zurückgekehrt?

Weil sie diese Schmuckstücke hatte und sich nach all den Jahren endlich ganz davon lösen wollte?

Deswegen hatte sie die Kiste auch im Schrank von Serafina versteckt.

Und der Schlaganfall der alten Frau?

Vielleicht hatte ihre Mutter ihr endlich die Wahrheit erzählt? Dass ihr Sohn ein Mörder war. Nur deswegen nicht mehr zu ihr kam, weil sie von ihm verlangt hatte, für immer zu verschwinden.

Möglich, dachte Sienna, stieß die Luft aus.

Doch wieso der Überfall auf ihre Mutter?

Dass eine Horde besoffener Jugendlicher dahintersteckte, daran hatte Sienna von Anfang an nicht geglaubt.

Nein, der Überfall auf ihre Mutter war einzig und allein darauf ausgelegt gewesen, sie zu töten.

Aber warum?

Nach all den Jahren?

Sienna riss die Augen auf, griff nach ihrem Glas, stürzte alles auf einmal hinunter.

Was, wenn ihr Vater wieder aufgetaucht war?

Vielleicht hatte er genug davon gehabt, sich fern der Heimat zu verstecken?

Wollte Kontakt zu seiner Mutter oder zu ihr?

Und brachte seine Ex-Frau um, nachdem sie ihm jetzt wieder drohte, zur Polizei zu gehen.

Sienna ließ diesen Gedanken auf sich wirken, spürte aber, dass irgendetwas daran nicht passte.

Zumindest nicht komplett.

Irgendetwas fehlte noch.

Er fühlte sich unvollständig an, bereitete ihr fast schon körperliche Schmerzen.

Plötzlich fuhr ein scharfer Stich durch ihr Innerstes.

Diese Artikel, die sie im Suchverlauf des Handys ihrer Mutter gefunden hatte.

Sienna sprang auf, eilte zum Nachtkästchen, riss das Gerät aus der Schublade.

Sie schaltete es ein, klickte sich durch den Verlauf, las die Berichte.

Warum war ihr das nicht schon viel früher klar geworden?

Diese Mädchen waren genau an den Orten verschwunden oder ermordet aufgefunden worden, von denen die Karten ihres Vaters stammten. Eine der Leichen war erst wenige Tage vor dem Überfall auf ihre Mutter gefunden worden.

Ihre Mutter musste also dahintergekommen sein, dass er im Ausland weitermordete und hatte mit dem Wissen, dass diese Mädchen ihretwegen sterben mussten, nicht mehr weiterleben wollen.

Also reiste sie nach England, nahm irgendwie Kontakt zu ihm auf und … Sie schüttelte den Kopf.

Und was?

Sie stöhnte, als ihr die Schaufel im Rucksack ihrer Mutter einfiel.

Zur Polizei zu gehen, hätte bedeutet, zuzugeben, viel zu lange geschwiegen zu haben. Ihre Mutter hätte also eine Mitschuld wegen Beihilfe erwartet.

Also hatte sie sich dazu entschieden, ihren Ex-Mann zu töten und anschließend die Beweise zu vernichten. Deswegen war sie hergekommen und mitten in der Nacht mit einer Schaufel im Rucksack unterwegs gewesen.

Nur dass ihr Plan leider nicht aufgegangen war.

Sie hatte es nicht geschafft, ihren Ex-Mann zu töten … war stattdessen selbst zu einem seiner Opfer geworden.

19

BOSCASTLE

2019

Siennas Hände zitterten, als sie sich ein weiteres Fläschchen aus der Minibar holte und dessen Inhalt in ihr Glas gab. Kurz überlegte sie, den Rum mit Cola oder Orangensaft zu mischen, entschied sich aber, dass es die Umstände durchaus rechtfertigten, das Getränk pur zu kippen. Sie setzte ihr Glas an, stürzte dessen Inhalt auf einmal hinunter, spürte, wie der scharfe Alkohol in ihrem Magen ankam, ihr zu Eis erstarrtes Innerstes wärmte.

In ihrem Kopf drehte sich alles. Nicht vom Schnaps, sondern eher von all den trübsinnigen Gedanken, die darin herumwirbelten, ihr beinahe die Luft zum Atmen nahmen.

Ihr Vater ein Mörder …

War er ganz in der Nähe?

Beobachtete er sie?

Schon die Vorstellung, dass der Mann, der sie, als sie klein gewesen war, auf seinen Schultern durch die Gegend getragen, sie Prinzessin genannt und ihr stundenlang vorgelesen hatte, ein kaltblütiges Monster war, machte sie vollkommen fertig.

Würde er ihr, seinem eigen Fleisch und Blut, etwas antun?

Sie glaubte nicht.

Oder war es eher ein Hoffen?

Andererseits waren es Kinder gewesen, junge Mädchen, ihre eigene Mutter, die er getötet hatte.

Warum sollte er also vor ihr Halt machen?

Sienna sackte nach vorn, keuchte.

In ihr tobte ein Sturm, eine Art Emotionstsunamie, doch wenn sie ganz genau in sich hineinfühlte, war da auch etwas anderes, sehr viel Dunkleres. Es war wie ein inneres Brodeln, der Beginn eines Vulkanausbruchs und Sienna wusste nicht, ob es besser war, ihn zu unterdrücken oder zuzulassen.

Sie schnappte nach Luft, als wie aus dem Nichts ein Bild in ihrem Kopf auftauchte.

Ein kleines Mädchen, umgeben von Blut, so viel Blut, am Fuß einer Klippe.

Sienna presste ihre Lider fest aufeinander, stöhnte, doch das Bild vor ihrem inneren Auge blieb.

Wieso sah sie dieses Mädchen ständig?

Hörte es?

Träumte von ihm?

War ihr Tod am Ende gar kein Unfall gewesen?

Hatte ihr Vater auch das kleine Mädchen auf dem Gewissen?

Sienna kämpfte gegen den Brechreiz an.

Die Vorstellung, ihr Vater könne Amelie wehgetan haben, obwohl er damals selbst eine Tochter in dem Alter hatte, war zu viel für sie.

Ein Schluchzen brach aus ihrer Kehle empor.

So sehr sie auch wünschte, es wäre anders, ahnte sie doch, dass es genauso gewesen war. Weshalb sonst schickte ihr Unterbewusstsein Hinweise in Form von Halluzinationen und Bildern, die einfach auftauchten?

Und die Frau?

Mary?

Sie arbeitete damals in genau diesem Haus.

Verschwand kurz vor Amelies Tod.

Sienna glaubte nicht, dass sie sich aus dem Staub gemacht hatte.

So viele tote Mädchen, Amelie und dann … Mary.

Gerade sie sollte nichts mit all dem zu tun haben?

Das ergab keinen Sinn.

Fakt war, dass die Frau einige Jährchen zu alt gewesen war, um hundertprozentig ins Beuteschema ihres Vaters zu passen. Also musste es eine andere Ursache dafür geben, dass er auch sie quasi aus dem Weg geräumt hatte.

Vielleicht weil sie Zeugin von etwas geworden war?

Und Amelie …

Hatte sie damals ebenfalls etwas beobachtet, was sie nicht hätte sehen sollen?

Etwas in Sienna brach.

Es fühlte sich an, als zersplittere in ihrem Hirn eine Wand.

Die Worte der alten Frau kamen Sienna in den Sinn.

Sie sprang auf, rannte in den Gang hinaus, hämmerte gegen die Tür von Zimmer neun.

Es dauerte eine Weile, ehe die Frau ihr öffnete, doch als sie schließlich vor ihr stand, brach Sienna vor Erleichterung in Tränen aus. »Sie sagten, Sie könnten Menschen dabei helfen, sich zu erinnern?«

Die alte Dame nickte, sah Sienna besorgt an.

»Schon, aber ich weiß nicht, ob das in Ihrem Zustand …«

»Bitte«, unterbrach Sienna sie flehend.

Die Frau seufzte, trat beiseite. »Okay, kommen Sie rein.«

———

»Sie müssen sich entspannen, okay? Ganz ruhig atmen, an nichts denken, sich fallen lassen und vollkommen meiner Stimme hingeben. Soweit klar?«

Sienna nickte.

»Wenn es klappt und Sie in Hypnose sind, wird es sich ein bisschen so anfühlen, als schliefen Sie und träumten. Egal, was Sie sehen, egal, was Sie hören, Ihnen kann nichts passieren. Sie sind absolut sicher.«

Wieder ein Nicken.

»Dann los.«

Sienna ließ sich in die Kissen auf dem Bett sinken, schloss die Augen, versuchte, ihre Gedanken und Emotionen so gut es ging auszublenden, konzentrierte sich auf ihren Atemfluss, lauschte den beruhigenden Worten der alten Frau.

Sie spürte, wie sie schläfrig wurde, ein wenig träge, wie ihre Gliedmaßen schwer wurden.

Dann blitzte ein erstes Bild in ihrem Kopf auf.

Ein Mädchen.

Es rannte Treppen hinunter, einen dunklen Gang entlang, blieb schließlich vor einer Tür stehen.

Für den Bruchteil einer Sekunde spürte Sienna den Anflug einer Panikattacke, doch dann vernahm sie die Worte der alten Frau wie hinter dichtem Nebel, atmete gegen die Angst an.

Sie zwang sich dazu, zu bleiben, sah, wie das Kind die Hand ausstreckte und gegen die Tür klopfte. Sie erkannte die Elf auf dem Holz, zuckte zusammen, als keine Sekunde später ein zweites kleines Mädchen aus dem Zimmer trat.

Sienna lief den beiden Kindern hinterher, beobachtete, wie sie die Treppe hinunter und nach draußen rannten, ausgelassen Fangen spielten.

Die Situation wirkte beinahe harmonisch, doch dann …

Sienna schnappte nach Luft, verkrampfte sich. Sie sah, wie das Mädchen, das aus Zimmer elf gekommen war, etwas zu dem anderen Mädchen sagte, es sehr wütend machte. Es kam zu einem Handgemenge.

Die Mädchen schlugen einander, schrien sich an, doch so sehr Sienna sich auch anstrengte, sie konnte die Worte der beiden nicht verstehen.

Oder wollte sie es nur nicht?

Ein scharfer Schmerz zuckte durch ihren Kopf, dann ertönte ein Rauschen in ihren Ohren.

Ein Knacksen.

Als hätte jemand plötzlich den Ton angestellt.

Er hat sie am Hals gepackt ...

Sienna runzelte die Stirn.

Wo war diese Stimme hergekommen?

Sie haben sich gestritten und dann hat er sie am Hals gepackt.

Siennas Glieder begannen zu vibrieren. Sie wusste nicht, ob diese Stimme aus ihrem Innern kam, ob sie sie tatsächlich hörte oder sich nur erinnerte.

Konzentriere dich!

Sie stieß die Luft aus, atmete.

Ein und wieder aus.

Noch mal!

Luft holen.

Langsam.

Ein und wieder aus.

Schließlich war sie so weit, sich wieder auf die Mädchen vor sich zu konzentrieren.

Sie waren von dem Hotelgelände gerannt, auf die Klippen zu.

Eines der Mädchen sah wütend aus. Und vollkommen entsetzt, beinahe verzweifelt.

Das andere, das Mädchen aus Zimmer elf – Amelie – da war Sienna jetzt absolut sicher, sah panisch aus.

Lass mich in Ruhe, schrie es über seine Schulter hinweg, dem anderen Mädchen entgegen.

Doch ihre kleine Verfolgerin hing wie ein Pitbull an ihr dran.

Sag, dass du lügst.

Sag, dass du mich nur ärgern willst!

Nein!

Ich hasse dich!

Mir doch egal!

Sag, dass du dir das nur ausgedacht hast!

Hab ich nicht. Dein Vater hat mit der Frau gestritten. Laut. Und er sah so böse aus dabei. Irgendwie gemein. Und dann hat er sie gepackt.

Sienna sah, wie das andere Mädchen aufholte, die Kleine aus Zimmer elf an den Haaren riss, zurückzog.

Beide stolperten streitend auf den Abgrund zu, als das Mädchen aus Nummer elf sich losriss und …

Sienna schrie.

———

»Haben Sie etwas gesehen, mit dem Sie was anfangen können?«, wollte die Frau wissen.

Sienna starrte sie an, unfähig auch nur einen klaren Gedanken zu fassen. Dann nickte sie schwach.

Oh ja, sie hatte sogar mehr gesehen, als sie zu ertragen bereit gewesen war.

Bittere Galle schoss ihr in den Rachen.

»Soll ich Hilfe rufen? Sie sehen aus, als würden Sie jeden Moment zusammenklappen.«

»Es geht mir gut«, stammelte Sienna mit brüchiger Stimme und setzte sich auf. Sie sah die Frau an, schluckte. »Ich muss jetzt gehen.«

»Ich glaube nicht, dass das eine gute …«

»Ich muss!«, unterbrach Sienna sie. »Haben Sie vielen Dank für Ihre Hilfe. Sie ahnen ja nicht, was das für mich bedeutet.« Sie stand auf, kämpfte gegen den Schwindel in ihrem Kopf an, sah zu der Frau. »Wirklich, es geht mir gut.«

Zurück in ihrem Zimmer schlüpfte Sienna in ihren Cardigan, machte sich auf den Weg nach unten, in die Lobby. Als sie sah, dass heute die Chefin Spätdienst hatte, atmete sie erleichtert auf.

»Darf ich Sie etwas fragen?«

Die Frau hinter dem Tresen nickte, sah Sienna besorgt an. »Geht es Ihnen nicht gut? Sie sehen blass aus, haben Sie sich den Magen verdorben? Soll ich Ihnen einen Arzt rufen?«

»Mir geht es wirklich gut, herrje«, sagte Sienna forscher als beabsichtigt, hob beschwichtigend die Hände, als sie sah, dass sie die Frau getroffen hatte. »Tut mir leid«, sagte sie schnell. »Es ist nur so, dass ich etwas über eine Frau wissen muss, die vor ungefähr zwanzig Jahren hier als Zimmermädchen gearbeitet hat. Ihr Name ist Mary.«

Sienna beobachtete, wie die Frau ihr gegenüber für den Bruchteil einer Sekunde zusammenzuckte, sich dann aber blitzschnell wieder im Griff hatte.

»Warum wollen Sie das wissen?«

Sienna seufzte.

»Weil im selben Jahr, als Mary verschwand, auch die kleine Amelie Verunglückte und mein Vater verschwand. Ich weiß auch nicht, aber irgendwie hab ich das Gefühl, alle diese Dinge hängen zusammen.«

Die Frau sah Sienna milde an. »Amelie stürzte beim Spielen von den Klippen. Sie war ein Wirbelwind, nur schwer zu bändigen. Und Mary, es heißt, sie sei ihrem Mann weggelaufen. Es wurde nie eine Leiche gefunden, gab keinen Hinweis auf ein Verbrechen.« Sie brach ab, sah Sienna an. »Wie meinen Sie das, als Sie sagten, Ihr Vater sei ebenfalls verschwunden?«

»Er hat meine Mutter und mich verlassen. Ich glaube genau zu der Zeit, als wir in diesem Haus Urlaub gemacht haben.«

»Aber was soll das bitte schön mit Amelies Unfall und Marys Verschwinden zu tun haben? Ich glaube, Sie reden sich da etwas ein.«

Sienna schüttelte ungeduldig den Kopf. »Bitte, ich muss wissen, wo Mary herstammt. Ich weiß, dass sie Wood mit Nachnamen heißt, doch in dieser Gegend gibt es mehrere Leute mit diesem Namen.«

Die Frau seufzte tief. »Mary stammt aus Boscastle oder vielmehr ihr Mann James. Er ist im Ort aufgewachsen, während sie nach der Hochzeit nur zugezogen ist. Ich glaube, ursprünglich ist sie aus London, aber beschwören würde ich es nicht. Jedenfalls hat sie sich damals um einen Job hier im Haus beworben, weil sie keinen Führerschein hatte. Kam bei Wind und Wetter mit dem Fahrrad. Und dann … Dann tauchte sie eben eines Tages nicht mehr auf.«

20

BOSCASTLE

2019

Sienna schlug das Herz bis zum Hals, als sie auf die Haustür der Familie Wood zuging. Sie zögerte kurz, dann streckte sie die Hand aus, drückte auf die Klingel.

Nichts.

Sie versuchte es erneut, wartete.

Schließlich vernahm sie ein leises Quietschen von innen, wappnete sich.

Die Tür ging auf und vor ihr stand … nein saß … ein Mann im Rollstuhl.

Er musterte sie erstaunt, aber keineswegs unfreundlich, legte den Kopf schräg. »Lassen Sie mich raten, Sie wollen mir irgendwas verkaufen oder zumindest aufschwatzen …« Er schmunzelte, brach in schallendes Gelächter aus, als er sah, wie ihr die Kinnlade runterklappte. »Das war ein Scherz, junge Dame, bitte gönnen Sie einem alten Knacker das bisschen Freude.«

Sienna starrte den Mann vor sich an, wusste nicht so recht, wie sie mit seiner Art umzugehen hatte. Einerseits wirkte er locker und entspannt auf sie, sympathisch fast, doch da war etwas an ihm, das ihr riet, vorsichtig zu sein.

Sie holte Luft, lächelte zurück. »Ich will Ihnen weder etwas verkaufen, noch Sie dazu überreden«, erklärte sie. »Mein Name ist Sienna Aschenbrenner und ich bin hier …« Sie stockte.

Wieso war sie hier? Was wollte sie von dem Mann? Für den Bruchteil einer Sekunde war sie versucht, umzudrehen und davonzulaufen, doch dann wurde ihr klar, dass es an seinem Rollstuhl lag, der sie verunsicherte.

»Ich hab MS«, erklärte der Mann, als habe er ihre Gedanken gelesen. »Multiple Sklerose, sagt Ihnen das etwas?«

Sienna nickte peinlich berührt. »Tut mir leid, dass ich Sie angestarrt habe«, erklärte sie.

»Machen Sie sich keine Gedanken«, gab der Mann zurück. »Ich hab den Mist schon seit knapp zwölf Jahren. Glücklicherweise brauche ich den Stuhl trotzdem nicht so oft, nur an besonders schlechten Tagen oder wenn ich einen akuten Schub habe.«

Sienna verzog das Gesicht. »Dann ist heute wohl kein guter Tag für Sie? Soll ich lieber ein anderes Mal wiederkommen.«

Der Mann grinste. »Ich weiß nicht einmal, wieso Sie hier sind.«

Sienna schluckte. »Das ist … nicht ganz einfach zu erklären«, begann sie. »Im Grunde bin ich hier, weil ich mit Ihnen über Mary reden möchte. Sie verschwand vor langer Zeit, genau wie mein Vater.« Sie stockte, sah sich um, wandte sich wieder dem Mann zu. »Wäre es wohl möglich, dass ich einen Augenblick hereinkomme? Was ich mit Ihnen besprechen möchte, ist nicht gerade ein ›Vor-der-Haustür-Thema‹.«

Als sie einander wenige Augenblicke später in einem sehr gemütlich eingerichteten Wohnzimmer gegenübersaßen, hatte Sienna das Gefühl, Watte im Kopf zu haben. Plötzlich wusste sie nicht, wo genau sie ansetzen sollte, klappte ihren Mund ein paar Mal auf und wieder zu.

»Ganz in Ruhe«, kam der Mann ihr zu Hilfe, sah sie freundlich an.

Sie nickte, schluckte hart. »Ihre Frau, Mary, sie hat damals im Cliff Ville gearbeitet.«

»Das ist aber schon sehr lange her«, antwortete James Wood nickend.

»Mein Vater ist damals ebenfalls verschwunden … oder anders gesagt, er verließ uns damals. Ist quasi über Nacht abgehauen und seither nie wieder aufgetaucht. Damals verunglückte auch ein kleines Mädchen namens Amelie im Cliff Ville. Es stürzte die Klippe hinunter.«

Sienna stoppte, sah den Mann abwartend an.

»An die Kleine erinnere ich mich«, erklärte er. »Ihr Tod hat damals ganz schön Wind aufgewirbelt. Das Verschwinden meiner Frau ging darüber quasi unter. Die meisten dachten wohl sowieso, dass sie mich verlassen hat und deswegen untertauchte.«

»Und was denken Sie?«

James Wood seufzte. »Ich hoffe natürlich, dass es ihr gut geht und sie wirklich nur weg wollte. Doch wenn ich ehrlich bin, denke ich, dass sie tot ist.«

Sienna zuckte zurück, als sie sah, wie das Gesicht des Mannes in sich zusammenfiel, er schlagartig um Jahre gealtert aussah. Doch da war auch noch etwas anderes in seinem Gesicht, etwas, das sie nicht zuordnen konnte.

»Mein Vater«, fuhr sie fort, »ich glaube, dass er ein paar schreckliche Dinge getan hat. Und ich vermute, dass diese Dinge mit dem Verschwinden Ihrer Frau zu tun haben.« Sie sog die Luft ein, schwieg einen Moment.

»Wissen Sie zufällig, ob Ihre Frau meinen Vater kannte? Er heißt Allen Ward.«

Der Mann legte seine Stirn in Falten, sah Sienna nachdenklich an. Schließlich schüttelte er den Kopf. »Sagt mir gar nichts, warum wollen Sie das wissen?«

Sienna hob die Schultern. »Wie gesagt, Mary verschwand fast zur selben Zeit wie mein Vater. Und ich denke, dass beides irgendwie zusammenhängt. Und wenn dem so sein sollte, müssten sie sich auch gekannt haben.«

James sah Sienna an. »Eigentlich nicht. Ich meine, Mary putzte die Zimmer im Cliff Ville. Und wenn Sie damals dort Urlaub gemacht haben mit Ihrer Familie, sind Ihr Vater und meine Frau sich zwangsläufig über den Weg gelaufen. Und das, ohne dass sie einander gekannt haben müssen.«

Sienna schüttelte langsam den Kopf. »Da gibt es etwas, das Sie nicht wissen.« Sie brach ab, überlegte, wie sie es formulieren sollte, was sie sagen wollte, schluckte gegen das ungute Gefühl in ihrem Innern an.

»All die Jahre wusste ich nicht, was genau in jenem Sommer vorgefallen ist, aber jetzt … jetzt hab ich mich erinnert.« Sie holte tief Luft, entschied sich dafür, die Hypnosesitzung auszulassen, fing gleich beim Wichtigsten an. »Dieses kleine Mädchen … Amelie … sie war damals meine Freundin«, erklärte Sienna. »Sie wohnte mit ihren Eltern in Zimmer elf des Cliff Ville und sie und ich verbrachten damals viel Zeit miteinander. Eines Tages sagte sie zu mir, dass sie meinen Vater dabei beobachtet hat, wie er mit dem Zimmermädchen gestritten hat. Er soll sie am Hals gepackt, ihr Angst gemacht haben.« Die Stimme versagte ihr. Sie räusperte sich, wich James' Blick aus.

»Was wollen Sie mir damit sagen?«, fragte er leise. »Dass Ihr Vater meiner Mary etwas angetan hat?«

»Vielleicht«, gab Sienna mit brüchiger Stimme zurück. »Zumindest würde der Streit zwischen beiden, den Amelie beobachtet hat, Sinn ergeben.«

»Vielleicht ging es bei dem Streit um etwas anderes? Etwas, das Marys Arbeit betraf?«

Sienna schüttelte den Kopf. »Ich glaube nicht«, würgte sie hervor. »Mein Vater ist … er ist … kein guter Mensch, verstehen Sie?« Sie stockte erneut, suchte nach Worten. »Und ich denke, dass der Unfall des kleinen Mädchens auch kein Unfall war.«

»Was genau meinen Sie?« James' Stimme klang auf einmal hart, beinahe … lauernd.

»Es liegt doch auf der Hand«, erklärte Sienna leise. »Amelie erzählte mir von diesem Streit, den sie beobachtet hat. Das war, kurz bevor Ihre Frau verschwand. Und danach … ich glaube zwei Tage später … ist Amelie die Klippe runtergestürzt. Sie – als einzige Zeugin des Streits zwischen meinem Vater und Ihrer Frau. Das kann doch kein Zufall sein.«

James griff nach ihrer Hand, drückte sie fest, fixierte ihr Gesicht mit stahlhartem Blick.

»Worauf genau wollen Sie hinaus? Und wieso glauben Sie, dass Ihr Vater ein schlechter Mensch ist? Was hat er getan?«

Sienna holte tief Luft. Tränen stiegen ihr in die Augen. »Ich glaube, dass er meine Mutter umgebracht hat. Weil sie etwas über ihn wusste, das niemals an die Öffentlichkeit kommen durfte. Etwas wirklich sehr, sehr Schlimmes.«

Der Mann sah mitleidig an. »Das mit Ihrer Mutter tut mir leid. Was genau ist denn passiert?«

Sienna schüttelte den Kopf. »Sie war seit Ewigkeiten nicht mehr hier. Ich glaube seit dem Verschwinden meines Vaters nicht mehr. Und dann kam sie plötzlich vor vier Wochen aus dem Nichts heraus zurück und wurde prompt überfallen. Der Täter hat sie so schwer verletzt, dass sie ein paar Tage später ihren Verletzungen erlegen ist.«

Der Mann sah sie besorgt an. »Und Sie glauben, dass es Ihr Vater war?«

»Ich weiß es!«, gab Sienna schärfer als beabsichtigt zurück. »Weil sie wusste, was er getan hat.«

»Was hat er denn getan?«

Plötzlich schmeckte Sienna bittere Galle in ihrem Mund, schluckte dagegen an, keuchte.

Der Mann riss erschrocken die Augen auf. »Meine Güte, geht es Ihnen nicht gut? Wollen Sie einen Tee?«

Sienna nickte dankbar, kämpfte gegen den aufsteigenden Weinkrampf an. Sie konzentrierte sich auf ihre Atmung, beschwor sich im Innern, jetzt nur nicht die Fassung zu verlieren.

James nickte freundlich, machte sich in seinem Gefährt auf den Weg in die Küche.

Kurz fragte Sienna sich, ob sie ihm nicht wenigstens anbieten sollte, ihm zur Hand zu gehen, doch dann entschied sie, dass es in ihrer aller Interesse war, wenn sie sitzen blieb und versuchte, das Chaos in ihrem Kopf ein klein wenig zu lichten. Sie lehnte sich auf dem Sofa zurück, als ihr auf der Ablage oberhalb des Kamins eine Reihe gerahmter Bilder auffielen. Sienna wusste, dass es unhöflich war, aufzustehen und sich die privaten Bilder fremder Leute anzusehen, doch sie kam nicht gegen den Drang in ihrem Innern an. Es war, als würde sie geradezu auf unheimlich Art und Weise von den Fotos angezogen.

Etwas in ihr verkrampfte sich, als sie auf einem der Fotos eine glückliche Familie sah, die ihr entgegenlachte. Sie erkannte James in dem Mann, Mary, die einen kleinen, etwa sechsjährigen Jungen liebevoll umarmte.

Etwas in ihr begann zu bröckeln. Der kleine Junge … Etwas an seinem Gesicht kam ihr so vertraut vor. Irgendwo, das spürte sie, hatte sie dieses Kind schon einmal gesehen.

Vielleicht hatte Mary ihn damals ab und zu mit ins Hotel genommen?

Hatten Amelie und sie mit ihm gespielt?

Doch da war noch mehr …

Etwas in ihrem Innern kitzelte sie, es fühlte sich an wie eine Art aufgeregtes Bauchflattern und plötzlich wusste Sienna es wieder.

Ihre Mutter …

Sie hatte im Krankenhaus von einem kleinen Jungen gesprochen.

Sienna hatte ihr verwirrendes Gestammel für eine Folge der Kopfverletzung gehalten, doch jetzt erkannte sie, wie sehr sie sich geirrt hatte.

Konnte Ihre Mutter dieses Kind gemeint haben?

Und falls ja, warum?

Was konnte ein damals Sechsjähriger mit all dem zu tun haben?

Vielleicht genauso viel oder genauso wenig wie Amelie!, mahnte die Stimme in ihrem Kopf.

Sienna seufzte, dann wandte sie sich den anderen Fotos auf der Ablage zu.

Sie zeigten einen jüngeren und sehr gut aussehenden James beim Lachsfischen in der Wildnis Kanadas, beim Goldschürfen in Australien und beim Gleitschirmfliegen in Neuseeland und den USA.

Der Anblick der Fotos hatte etwas Verstörendes an sich, doch Sienna konnte beim besten Willen nicht sagen, warum. Als sich in ihrem Kopf alles zu drehen begann, schloss sie die Augen, kämpfte gegen das Schwindelgefühl an. Was zur Hölle war los mit ihr?

Bist du so blöd, sag mal? Die Stimme in ihrem Kopf klang zornig. *Du stehst genau davor und siehst das nicht?*

Als der Vorhang fiel und sie endlich begriff, hatte Sienna das Gefühl, ihre Beine würden unter ihrem Körper nachgeben. Sie hielt sich an der Ablage fest, konnte ihren Blick nicht von den Fotos abwenden.

Kanada.

Amerika.

Australien.

Neuseeland.

Die Karten!

Und dann … hörten sie eines Tages einfach auf.

Angeblich weil ihr Vater neu anfangen wollte.

Sienna blinzelte, als die Umgebung vor ihren Augen verschwamm. Sie musste sich konzentrieren, nicht zu Boden zu sacken oder umzufallen, starrte stattdessen weiter unentwegt auf die Fotos von James, während der Zorn in ihrem Innern zu brodeln begann. Sie wusste nicht, auf wen sie wütender war. Auf sich selbst, auf … dieses Schwein oder auf ihre Mutter.

»Ich wollte die Fotos schon längst aus meinem Sichtfeld verbannen«, drängte sich James' Stimme wie aus dichtem Nebel in ihr Bewusstsein.

Sienna wirbelte erschrocken herum. »Entschuldigung«, stammelte sie. »Ich wollte nicht … ich meine …« Sie brach ab.

James grinste. »Kein Problem. Sind auch grandiose Aufnahmen. Ich sehe sie mir auch sehr gerne an, aber an Tagen wie diesem machen sie mich wehmütig.«

Nichts anmerken lassen!, wisperte ihre innere Stimme und Sienna legte all ihre Konzentration in den Versuch, so locker und neutral wie nur irgend möglich zu klingen.

»Wann waren Sie denn in Australien? Sieht spannend aus auf dem Foto, haben Sie damals Gold gefunden?«

»Das muss im Frühjahr 2003 gewesen sein.« James lachte. »Und es war nicht viel Gold, aber der Erlös hat zumindest für ein paar gute Steaks gereicht.«

»Und Ihr Sohn? War der auch dabei?«

James schüttelte den Kopf. Plötzlich wirkte er geknickt, beinahe wehmütig, doch seltsamerweise kam es Sienna so vor, als wollte er genau diesen Eindruck bei ihr erwecken.

»Nach Marys Verschwinden kümmerten sich vor allem meine Eltern um Isak, weil ich beruflich viel und oft in der Weltgeschichte unterwegs war. Ich hab mir ein paar Mal überlegt, ihn mitzunehmen, aber der Junge war lieber bei seinen Großeltern. Auch heute hat er es nicht so mit dem Wegfliegen, ist am liebsten hier, in der Heimat. Ich schätze, das hat mit dem Verschwinden seiner Mutter zu tun. Alles hier erinnert ihn an sie. Deswegen kommt er auch heute noch oft zu mir zu Besuch, obwohl er seit Jahren mit seiner Familie in Stratton lebt.«

Sienna nickte, deutete auf das Foto von James in Kanada. »Wann ist das denn gewesen?«

James runzelte die Stirn. »Das war 2003 im Herbst. Ich wollte schon immer den Indian Summer mal live und in Farbe sehen – traumhaft, kann ich Ihnen sagen.«

»Und Neuseeland? Wann waren Sie da?«

»Das war im Frühjahr 2004. Ich musste beruflich dorthin, hab anschließend eine Woche Urlaub drangehängt. Waren Sie schon mal da?«

Sienna nickte. »Für drei Tage wegen eines Auftrags. Allerdings hab ich nicht viel vom Land gesehen.«

»Was ist denn Ihr Job, wenn ich fragen darf?«

Sienna schluckte. »Ich bin Fotografin. Arbeite unter anderem für einen Verlag, der sich auf Reiseführer spezialisiert hat. Hab das Talent wohl von meinem Vater geerbt, schätze ich.«

James nickte, schien sich damit zufriedenzugeben.

In Siennas Innern brodelte der Zorn immer höher.

Sie sah auf das Bild von Amerika, das James in einem Helikopter über dem Grand Canyon zeigte. »Das sieht atemberaubend aus.«

James' Brust schwoll vor Stolz etwas an. »Das war auch der Wahnsinn. Der Flug hat mir gezeigt, wie unbedeutend wir Menschen doch im Gegensatz zum Wunder der Natur sind.

Das Foto ist 2005, direkt an meinem Geburtstag entstanden. Dieses Erlebnis ist das einzige, von dem Isak heute noch wünscht, dabei gewesen zu sein.«

Sienna nickte und bemühte sich um einen beeindruckten Gesichtsausdruck, während sich in ihrem Innern die Gedärme verkrampften. »Sie haben wirklich tolle Sachen erlebt«, erklärte sie an James gewandt. »Wirklich beneidenswert.« Sie setzte ein falsches Lächeln auf, hoffte, dass es echt wirkte. »Darf ich Ihre Toilette benutzen?«

Der Mann nickte. »Den Gang geradeaus und am Ende rechts.«

Während Sienna aus dem Raum eilte, spürte sie James' Blick wie kleine Nadelstiche im Rücken. Sie fragte sich, ob ihm all ihre Fragen merkwürdig vorgekommen waren oder ob sie sich dieses beunruhigte Flackern in seinen Augen nur eingebildet hatte.

Im Badezimmer angekommen, schloss sie die Tür hinter sich ab, sackte auf die Knie, stieß ein ersticktes Wimmern aus.

Sie war so dumm gewesen!

Doch nicht nur sie …

Auch ihre Mutter hatte sich schwer getäuscht.

In Siennas Kopf formierten sich wirre Gedankengänge und glasklare Fakten zu einem großen Ganzen.

Sie fing an zu zittern, hatte Mühe, sich nicht vollkommen der rasenden Wut in ihrem Innern hinzugeben. Sie musste bei klarem Verstand bleiben, ruhig und bedacht nach außen hin wirken, wenn sie nicht am Ende noch James' Misstrauen entfachen wollte.

Sie schnappte nach Luft.

Er hatte sie getäuscht!

Sie alle, über so viele Jahrzehnte hinweg.

Nicht ihr Vater hatte all diese Mädchen getötet, sondern er.

Zuerst in der Gegend, bis ihr Vater ihm auf die Schliche gekommen war.

Deswegen hatte er diese Bilder von den Mädchen gehabt und Ria gesagt, dass er vorerst nicht mehr arbeiten könne, sondern sich um etwas anderes kümmern müsse.

Er musste einen Verdacht gehegt haben.

Hatte er sich deswegen mit Mary an jenem Tag gestritten? Nur, dass die ihm nicht geglaubt hatte und stattdessen zu ihrem Ehemann gerannt war. Das war auch der Grund dafür gewesen, dass James die kleine Amelie die Klippe hinuntergestürzt hatte. Weil sie die einzige Zeugin des Streits zwischen James' Frau und ihrem Vater gewesen war.

Und Mary … In Siennas Kopf drehte sich alles.

Sie hatte er ebenfalls umgebracht … vielleicht weil ihm das Risiko zu groß gewesen war, nachdem dieser Fremde ihr all diese schrecklichen Dinge über ihren Ehemann erzählt hatte.

Vielleicht war James bewusst gewesen, dass sie irgendwann auch angefangen hätte, gewisse Dinge zu hinterfragen?

Als Sienna klar wurde, worauf die ganze Geschichte letztlich hinauslief, wurde ihr speiübel. Sie krabbelte zur Kloschüssel, schob den Deckel nach oben, übergab sich heftig.

Als nur noch Gallenflüssigkeit kam, wischte sie sich den Mund ab, richtete sich auf, atmete durch.

Ihr Vater …

All die Karten waren nicht von ihm, sondern von James gewesen.

Doch wieso sollte ein Fremder ihr Urlaubskarten schreiben? Noch dazu im Namen ihres Vaters?

Sienna stöhnte schmerzerfüllt.

Weil er tot ist … Und das schon seit langer Zeit!

Der Gedanke fühlte sich wie ein Fausthieb an. Für einen

Sekundenbruchteil fühlte sie sich davon wie betäubt, schwankte, rang nach Luft.

James hatte ihren Vater in jenem Sommer getötet und seine Leiche irgendwo verscharrt. Danach hatte er es so aussehen lassen, als wäre er lediglich untergetaucht. Er hatte es getan, weil er wusste, dass ihr Vater ihn auffliegen lassen würde. Und anschließend hatte er seine Gräueltaten ihrem Vater in die Schuhe geschoben. Nur für alle Fälle …

Was natürlich bedeutete, dass er fortan nicht mehr töten durfte, da ihr Vater … der angebliche Mörder offiziell nicht mehr in England lebte, sondern abgehauen war. Er hatte seinen Jäger zum Sündenbock gemacht, was auch der Grund war, weshalb er seinem Drang zu töten, vorsichtshalber fortan nur noch im Ausland nachgehen konnte.

Und ihre Mutter …

Sienna schüttelte den Kopf.

Wie passte sie in diese Geschichte?

Was war ihre Rolle gewesen?

Hatte sie gewusst, dass ihr Vater nicht mehr lebte?

Dass die Karten nicht von ihm kamen?

Sienna erinnerte sich an einen Augenblick in ihrer Kindheit, als sie ihrer Mutter erzählt hatte, was ihr größter Wunsch zu Weihnachten war. Sie hatte sich einen Abend mit ihrem Vater gewünscht, nur einen einzigen, das musste ein oder zwei Jahre nach seinem Verschwinden gewesen sein. Sie hatte ihre Mutter angebettelt, sie immer wieder gefragt, ob sie glaube, dass er käme, doch deren Gesicht hatte Bände gesprochen.

Sienna stöhnte gequält auf.

Natürlich hatte sie es gewusst.

War vielleicht sogar involviert gewesen.

Aber wie?

Sienna schloss die Augen, ging alle Punkte wieder und wieder durch. Es war ein bisschen, als säße sie vor einem

Puzzle mit tausend Teilen, von dem sie jetzt irgendwie den Anfang finden musste.

Ihre Mutter hatte ihren Ehemann für einen Serienmörder gehalten.

Sienna nickte langsam.

Und sie hatte vielleicht sogar zugelassen, dass James ihn tötete.

Warum?

Vielleicht war es Erpressung?

Immerhin dachte sie, ihr Mann hätte auch James' Frau und ein kleines Mädchen auf dem Gewissen. Zusätzlich zu all den jungen Mädchen in den Jahren zuvor.

Aus Angst, die Wahrheit käme ans Licht, was definitiv auch ihr selbst und Sienna geschadet hätte, hatte mit James einen Plan ausgeheckt, den Tod ihres Mannes zu vertuschen.

Deswegen die Karten.

Und eines Tages hatte sie diese Berichte über die vermissten und ermordeten Mädchen im Ausland entdeckt. Sie alle waren nach dem Tod ihres Ehemanns umgebracht worden.

Sie musste nur eins und eins zusammenzählen, um zu begreifen, dass sie betrogen worden war. Dass nicht ihr Ehemann der Mörder gewesen war, sondern der Mann, den sie all die Jahre gedeckt hatte.

Deswegen war sie hierher zurückgekommen.

Weil sie für Gerechtigkeit sorgen wollte.

Zuerst hatte sie ihrer Schwiegermutter gebeichtet, was damals passiert war und warum. Deswegen hatte Serafina einen weiteren Schlaganfall erlitten. Weil sie begriff, dass all das Warten auf ihren Jungen die letzten Jahre vergeblich gewesen war.

Ihre Mutter hatte diese Kiste bei Serafina im Schrank versteckt. Aus Angst, James könnte sie bei ihr finden und sie mit ihr verschwinden lassen. Sie hatte sich mit ihm treffen wollen, doch zuvor wollte sie einen weiteren Beweis für die Polizei erbringen.

Deswegen hatte ihre Mutter in jener Nacht die Schaufel in ihrem Rucksack gehabt. Weil sie die Überreste der Leiche ihres Ehemannes hatte ausgraben wollen …

Sienna brach in ein ersticktes Heulen aus.

Würgte.

»Alles in Ordnung bei Ihnen da drin?«, erklang plötzlich James' Stimme und jagte ihr eine Heidenangst ein.

Die Stimme klang irgendwie … lauernd.

Hatte sie sich verraten?

War es ihm gelungen, sie zu durchschauen?

Oder hatte sie durch den langen Aufenthalt im Badezimmer sein Misstrauen erweckt?

»Bei mir ist alles okay«, antwortete Sienna schnell, konnte aber nichts dagegen tun, dass ihre Worte eher wie ein dünnes Stammeln klangen.

Sie rappelte sich auf, ging zum Waschbecken, spülte sich den Mund aus, wusch sich das Gesicht mit eiskaltem Wasser.

Als sie das Gefühl hatte, die Situation wieder einigermaßen im Griff zu haben, ging sie zur Tür, drehte den Riegel herum, drückte die Klinke hinunter und blickte, als sie in den Gang hinaustrat, in den Lauf einer Schrotflinte, die auf sie gerichtet war.

21

BOSCASTLE

2019

»Ich hab mir gleich gedacht, dass du mir Ärger machen würdest, als du plötzlich vor meiner Tür aufgetaucht bist.« James starrte sie mit eisigem Blick an, schüttelte bedauernd den Kopf. »Du bist so viel schlauer als deine Mutter. Aber doch nicht schlau genug, um zu erkennen, was gut für dich ist.« Er grinste. »Mädchen, Mädchen, was soll ich nur mit dir machen …« Er lachte gackernd, musterte sie anerkennend. »Vor einigen Jahren wäre mir durchaus etwas mit dir anzustellen eingefallen.« Wieder ein Lachen. »Bist ein hübsches Ding, deinem armen Vater wie aus dem Gesicht geschnitten. Hast seine braunen Augen, das dunkle Haar. Hab mir vorhin auf Anhieb gedacht, dass du die Brut von dem armen Schwein sein musst.«

Sienna wich zurück, schnappte nach Luft. Dann brach sich der Zorn Bahn.

»Du verdammtes Dreckschwein«, stieß sie gepresst hervor, jegliche Höflichkeitsformen schienen ihr auf einmal vollkommen unangebracht. »Du hast meine Mutter getötet, weil sie herausgefunden hat, dass du es gewesen bist.«

James musterte sie mit undurchdringlichem Blick, dann verzog er das Gesicht. »Was das angeht, muss ich dich enttäuschen«, erklärte er. »Ich hab deine Mutter seit damals nicht gesehen, wusste nicht einmal, dass sie hier gewesen ist, bis ich das mit dieser deutschen Journalistin gehört habe, die angeblich überfallen wurde.«

Sienna sah James verwirrt an. »Du warst es nicht?«

Er schüttelte den Kopf.

»Aber ich kann mir denken, wer es gewesen ist. Der Junge war schon immer ziemlich nachtragend. Vor allem in Hinsicht darauf, was mit seiner Mutter passiert ist. Er hat nämlich nie diesen Geschichten der Leute geglaubt, dass sie sich vom Acker gemacht und uns verlassen hat, fing irgendwann an, Fragen zu stellen, erinnerte sich schließlich an jene Nacht, in der deine Mutter bei mir war.« Er seufzte theatralisch. »Er muss uns damals belauscht haben, deine Mutter und mich. Wir unterhielten uns darüber, was Marlene über ihren Ehemann herausgefunden hat, und mein Junge bekam mit, wie sie sagte, dass sie wisse, dass dein Vater auch meine Mary auf dem Gewissen hat. Sie dachte wirklich, dass sie die ganze Geschichte kennt, dabei hat sie sich wahrscheinlich noch nie zuvor in ihrem Leben so sehr getäuscht.«

Sienna zuckte zurück.

Jetzt ergaben auch die Worte ihrer Mutter bezüglich des kleinen Jungen Sinn.

Isak Wood …

Der Junge auf dem Foto auf der Ofenablage.

Er hatte ihre Mutter getötet. Weil er gedacht hatte, dass es deren Ehemann gewesen war, der seine Mutter getötet hatte.

»Warum?«, flüsterte sie. »Wieso hat Isak meine Mutter umgebracht? Selbst wenn es mein Vater gewesen wäre, konnte meine Mutter doch gar nichts dafür …«

James grinste böse. »Er hat damals nicht die ganze Geschichte mitbekommen, hat nur gehört, dass es dein Vater war, der seine geliebte Mutter und das kleine Mädchen tötete, weil beide wohl zu viel wussten. Amelie von dem Streit und die arme Mary von all den jungen Mädchen, die dein Vater angeblich um die Ecke brachte.« Er gluckste.

»Was der Junge nicht mitbekommen hat, war, dass deine Mutter und ich längst wussten, wie die Geschichte für deinen Vater … ›den Mörder‹ ausgehen wird. Er dachte all die Jahre, wir hätten zugelassen, dass sich der Mörder seiner Mutter still und heimlich verpisst und nie seiner gerechten Strafe zugeführt wird. Deswegen ist er wohl Polizist geworden. Er hat lange nach deinem Vater gesucht, das muss ihn wohl am Ende so frustriert haben, dass er durchdrehte, als er deine Mutter nach all den Jahren wieder sah.«

»Wieso ist Isak damals nicht zur Polizei gegangen? Warum hat er nicht gesagt, was er gehört hat?«

James winkte ab. »Er war ein kleiner lenkbarer Junge. Ich konnte nicht riskieren, dass die Bullen in den Fall involviert werden. Zu viel stand auf dem Spiel. Deswegen hab ich ihm eingeredet, dass er sich verhört hat, es um etwas anderes ging, aber im Laufe der Zeit, je älter er wurde, fing er an, selbst tätig zu werden. Er reimte sich seine eigene Story zusammen, verstehst du?«

Sienna nickte.

Ihre Mutter war also gestorben, weil der kleine Junge von damals genau wie sie die Geschichte falsch interpretiert hatte.

Tränen schossen ihr in die Augen.

»Sie haben all diese Mädchen getötet. Erst in der Gegend und dann im Ausland. Mein Vater kam Ihnen auf die Schliche, deswegen brachten Sie ihn um, schoben alles ihm in die Schuhe.«

Der Mann hob die Augenbrauen empor. »Du denkst, dass es so gewesen ist?« Er lachte.

»Da bist du leider auf dem Holzweg. Zumindest was den Mord an deinem Vater angeht.« Er holte Luft, sah sie bedauernd an. »Lass mich dir die Geschichte ganz von Anfang an erzählen. Meine Mary und dein Vater hatten lange Zeit ein Verhältnis, weil ich … nun ja … beruflich oft unterwegs war und ihr nicht die Beachtung gegeben habe, die sie verlangte. Das Ganze ging ein paar Monate, dann beendete sie die Affäre, wohl weil sie ein schlechtes Gewissen Isak und mir gegenüber hatte. Sie hat mir alles gestanden, mir geschworen, dass es nie wieder vorkommt, und für ein paar Wochen war wieder alles wie früher bei uns. Schließlich hatte auch ich meine kleinen Geheimnisse …« Er lachte. »Zu dem Zeitpunkt putzte sie bereits die Zimmer im Cliff Ville, fand eines Tages den Schmetterlingsanhänger in meinem Schrank. Sie fragte mich danach und mir blieb nichts anderes übrig, als ihr zu verklickern, dass es ein Geschenk für sie zum Hochzeitstag werden sollte. Fortan trug sie das Teil jeden Tag um den Hals, auch zum Arbeiten.

Und eines Tages lief ihr dein Vater im Hotel über den Weg. Er muss den Anhänger erkannt haben, weil er sich – warum auch immer – mit diesen Morden beschäftigte, redete meiner Frau ins Gewissen. Das war der Streit, den die Kleine beobachtet hat. Meine Mary kam damit zu mir, weil sie dachte, dein Vater sauge sich das aus den Fingern. Weil er eifersüchtig sei, nachdem sie die Affäre beendet hatte.

Mir wurde klar, dass dein Vater und auch Mary – so leid es mir tat – eine echte Gefahr darstellten. Ich schlug sie in der Nacht also nieder, brachte sie aufs offene Meer hinaus, ließ sie verschwinden, meldete sie am nächsten Tag als vermisst. Natürlich hab ich auch daran gedacht, ein paar ihrer persönlichen Sachen wegzuschaffen, damit von Anfang an die Möglichkeit offenbleibt, dass sie nur weggelaufen ist. Und als wenig später die kleine Amelie von der Klippe stürzte, drehte sich auf einmal alles nur noch um den Unfall, was mir natürlich sehr entgegenkam, weil dieser Vorfall auch deine Mutter auf den Plan rief. Sie stand nach Amelies Tod auf einmal vor meiner Tür, erzählte mir unter Tränen, dass sie glaube, ihr Mann habe sowohl Mary als auch die kleine Amelie getötet.«

»Meine Mutter kam damit von allein zu dir? Wieso sollte sie das tun?«

»Vielleicht weil dein Alter ihr schon lange auf den Sack ging? Sie wusste, dass er etliche Affären hatte, alles bumste, was nicht bei drei auf dem Baum war. Irgendwann hat sie ein paar Fotos von Mädchen gefunden, die als vermisst galten. Angeblich hat sie versucht, ihn daraufhin anzusprechen, doch er hat abgeblockt.

Dann seid ihr in den Urlaub gefahren, wo es zum Streit zwischen deinem Vater und meiner Frau kam. Er hat den Anhänger sofort erkannt, sich über mich informiert, am Ende alles durchschaut. Er hat versucht, Mary davon zu überzeugen, ihn zur Polizei zu begleiten, was sie ablehnte. Dummerweise hat er ihr den Anhänger vom Hals gerissen, den kurz darauf deine Mutter gefunden hat – für sie der endgültige Beweis, dass dein Vater zusätzlich zu seinem Hang zum Ehebruch noch eine weitere dunkle Seite hat. Und als schließlich Amelie von der Klippe stürzte und du ihr erzähltest, was du von deiner armen kleinen Freundin erfahren hast – nämlich, dass sie deinen Papa mit meiner Frau beim Streiten beobachtet hatte, gab es keine Ausflüchte mehr. Als Marlene vor meiner Tür stand, musste ich sie gar nicht mehr davon überzeugen, dass ihr Ehemann ein Irrer ist, sie wusste es längst. Also ging ich mit ihr lediglich die Möglichkeiten durch, die sie hatte, lenkte sie ein wenig in die richtige Richtung und schlussendlich entschied sie sich dafür, was das Beste für dich sei. Zu den Bullen zu gehen, kam nicht infrage, weil das auch auf dich und sie selbst Auswirkungen der schlimmsten Art gehabt hätte. Einfach alles hinnehmen und schweigen, konnte sie auch nicht, weil sie Angst hatte, dass weitere Mädchen durch die Hand deines Vaters sterben könnten. Also ließ sie sich von mir nur zu gerne überreden, deinen Vater umzubringen und quasi verschwinden zu lassen, sodass es für dich und euer Umfeld danach aussieht, als habe er sich nur vom Acker gemacht. Um der ganzen Sache Glaubwürdigkeit zu verleihen, habe ich den Rest meiner Trophäen unter dem Kofferraumboden seines Wagens versteckt, den deine Mutter fand, kurz bevor sie deinen Vater in den Wald lockte, wo ich bereits wartete. Wir einigten uns darauf, dass ich dafür verantwortlich sei, seine Klamotten samt Auto verschwinden zu lassen und dir ab und zu ein paar Karten im Namen deines Vaters zu schicken, und das war es auch schon.«

»Dann war meine Mutter an der Ermordung meines Vaters beteiligt?«

»Beteiligt?« James lachte scheppernd. »Sie hat es selbst getan! War ein ziemlich harter Brocken, die Gute. Und so was von angepisst, sag ich dir … Hat ihrem Alten was in seinen Drink getan, ihn ins Auto verfrachtet und ihm vorgegaukelt, dass sie eine Überraschung für ihn hat. Zuvor hat sie bei mir angerufen und verlangt, dass ich einen Hammer mit zum Treffpunkt bringe. Dort angekommen, hat sie nicht lange gefackelt und deinem Vater damit den Schädel zertrümmert. Anschließend begruben wir ihn und ich kümmerte mich darum, dass dein Vater eine Weile weiterhin existierte, hob mit seiner Karte Geld im Ausland ab, schrieb deiner Mutter ein paar Nachrichten mit seinem Handy, aus denen hervorging, dass er keinen Bock mehr auf seine Familie hatte.«

Sienna starrte den Mann entsetzt an. »Meine Mutter war es, die meinen Vater getötet hat?« Sie wich weiter zurück, bis sie mit dem Rücken gegen die Wand hinter sich prallte, sackte auf die Knie. »Das … glaube ich nicht.«

»Und doch ist es so gewesen«, sagte James schmunzelnd. »Ich will mir gar nicht vorstellen, was sie mit mir vorhatte, wäre ihr mein Junge nicht zuvorgekommen.«

»Du gottverdammtes Arschloch!«, ertönte plötzlich eine

tiefe und vor Zorn bebende Stimme wie aus dem Nichts, danach fiel ein Schatten auf James und sie.

Isak stand auf der anderen Seite des Gangs, hatte eine Waffe in der Hand, zielte damit auf den Kopf seines Vaters.

Als er näher kam, erkannte Sienna den jungen Polizisten von neulich in ihm, nur, dass sein Gesicht diesmal nichts Freundliches an sich hatte, stattdessen zur eisigen Fratze erstarrt war. Er sah aus wie jemand, dessen Leben und Glaube innerhalb von Sekunden nicht nur in Abertausend Scherben zersplittert, sondern zu Staub zerfallen war. Er kam näher, bis er ganz dicht vor seinem Vater stand, sah erst Sienna finster an, dann James. Die Ader an seiner Schläfe war fingerdick geschwollen und zuckte, seine Halsmuskulatur war angespannt. Er wirkte, als fechte er einen inneren Kampf mit sich selbst aus, was genau er dem Mann antun sollte, von dem er eben erfahren hatte, dass er es war, der sein Leben zerstört hatte. Plötzlich stieß er einen markerschütternden Schrei aus, der Sienna durch und durch ging.

Sie beobachtete, wie Isak ein paar Mal tief durchatmete, dann den Schlitten seiner Waffe zurückzog, seinem Vater den Lauf gegen die Schläfe presste. »Willst du noch etwas sagen? Vielleicht, dass es dir leidtut?«

Isaks Stimme war nur mehr ein Knurren.

»Bitte«, stieß Sienna vollkommen verängstigt aus. »Es sind doch schon genug Menschen gestorben, warum gehen wir nicht zur Polizei?«

Isak stieß ein freudloses Lachen hervor, sah plötzlich genau wie sein Vater aus und Sienna fragte sich unwillkürlich, wie viel von dessen Kaltblütigkeit er in sich trug.

»Junge«, stieß James hektisch hervor und Sienna sah, dass er sich vor Angst fast in die Hose schiss. »Das hättest du niemals hören sollen, okay? Und die Sache mit deiner Mutter … ich hatte Panik, hörst du, einfach nur Panik, dass sie irgendwann doch hinter alles kommt. Es tut mir heute noch leid, was ich ihr antun musste, und könnte ich es rückgängig machen, würde ich es tun.« Er brach ab, sah Isak flehend an. »Nimm die Waffe runter, Junge, lass uns doch in Ruhe reden.«

»Warum?«, fragte Isak tonlos. »Wieso hast du all das getan? Diese Mädchen, die fast noch Kinder waren, die kleine Amelie, meine Mutter?«

James' Blick zuckte nervös umher, dann stieß er einen tiefen Seufzer aus. »Das mit deiner Mutter sagte ich bereits, ich hatte eben keine andere Wahl. Und diese Mädchen …« Er brach ab, zuckte mit den Schultern. »Dafür gibt es keinen bestimmten Grund. Ich tat es, weil ich es wollte und weil sich die Gelegenheiten ergaben. Das ist im Grunde wie beim Jagen, verstehst du? Ich sehe einfach gerne anderen Lebewesen beim Sterben zu.«

»Amelie war sechs Jahre alt«, schrie Sienna James wie von Sinnen an. »Sie hatte ihr ganzes Leben vor sich!«

James musterte sie bedauernd. »Das mit der Kleinen geht nicht auf meine Kappe, sorry. Da musst du dir einen anderen Sündenbock suchen. War damals nicht mein Beutesche…«

Ein Knall ertönte und unterbrach den widerlichen Redeschwall des Mannes, dann explodierte sein Kopf vor Siennas Augen.

Sie schrie auf, als Blut und glibberige Gehirnmasse auf Wand und Fußboden sowie auf ihr Gesicht spritzten, fing an zu würgen. Alles in ihr wehrte sich dagegen, den zerfetzten Kopf des Mannes anzustarren, der so viel Unheil über sie alle gebracht hatte, doch sie konnte nicht anders.

Und dann …

Prasselten auf einmal all die Bilder auf sie ein.

Bilder von Blut.

Viel Blut.

Und von einem zerschmetterten Körper am Fuß der Klippe vorm Hotel.

»Nein!«, schrie Sienna und sprang auf, wollte wegrennen, doch Isaks Hand schoss blitzschnell vor, umklammerte ihren Arm.

»Hiergeblieben«, stieß er zischend hervor.

»Lass mich los«, rief Sienna wimmernd, dann sackte sie erneut zu Boden, fing an zu schluchzen.

»Das mit deiner Mutter tut mir leid«, sagte er und klang, als meine er seine Worte absolut aufrichtig, doch Sienna brachte ihn durch ihr heftiges Kopfschütteln zum Schweigen.

»Ich bin es gewesen«, stammelte sie schockiert, starrte vom verdutzten Isak zu James' Leichnam. »Das mit Amelie, hörst du? Das war nicht dein Vater, sondern ich!«

22

BOSCASTLE

2019

Isak sah sie schockiert an. »Wie meinst du das?«

Sienna schluckte hart, deutete auf den Kopf von James. »Das hier … es hat mich daran erinnert, was damals passiert ist. Als Amelie von der Klippe stürzte, war da auch so unglaublich viel Blut.«

»Wieso glaubst du, dass du dafür verantwortlich bist?«

»Weil es die Wahrheit ist.« Sienna seufzte.

»Amelie hat deine Mutter und meinen Vater beim Streiten beobachtet. Für sie muss es damals so ausgesehen haben, als tue mein Vater dem Zimmermädchen Gewalt an. Dabei hat er nur versucht, deine Mutter davon zu überzeugen, dass ihr Ehemann etwas mit den Mädchenmorden zu tun hat. Sie wehrte sich gegen die Behauptungen meines Vaters und deswegen riss er ihr den Anhänger eines der Mädchen vom Hals. Für Amelie hat es so ausgesehen, als würge er sie. Und nachdem deine Mutter auf einmal verschwunden war, erzählte mir Amelie, dass sie meinen Vater beobachtet habe, wie er der vermissten Frau wehgetan hat. Ich bin so wütend gewesen, dachte, dass Amelie lügt. Schließlich kam es zum Streit, sie rannte weg, ich ihr hinterher und dann …« Sienna brach zitternd ab, sah zu Boden. »Dann hab ich sie geschubst.«

Eine Weile herrschte eine beinahe geisterhafte Stille, dann war es Isak, der das Schweigen brach. »Du warst damals ein kleines Mädchen, wusstest nicht, was du tatst. Ich bin mir absolut sicher, dass du ihr niemals absichtlich hattest wehtun wollen.«

Sienna sah zu Isak auf. »Natürlich wollte ich ihr nicht schaden. Dennoch habe ich es getan. Meinetwegen starb sie damals viel zu jung. Und meinetwegen mussten ihre Eltern das Schlimmste durchmachen. Außerdem war Amelies Tod für meine Mutter der ausschlaggebende Aspekt, meinen Vater für ein Monster zu halten. Meinetwegen ist auch er seit vielen Jahren tot.«

Isak schüttelte energisch den Kopf. »Er wäre so oder so gestorben. Er wusste zu viel über meinen Vater. Und wenn es deine Mutter nicht getan hätte, dann mein Vater selbst … Er war so kaltblütig, er hätte ganz sicher einen Weg gefunden.«

Isak räusperte sich. »Wenn jemand Schuld an all dem trägt, dann mein Vater. Er hat alle getäuscht, über Jahrzehnte hinweg, sogar meine Mutter und mich.« Isak sah angewidert auf den Leichnam seines Vaters, schüttelte den Kopf. »Das Schwein hat den Tod verdient, ganz im Gegensatz zu deiner Mutter.« Sein Gesicht fiel plötzlich innerhalb von Sekunden in sich zusammen. »Meine Güte«, stammelte er leise. »All die Jahre habe ich sie so sehr gehasst, ihr das Allerschlimmste gewünscht. Und dann, als ich sie an jenem Abend zufällig sah und auf Anhieb erkannte, hab ich nur rot gesehen. Sie hat versucht, mir alles zu erklären, doch ich konnte ihr nicht zuhören, hab so lange auf sie eingeprügelt, bis sie sich nicht mehr bewegt hat. Und obwohl ich bis heute sicher war, das Richtige getan zu haben, leide ich seither unter Schuldgefühlen. Vor allem, nachdem ich dich neulich auf dem Präsidium erkannt habe. Du sahst so traurig aus.« Er seufzte leise. »Und alles nur, weil mein Vater gelogen hat. Als meine Mutter damals verschwunden und Amelie tot war, hatte ich ein Gespräch zwischen deiner Mutter und meinem Vater belauscht. Ich hab leider nicht alles gehört, musste mir das meiste zusammenreimen, doch am Ende zählte für mich nur, dass dein Vater meine Mutter tötete und sowohl mein Vater als auch deine Mutter ihn damit hatten davonkommen lassen. Ich wusste nicht, wieso, dachte, dass mein Vater es meinetwegen tat. Aber bei deiner Mutter … bei ihr wurde mir im Laufe der Jahre klar, dass sie nur schwieg, um sich selbst zu schützen, zumindest habe ich das all die Jahre angenommen, mich so immer mehr in meinen Hass hineingesteigert.« Er kam noch näher zu Sienna, schüttelte beschwichtigend den Kopf, als er bemerkte, dass sie ängstlich vor ihm zurückwich. »Ich tu dir nichts, vertrau mir! Du hast nichts zu befürchten.« Er griff nach ihrem Arm, sah sie an. »Wenn ich es könnte, würde ich rückgängig machen, was ich getan habe. Deine Mutter … sie müsste noch an deiner Seite sein, ihr alle … deine ganze Familie, ihr habt all das Leid, das euch wegen meines Vaters widerfahren ist, nicht verdient.«

Isak sah aus, als breche er jeden Moment zusammen. »Und natürlich weiß ich, dass Vergebung mir nicht zusteht, und doch bitte ich dich darum.«

Sienna ließ sich seine Worte durch den Kopf gehen, sah ihn schließlich an. »Ich glaube, dafür brauche ich noch ein wenig, schätze ich.« Sie lächelte gequält. »Wir sind beide ebenfalls zu Opfern deines Vaters geworden. Zwar leben wir, aber zu welchem Preis?«

Sie sah Isak an. »Am besten rufen wir jetzt die Polizei, sorgen dafür, dass alle erfahren, wer dein Vater war und was all diesen Menschen tatsächlich zugestoßen ist.«

Isak schüttelte den Kopf, sah Sienna bedauernd an. »Was das angeht, wirst du auf dich allein gestellt sein.« Er zog sein Handy hervor, reichte es Sienna. »Das Diktiergerät war an.

Ich hab es ziemlich am Anfang deines Gesprächs mit meinem Vater angeschaltet. Die Aufnahme sollte reichen, um der Polizei alles zu erklären.«

Sienna sah Isak verwirrt an. »Was bedeutet das? Wieso bin ich auf mich allein gestellt?«

Isak seufzte, verzog seinen Mund zu einem gequälten Lächeln. Dann hob er seine Waffe hoch, zuckte mit den Schultern.

Sienna spürte, wie das nackte Entsetzen von ihr Besitz ergriff. »Nein!«, stammelte sie. »Du bist nicht wie dein Vater, du hast es nicht verdient, zu sterben. Du hast eine Familie oder? Du musst auch an sie denken!«

Isak nickte. »Genau das tue ich doch. Meine Frau ist die warmherzigste und ehrlichste Person, die ich kenne. Sie würde niemals bei mir bleiben, wenn sie wüsste, dass ich einen unschuldigen Menschen getötet habe. Aber so großartig, wie sie ist, würde sie dennoch darunter leiden, mich zu verlassen und mir wehtun zu müssen. Und dann mein Sohn, er ist so ein wunderbares Kind, natürlich braucht er seinen Vater, aber nach dem, was ich deiner Mutter angetan habe, werde ich sowieso lange Zeit nicht für ihn da sein können. Also ist es im Grunde für alle das Beste, wenn ich einen klaren Schnitt mache und sofort für meine Tat bezahle.«

Sienna deutete auf James. »Das hast du doch längst. Und sieh mich an, ich habe auch eine sehr schwere Schuld auf mich geladen. Trotzdem habe ich dadurch nicht das Recht verwirkt, weiterleben zu dürfen. Ich werde mich der Schuld stellen, damit zu leben lernen und in Zukunft ein besserer Mensch sein. Es ist nicht zu spät, für uns beide nicht.«

Isak legte den Kopf schräg, lächelte. »Du hast so viel von deiner Mutter«, sagte er traurig. »Diese unglaubliche Stärke, den Mut. Es tut mir so leid.« Er stieß die Luft aus, dann ging alles ganz schnell.

Bevor Sienna überhaupt realisierte, was passierte, hatte

Isak sich schon den Lauf seiner Waffe in den Mund gesteckt und abgedrückt.

Doch anders als zuvor bei seinem Vater hatte das Bild eines zerberstenden Schädels diesmal nichts Erschreckendes an sich. Stattdessen war es, als würde Sienna auf einmal von einer so niederschmetternden Traurigkeit erfüllt, als stünde der junge, sterbende Mann ihr persönlich nahe.

Vielleicht tat er das tatsächlich irgendwie – ging es ihr durch den Kopf, denn im Grunde war Isak genau wie ihre Mutter, Serafina und sie selbst ein vom Leben und der Vergangenheit gezeichnetes Individuum gewesen, das letztendlich nur von einem geträumt hatte – endlich Frieden zu finden.

Und vielleicht hatte er diesen in genau diesem Augenblick nach langer Zeit endlich gefunden.

EPILOG

VIER WOCHEN SPÄTER

Sienna spürte, wie eine Hand nach der ihren griff, sie sanft drückte. Sie sah nach links, lächelte die Frau an, die neben ihr stand und betroffen auf das Grab ihrer Großmutter blickte.

»Ich danke Ihnen, dass Sie gekommen sind.«

Kristin blickte sie an, lächelte ebenfalls. »Ich kenne Ihre Großmutter schon so viele Jahre, es ist beinahe, als stünde ich jetzt vor dem Grab einer Verwandten und nicht vor dem einer Patientin.« Kristin seufzte. »Es tut mir so leid für Serafina. Ich habe für sie gebetet, wissen Sie? Ich habe gebetet, dass sie es schafft, um noch etwas Zeit mit ihrer Enkelin verbringen zu können.«

Sienna spürte, wie sich ihr Hals verengte.

Kristin hatte einen wunden Punkt getroffen. Sie selbst hatte ebenfalls gehofft, Serafina noch ein wenig an ihrer Seite zu haben, um ein kleines bisschen von dem aufholen zu können, was sie wegen dieses Monsters verloren hatten.

Doch dann klingelte eines Nachts das Telefon, es war knappe vier Tage nach James' Tod gewesen.

In jener Nacht hatte Serafina ihre Augen für immer geschlossen und alles, was Sienna nun tun konnte, war beten.

Beten dafür, dass ihre Großmutter trotz des Komas irgendwie doch mitbekommen hatte, was Sienna ihr bei ihrem letzten Besuch erzählt hatte.

Sienna war bemüht gewesen, ihre Worte sorgsam zu wählen, hatte zwar nichts ausgelassen, aber dennoch darauf geachtet, die alte Frau nicht noch mehr zu belasten. Sie hatte nur ehrlich sein wollen, wusste aber nicht, ob Serafina alles realisiert hatte, allem voran, dass der Verantwortliche seiner gerechten Strafe zugeführt worden war, schätzte aber, dass es nur einen schwachen Trost für jemanden darstellte, der zwei Jahrzehnte umsonst auf ein Wiedersehen mit dem einzigen Kind gehofft hatte.

Sienna war schon ein paar Mal in den Sinn gekommen, dass es für Serafina so das Allerbeste war.

Einfach einzuschlafen und nicht mehr leiden zu müssen, weder körperlich – was schlimm genug war – noch seelisch.

Sie schluckte gegen die Tränen an, als die Grabträger die Urne in das Loch hinabließen, spürte, wie sich in ihrem Innern eine dunkle Beklemmung ausbreitete, die ihr für den Bruchteil einer Sekunde den Atem nahm. Sie schätzte, dass dieses Gefühl damit zusammenhing, dass es mittlerweile die dritte Beerdigung innerhalb weniger Monate war, die sie ertragen musste.

Zuerst ihre Mutter, dann Isak und jetzt Serafina.

Die Erinnerung an Isaks Beerdigung vor einer knappen Woche jagte Sienna einen eisigen Schauer über den Rücken.

Seine Frau, ihr Name war Rose, war vor dem Grab ihres Mannes zusammengebrochen. Sie hatte Sienna schon in den Tagen zuvor wieder und wieder über seine letzten Lebensminuten ausgefragt, doch sie hatte es nicht übers Herz gebracht, der Frau die ganze Wahrheit zu sagen. Stattdessen hatte sie ihr erzählt, dass Isak emotional am Ende gewesen war und deswegen überreagiert hatte.

Sein Sohn war glücklicherweise viel zu klein, um das

Ausmaß der Tragödie um seinen Vater vollständig zu begreifen.

Was James anging, so war bei seiner Beerdigung kein Mensch anwesend gewesen. Zumindest munkelten so die Einwohner von Boscastle.

Nachdem Sienna die Polizei über James' und Isaks Ableben informiert und sie über die Gründe des Todes der beiden Männer unterrichtet hatte, verbreiteten sich die News wie ein Lauffeuer in der Umgebung.

Alle Zeitungen Englands hatten davon berichtet, dass nun endlich, nach all den Jahren herauskam, wer die armen Mädchen auf dem Gewissen hatte.

Der Fall des jungen Mannes, der fälschlicherweise des Mordes an seiner Ex-Freundin beschuldigt und dafür verurteilt worden war, schlug die höchsten Wellen. Wie es aussah, stand ihm eine beachtliche Entschädigungssumme zu, von der Sienna jedoch zugeben musste, dass sie nicht ansatzweise den Verlust seiner besten Jahre deckte.

Sie schluckte.

Momentan war die Polizei noch immer damit beschäftigt, den Wald nahe dem Moor nach den Überresten ihres Vaters abzusuchen, und manchmal ertappte Sienna sich dabei, den armen Isak in Gedanken dafür zu verwünschen, seinen Vater nicht ein paar Minuten länger leben gelassen zu haben, sodass Sienna selbst danach hätte fragen können.

Aber im Grunde war es egal, dachte sie. Irgendwann … Irgendwann würde sein Leichnam gefunden werden, sodass sie dafür sorgen konnte, dass seine Überreste neben denen seiner Mutter beerdigt werden konnten.

Und sie selbst?

Sienna spürte, wie Kristin neben ihr sich von ihr löste, ihr einen entschuldigenden Blick zuwarf und einen Schritt vortrat.

Sienna hatte sie gebeten, eine kleine Rede auf ihre Großmutter zu halten, nachdem sie selbst Serafina kaum gekannt hatte.

Eine Weile lauschte sie den schönen, aber traurigen Worten der Schwester aus dem Pflegeheim, bevor ihre Gedanken wieder abdrifteten.

Und zwar zu dem, was jetzt vor ihr lag …

Natürlich hatte sie der Polizei schon längst gesagt, dass sie sich daran erinnerte, selbst für Amelies Sturz von den Klippen verantwortlich zu sein, doch nachdem sie damals ein kleines Kind gewesen war und es zudem keine Zeugen dafür gab, dass es wirklich so passiert war, musste Sienna sich wegen eventueller Konsequenzen keinerlei Gedanken machen.

Was im Grunde gut war, denn anders als Isak, das wusste sie inzwischen, wollte sie den Rest ihres Lebens dazu nutzen, zu leben und endlich glücklich zu sein.

Sie alle hätten es so gewollt.

Ihr Vater, ihre Mutter, Serafina und wahrscheinlich sogar Isak.

Trotzdem, dachte sie bei sich … Sie würde die Eltern des Mädchens aufsuchen und ihnen beichten, was sie damals getan hatte. Ihnen erzählen, wie und warum ihre Tochter wirklich ums Leben gekommen war.

Zumindest das war sie Amelie schuldig. Einem unschuldigen kleinen Mädchen, das hatte sterben müssen, nur weil sie damals zur falschen Zeit am falschen Ort gewesen war.

Ende

DANKSAGUNGEN

Liebe Leserin, lieber Leser,

Diesmal das Wichtigste zuerst :-) Es handelt sich bei *Das Mädchen aus Zimmer 11* um meinen 29. Thriller. Deswegen möchte ich auch diesmal wieder unter jenen meiner Leser, die nicht bei Facebook oder Instagram sind, ein Gewinnspiel veranstalten.

Verlost werden ein Fire-Tablet und mehrere Taschenbücher unter All meinen Newsletter-Abonnenten. Wer mitmachen möchte und bereits meinen Newsletter abonniert hat, muss nichts weiter tun, da er automatisch im Lostopf ist und dies auch bei künftigen Veröffentlichungen sein wird. Alle anderen schreiben mir bitte eine Mail an: autorin@daniela-arnold.com und landen somit in meinem Newsletter-Verteiler und im Lostopf.

Jetzt zu den üblichen Danksagungen: Ich danke meiner Coveragentur Zero, insbesondere Kristin Pang, für über 29 tolle Cover! Ich danke meiner Korrektorin Claudia Heinen für ihre tolle Arbeit und das offene Ohr, das sie stets für mich hat.

Ich danke all jenen Lesern und Kollegen, die mich bei der Titel und Coverauswahl unterstützt haben. Ich danke euch Bloggern da draußen, für alldas, was ihr für uns Autoren macht. Eure Arbeit und Mühe ist so wertvoll – danke sehr!

Ich danke meinen Kollegen für das offene Ohr in Hinsicht auf Klappentext-Bastelarbeiten (das ist wirklich keine meiner Stärken).

Besonders danke ich Susanne, Sylvia, Nicole und Emilia für eure Unterstützung rund ums neue Buch :-)

Ich danke meiner Familie, die immer für mich da ist. Meinem Schatz – auch wenn er sich bislang standhaft weigert, meine Bücher zu lesen! Meinem Sohn, der, obwohl er meine Bücher ebenfalls nicht liest, dennoch Verständnis hat, wenn ich mich tagelang im Büro verbarrikadiere. Meinen Freunden, die mich aufbauen, wenn ich am Boden bin.

Eventuelle Fehler bei der Ermittlung meiner Protagonisten gehen übrigens einzig und allein auf meine Kappe oder sind meiner Fantasie geschuldet.

Im Übrigen habe ich mir auch in diesem Roman wieder einige künstlerische Freiheiten genommen – welche selbstverständlich nicht verraten werden :-)

Über Mails mit Anregungen und Kritik freue ich mich unter: autorin@daniela-arnold.com

LESEPROBE

weiterer Werke

DEIN SCHWEIGEN BRINGT DEN TOD

Psycho-Thriller

Daniela Arnold

ÜBER DAS BUCH

Als Fenja Marten im Krankenhaus schwer verletzt zu sich kommt und erfährt, dass sie von einem Kleinlaster angefahren wurde und beinahe gestorben wäre, ist sie vollkommen schockiert.

Warum kann sie sich weder an den Unfall selbst noch an dessen Ursache erinnern?

Doch während die Ärzte und auch die Polizei, ja sogar ihr Ehemann an einen Suizidversuch glauben, ist Fenja überzeugt, dass in Wahrheit etwas anderes, wirklich Böses hinter ihrem Unfall steckt.

Um gesund zu werden und ihre verlorenen Erinnerungen wiederzuerlangen, zieht sie sich mit ihrer Familie auf die Insel Sylt zurück, doch kaum angekommen, muss Fenja erkennen, dass sich hinter der Fassade ihres einst so glücklichen Lebens düstere und gefährliche Abgründe verbergen.

Plötzlich begegnen ihre Kinder ihr mit Angst und Misstrauen und auch ihr Mann verhält sich ihr gegenüber merkwürdig lieblos, ja, beinahe feindselig.

Nachdem es schließlich zu einer Reihe unerklärlicher und beängstigender Vorfälle gekommen ist, entbrennt für Fenja eine verzweifelte Suche nach der Wahrheit, bei der sie nicht nur ihr eigenes Leben aufs Spiel setzt.

Als dann noch eine Leiche gefunden wird, begreift Fenja entsetzt, dass der Kampf um Leben und Tod längst begonnen hat, sie ihn nur gewinnen kann, wenn sie sich endlich erinnert.

*Dieses Buch widme ich meinen treuen Lesern,
ohne die all das gar nicht möglich wäre ...
Ihr seid die BESTEN ...
Habt tausend Dank!*

PROLOG

Ein Knarzen ließ sie aus dem Schlaf hochfahren. Das Herz schlug ihr bis zum Hals, als sie realisierte, dass es in ihrem Zimmer so dunkel war, dass sie nicht einmal ihre eigene Hand vor Augen sehen konnte. Panisch tastete sie unter der Decke nach ihrem Lieblingskuscheltier, einem kleinen Affen, den Mama und sie liebevoll Lumpi getauft hatten und den sie überall mit hinnahm. Als sie wenig später das weiche Fell unter ihren Fingerspitzen spürte, stieß sie erleichtert die Luft aus. Wenn sie ehrlich war, musste sie zugeben, dass sie es ein kleines bisschen peinlich fand, dass sie noch immer Lumpi an ihrer Seite brauchte, um überhaupt einschlafen zu können. Ach was – sie brauchte Lumpi eigentlich rund um die Uhr. Sie nahm ihn am Morgen mit nach unten, damit er ihr beim Frühstück Gesellschaft leisten konnte, und sie nahm ihn mit in den Kindergarten, weil sie sich dann beim Mittagsschlaf nicht so allein fühlte. Außerdem half Lumpi ihr dabei, dass sie nicht immer so schrecklich traurig war. Sie musste den niedlichen Affen mit den großen Kulleraugen nur ansehen, damit es ihr besser ging. Ganz im Gegensatz zu Anna, ihre beste Freundin aus dem Kindergarten, die ihr erst gestern unter die Nase gerieben hatte, dass sie jetzt schon ein großes

Mädchen war und ganz ohne Kuscheltiere auskam. Sie seufzte leise, zog Lumpi unter der Decke hervor, hob ihn in die Luft, versuchte, wenigstens die Umrisse ihres Affen in der Dunkelheit auszumachen.

Vergebens.

Frustriert ließ sie den Arm sinken, presste Lumpi fest an ihre Brust, schloss die Augen.

Plötzlich spürte sie ein Kitzeln in der Nase, dann einen Druck in der Kehle.

Sie hatte Angst.

So schreckliche Angst, dass sie kaum noch gegen die aufsteigenden Tränen ankam.

Sie schüttelte entschlossen den Kopf, versteckte Lumpi wieder unter der Decke.

Was Anna konnte, konnte sie doch schon lange ... oder?

Immerhin war sie genauso alt wie ihre Freundin, würde bald schon ihren sechsten Geburtstag feiern.

Doch Anna war auch nicht so traurig wie sie, weil sie auch gar keinen Grund dazu hatte, um traurig zu sein.

Für einen klitzekleinen Augenblick verspürte sie Zorn auf alles und jeden. Auf Anna. Auf sich selbst. Und auch auf ihre Mama, die vergessen hatte, die kleine Tischlampe auf der Kommode im Gang anzulassen, durch welche es immer ein schwacher Lichtschein unter der Tür hindurch in ihr Zimmer schaffte. Mama hatte ihr schließlich versprochen, immer daran zu denken, doch heute ... heute hatte sie ihr Versprechen zum allerersten Mal gebrochen.

Als sie einen ziehenden Druck im Bauch verspürte, stöhnte sie frustriert.

»Mist ...«, stieß sie leise aus, überlegte, was sie tun sollte. Normalerweise ging sie in der Nacht selbstständig auf Toilette, hatte auch keine Angst dabei, doch jetzt ... jetzt wusste sie ehrlich gesagt nicht, was sie machen sollte. Hier drinnen war es stockdunkel und draußen auf dem Gang auch.

Allein der Gedanke daran, in dieser Finsternis an die Tür gehen zu müssen verursachte ihr Übelkeit.

Der Druck im Bauch wurde stärker.

Für einen kurzen Augenblick war sie versucht, nach Mama zu rufen, doch dann schüttelte sie entschlossen den Kopf.

Sie war doch kein Angsthase!

Und sie war auch keine Heulsuse!

Außerdem war da noch Anna.

Was, wenn ihre Freundin durch Zufall erfuhr, wie sie sich anstellte, nur weil sie nachts allein auf die Toilette gehen musste?

Sie würde sie ganz bestimmt auslachen.

Oder noch schlimmer – vielleicht würde sie es den anderen Kindern erzählen und sie würden sie alle gemeinsam veralbern.

Sie Baby nennen.

Oder Angsthase.

Scheißerchen oder andere gemeine Sachen zu ihr sagen.

Seufzend schlug sie die Decke zurück, stand auf. Sie tapste zur Tür, suchte dort nach dem Lichtschalter, konnte ihn aber in der Dunkelheit nicht finden. Dann fiel ihr ein, dass er eh viel zu hoch für sie war. Mama hatte ihr erklärt, dass das Absicht sei, damit sie nicht daran herumspielen konnte. Sie zögerte kurz, dann drückte sie leise die Klinke nach unten, trat in den Gang.

Das Badezimmer war nicht weit weg, sie musste nur am Gästezimmer vorbei und am Schlafzimmer, dann wäre sie auch schon da.

Sie holte tief Luft, lief los. Als sie schließlich im Badezimmer ankam, stieß sie die Tür auf, seufzte erleichtert, als sie den Lichtschalter ertastete. Sie drückte ihn, blinzelte, während ihre Augen sich an das grelle Licht gewöhnten.

Augenblicklich ging es ihr besser.

Sie drehte sich zu der Kommode im Gang um, sah die Lampe darauf an, seufzte. Mama hatte das Stromkabel wie immer hinter den Schrank gestopft, damit es hübscher aussah, wenn man daran vorbeiging. Blöderweise war das der Grund dafür, dass sie es nicht schaffte, die kleine Leuchte selbst einzuschalten. Sie war zu winzig, kam mit ihren kurzen Armen nicht einmal ansatzweise bis an den Schalter.

Und sie wollte auch nicht daran herumreißen, weil sie Angst hatte, dass etwas zu Boden fallen könnte.

Es half alles nichts … Sie musste eben einfach nochmal versuchen, an den viel zu hohen Schalter in ihrem Zimmer zu kommen oder es schaffen, bis morgen früh ganz im Dunkeln zu schlafen. Sie würde sich die Decke über ihren Kopf ziehen, Lumpi ganz fest in den Arm nehmen und versuchen, so schnell wie möglich wieder einzuschlafen. Und morgen früh würde sie Mama sagen, wie blöd sie es fand, dass sie die Lampe diesmal vergessen hatte.

Nachdem sie auf Toilette fertig war, wusch sie sich die Hände und ging zur Tür. Sie schaltete das Licht aus und wollte gerade losrennen, zurück in ihr Zimmer, als sie von unten das leise Klappern von Geschirr vernahm.

Sie hätte vor Erleichterung heulen können, als ihr klar wurde, was das bedeutete.

Sie tapste zur Treppe, schaffte es ohne zu stolpern im Dunklen bis zum ersten Absatz, schaltete dort das Licht ein, stieg dann weiter vorsichtig eine Stufe nach der anderen nach unten.

»Mama?«, rief sie freudig. »Ich muss dir was erzählen.«

Wie stolz Mama wohl auf sie wäre, wenn sie ihr gleich sagen würde, dass sie sich im Dunkeln aus ihrem Zimmer und bis ins Bad getraut hatte?

Doch stopp!

Sie blieb auf der Treppe stehen und überlegte angestrengt.

Was, wenn Mama die heutige Nacht zum Anlass nahm, ihr in Zukunft kein Licht mehr anzulassen?

Vielleicht sollte sie es für sich behalten?

Sie wollte gerade umdrehen, als sie furchtbaren Durst verspürte. Ihre Kehle fühlte sich ganz ausgetrocknet an.

Also stieg sie weiter nach unten, tapste in Richtung der Küche, doch als sie den Raum betrat, war er dunkel und leer.

Sie schluckte gegen die Trockenheit im Hals an.

Spürte, wie ihr urplötzlich eiskalt wurde.

Sie eine Gänsehaut bekam.

Hatte sie sich verhört?

Sich das Klimpern nur eingebildet?

Sie wollte so gern einen Schluck Limonade trinken, doch plötzlich traute sie es sich nicht zu, auch nur eine Sekunde länger in diesem Raum zu verbringen.

Sie lief zum Wohnzimmer, doch auch da war alles dunkel. Genau wie im Gästebad und in der Abstellkammer.

War Mama etwa im Keller?

Mitten in der Nacht?

Sie lauschte, doch um sie herum war es mucksmäuschenstill.

Sie verzog enttäuscht das Gesicht, ließ die Schultern sinken. Wie es aussah, schlief Mama doch schon, was bedeutete, dass sie ganz umsonst heruntergekommen war.

Ihre Augen brannten, als sie Stufe für Stufe hinauf stieg und währenddessen wünschte, dass sie Lumpi dabei hätte. Sie war fast schon ganz oben angekommen, als sie hinter sich ein Rascheln vernahm.

Nein, dachte sie, *kein Rascheln, eher leise und vorsichtige Schritte.*

Und dann wusste sie es plötzlich.

Das Geräusch, das sie gerade gehört hatte, klang, als würde jemand ganz langsam durch den Gang im Erdgeschoss schleichen.

Sie wirbelte herum, doch da war keiner.

Mit hämmerndem Herzen drehte sie sich wieder um.

Lauf einfach, sagte die Stimme in ihrem Kopf, doch sie konnte nicht.

Es war, als wären ihre Fußsohlen mit zähflüssigem Leim beschmiert, der sie daran hinderte, weiterzugehen.

Sie fing an zu zittern.

Dann verspürte sie auf einmal ganz furchtbaren Zorn.

Zorn auf Mama und Zorn auf sich selbst.

Wie hatte sie nur so doof sein können, mitten in der Nacht alleine nach unten zu gehen?

Und dann das Klimpern.

Sie hatte sich das definitiv nur eingebildet, denn wenn es anders wäre, hätte Mama unten sein müssen.

Doch was, wenn es gar nicht ihre Mutter war, die dieses Klimpern verursacht hatte?

Was, wenn da unten jemand war, der sich vor ihr versteckt hatte, während sie in dem Zimmer nachsah?

Jemand, der Mama und ihr etwas Böses wollte?

Panik breitete sich in ihr aus.

Sie keuchte, sackte auf alle viere, krabbelte mit zitternden Knien weiter.

Und gerade, als sie bereits die letzte Stufe nehmen wollte, es beinahe geschafft hatte, hörte sie wieder das Knarzen von vorhin. Nur dass es diesmal von irgendwo hinter ihr kam.

Es klang …

Es klang genau wie …

Sie keuchte entsetzt.

Dann schossen ihr die Tränen in die Augen.

Das Knarzen klang, als wenn jemand ganz dicht hinter ihr die Treppe hinaufstieg.

Jemand Erwachsenes.

Jemand, der viel mehr wog als sie mit ihrem Fliegengewicht.

Alles in ihr schrie danach, sich umzudrehen und nachzusehen, doch sie konnte es nicht.

Schaffte es einfach nicht.

Und dann …

Dann ging plötzlich das Licht aus.

»Können Sie mich hören?«

Die Stimme drang wie durch dichten Nebel von ihrem Gehörgang in ihr Bewusstsein.

»Bitte, wenn Sie mich verstehen, geben Sie mir ein Zeichen. Irgendwas. Bewegen Sie einen Finger. Oder blinzeln Sie.«

Die Stimme klang besorgt und forsch zugleich, ließ sie erzittern.

Sie öffnete die Augen, zuckte wimmernd zusammen, als das grelle Licht ihre Pupillen traf. Ein scharfer Schmerz schoss durch ihren Kopf.

»Wir müssen einige Untersuchungen mit Ihnen machen, herausfinden, ob sie schwere innere Verletzungen erlitten haben. Ein MRT von Ihrem Schädel hat momentan oberste Priorität. Verstehen Sie, was ich sage? Ich meine, begreifen Sie, was wir tun müssen? Es ist nur zu Ihrem Besten.«

Als ihre Augen sich an die Helligkeit gewöhnt hatten und die Umgebung langsam an Schärfe gewann, erkannte sie über sich das Gesicht eines Mannes mittleren Alters, der sie aufmerksam ansah.

Als sich ihre Blicke trafen, lächelte er und schien erleichtert.

»Mein Name ist Dr. Benjamin Unger. Ich bin Ihr behandelnder Arzt.« Er zwinkerte ihr zu, beugte sich noch weiter zu ihr herab. »Wissen Sie, was passiert ist?«

Sie schluckte, wollte mit dem Kopf schütteln, als erneut ein hämmernder Schmerz durch ihren Schädel schoss, ihn beinahe gänzlich ausfüllte. Es war, als würde dieses Hämmern ihr komplettes Innerstes ausfüllen. Es gab nur noch dieses unerträgliche Tuckern in ihrem Kopf, das sich wellenartig über die Halswirbelsäule bis zu ihren Zehenspitzen ausbreitete.

Der Arzt verzog das Gesicht. »Ich weiß, dass Sie starke Schmerzen haben«, erklärte er. »Aber ich kann Ihnen noch nichts geben. Zumindest nicht, bis wir wissen, was genau Ihnen fehlt.« Er brach ab, musterte sie. »Am besten wäre es, wenn wir sofort loslegen. Je früher wir mit allen Untersuchungen durch sind, desto schneller kommen Sie an Ihre erste Dosis Schmerzmittel. Was halten Sie davon?«

Sie öffnete den Mund, wollte dem Arzt sagen, dass ihr alles recht wäre, solange er nur endlich machte, dass diese Schmerzen aufhörten, doch aus unerfindlichen Gründen drang aus ihrer Kehle nur ein unmenschliches, raues Krächzen, das ihr noch mehr Angst machte.

Dabei schrie alles in ihr danach, dem Mann Fragen über Fragen zu stellen. Wo sie sich befand und wie sie hierher kam. Was genau mit ihr passiert war.

Wieso sie solch grausame Qualen durchleiden musste.

Noch nie zuvor hatte sie solche Schmerzen ertragen müssen.

Dieses Reißen in ihrem Rücken, das sich anfühlte, als habe ihr jemand bei lebendigem Leibe die Wirbelsäule herausgerissen.

Das Dröhnen und Hämmern in ihrem Kopf, das es ihr

unmöglich machte, auch nur einen einzigen logischen Gedankengang zuzulassen.

Dieses krampfartige Ziehen und Stechen in ihrem Leib, das ihr beinahe die Luft zum Atmen nahm.

Der Arzt musterte sie, verzog das Gesicht. »Eine Sache noch … Bevor ich Sie ins MRT bringe, würde ich gerne jemanden aus Ihrer Familie kontaktieren. Inzwischen sind Sie seit knapp zwei Stunden hier und diese Untersuchungen … tja … ich schätze, damit werden wir locker auch noch mal knappe zwei, vielleicht sogar drei Stunden beschäftigt sein. Ich möchte nicht, dass jemand sich um Sie Sorgen machen muss, verstehen Sie?« Er brach ab und wartete.

Verwirrt starrte sie den Mann an, schluckte.

»Sie hatten nichts bei sich, als Sie hier eingeliefert worden sind«, erklärte er. »Keine Tasche, keine Geldbörse. Wir haben also keine Personalien von Ihnen und somit auch keine Möglichkeit, Ihre Angehörigen ausfindig zu machen.« Er brach ab, schien in ihrem Gesicht nach einer Antwort zu forschen. »Es ist sogar so, dass …« Erneut hielt er inne, wirkte, als würde er sich seine nächsten Worte ganz genau überlegen müssen. »Sie hatten keine Schuhe an, als man Sie herbrachte. Und auch keine Jacke. Alles, was Sie am Leibe trugen, waren eine Garnitur Unterwäsche, eine Jogginghose und ein Shirt.« Er hob die Schultern, starrte sie an. »Wir haben April und da draußen ist es bitterkalt. Sie waren vollkommen durchnässt und durchgefroren, als Sie hier ankamen, von Ihren Verletzungen ganz zu schweigen.« Er schüttelte den Kopf, dann stieß er die Luft aus. »Sie hatten unglaubliches Glück, begreifen Sie das? Sie hätten tot sein können. Der Fahrer des Kleinlasters, mit dem Sie kollidiert sind, sagte aus, dass Sie, ohne zu gucken, auf die Straße gerannt sind. Der Mann konnte gerade noch rechtzeitig in die Eisen steigen, anderenfalls hätte er Sie komplett plattgemacht.« Der Arzt legte den Kopf schief.

»Ab heute dürfen Sie zweimal im Jahr Geburtstag feiern, hören Sie? Dass Sie noch am Leben sind, grenzt an ein Wunder …« Er seufzte, griff nach ihrer rechten Hand, umschloss sie mit der seinen. »Erinnern Sie sich überhaupt an den Unfall?«

Sie überlegte, wollte mit dem Kopf schütteln, doch der Schmerz ließ ihr keinen Millimeter Spielraum.

»Blinzeln Sie einmal für Ja, zweimal für Nein, okay?«

Sie öffnete den Mund, rang nach Luft, stöhnte, als der Schmerz ihren Brustkorb verkrampfen ließ. »Ich … weiß gar nichts«, stieß sie schließlich kaum hörbar hervor.

Der Arzt runzelte die Stirn. »Und wissen Sie, wieso Sie auf die Straße gerannt sind? Ich meine, dass Sie sich nicht an den Zusammenstoß erinnern – okay. Aber Sie müssen doch noch wissen, wieso Sie überhaupt auf die Schnellstraße gerannt sind.«

Sie schloss die Augen, schluckte gegen die aufsteigenden Tränen an. »Nein«, brachte sie mühsam hervor. »Ich erinnere mich nicht.«

»Okay«, sagte der Arzt und nickte. »Das ist nicht ungewöhnlich. Wahrscheinlich haben Sie eine schwere Gehirnerschütterung. Da kann es schon einmal passieren, dass man sich nicht mehr genau an die letzten Stunden erinnert.« Er seufzte. »Dann verlegen wir das eben nach hinten, einverstanden? Wir reden über den Unfall und den Auslöser, sobald Sie sich daran erinnern. Aber jetzt …« Er machte eine Pause, sah sie ernst an. »Jetzt sollten wir wirklich ganz schnell Ihre Familie informieren. Bestimmt macht diese sich schon furchtbare Sorgen um Sie. Wir benötigen also Ihren vollständigen Namen sowie die Telefonnummer eines Angehörigen.« Er sah sie abwartend an.

Sie öffnete den Mund, um dem Mann zu antworten, als sie plötzlich von eisigem Entsetzen erfasst wurde.

Verzweifelt schnappte sie nach Luft, riss die Augen auf.

Das alles war ein einziger und nicht enden wollender Albtraum.

Diese vernichtenden Schmerzen überall in ihrem Körper.

Die Tatsache, dass sie einen schweren Unfall gehabt und diesen nur ganz knapp überlebt hatte.

Und jetzt noch das Schlimmste von alledem …

Etwas, das man seinem allerschlimmsten Feind nicht wünschen würde.

Sie fing an zu zittern, dann spürte sie einen Schwall heißer Nässe am Unterkörper. Es war, als habe sie von einem Augenblick auf den anderen keinerlei Kontrolle mehr über ihren Körper.

»Ich … es tut mir so leid.«

Der Arzt folgte ihrem Blick, winkte ab. »Aber das ist doch gar nicht schlimm. Das kommt von dem Schock, den Sie erlitten haben. Machen Sie sich deswegen keine Gedanken. Sie sind hier in guten Händen und ich verspreche Ihnen, dass Sie bald wieder auf dem Damm sind. Wenn Sie mir jetzt nur Ihren Namen verraten würden und wen ich für Sie anrufen darf, kann es auch schon losgehen.«

»Das geht nicht«, krächzte sie hilflos und fühlte sich von einem Augenblick auf den anderen, als befände sie sich im freien Fall.

Überall war nur noch Leere.

In ihr.

Um sie herum. »Ich … ich weiß es doch nicht.«

Der Arzt starrte sie erschrocken an. »Sie wissen nicht, wer Sie sind?«

Sie stieß ein verzweifeltes Heulen aus. »Es tut mir leid, aber in meinem Kopf ist nichts als dichter Nebel«, würgte sie atemlos hervor. »Wirklich alles ist dunkel.«

ÜBER DIE AUTORIN

Die Thriller-Autorin Daniela Arnold wurde 1974 geboren und lebt mit ihrer Familie im schönen Bayern.

Daniela Arnold hat Journalismus studiert und viele Jahre als freie Autorin für zahlreiche und namhafte Zeitschriften gearbeitet.

Sie schrieb mit *Lügenkind* und *Scherbenbrut* zwei Kindle Top 1 Bestseller und Bild-Bestseller.

Mit ihrem Thriller - *Die Nacht gehört den Schatten* - schaffte es die Autorin unter die Finalisten des Kindle Storyteller Award 2020

Das Mädchen aus Zimmer 11 ist der 29. Thriller der Bestseller-Autorin.

facebook.com/daniela.arnold.56
twitter.com/damati3
instagram.com/autorin.daniela.arnold